La tentatrice

J'AI LU

JUDE DEVERAUX

La princesse de feu		
La princesse de glace		
Les yeux de velours	*J'ai lu*	2927/5
Un teint de velours	*J'ai lu*	3003/5
Une mélodie de velours	*J'ai lu*	3049/4
Un ange de velours	*J'ai lu*	3127/4
Les dames de Virginie - 1	*J'ai lu*	3180/5
Les dames de Virginie - 2	*J'ai lu*	3181/4
Les dames de Virginie - 3	*J'ai lu*	3182/5
Le pays enchanté	*J'ai lu*	3372/5
Duel de femmes	*J'ai lu*	3447/4
L'homme au masque	*J'ai lu*	3523/4
Les entraves de l'amour	*J'ai lu*	3643/5
La duchesse infidèle	*J'ai lu*	3683/6
Un mari par procuration	*J'ai lu*	3794/4
La patience récompensée	*J'ai lu*	3843/2
La tentatrice	*J'ai lu*	3889/5
L'éveil d'Amanda	*J'ai lu*	4045/4
Princesse sans trône	*J'ai lu*	4105/4
La brute apprivoisée	*J'ai lu*	4274/4
Troublante écuyère	*J'ai lu*	4450/4 *(avril 97)*

Jude
Deveraux

La tentatrice

Traduit de l'américain
par Anne Benjamin

Éditions J'ai lu

Titre original :

THE TEMPTRESS
Pocket Books, New York

PROLOGUE

Le visiteur, un homme grand et brun, sortit du bureau de Del Mathison en fermant la porte derrière lui. Les mâchoires serrées, il resta un instant immobile à méditer ce qu'il venait d'entendre. Au bout d'un moment, il quitta le vestibule et entra dans le salon.

Un homme était appuyé contre le manteau de la cheminée. Il était grand, lui aussi, mais il avait cet air indolent de quelqu'un qui a toujours mené une vie facile. Ses cheveux blonds étaient impeccablement coupés et son costume venait de chez le meilleur tailleur.

– Ah, fit l'homme blond, vous êtes certainement la personne que Del a embauchée pour me conduire à sa fille !

Son interlocuteur inclina la tête. Il paraissait mal à l'aise et balayait la pièce du regard comme s'il s'attendait à voir surgir quelqu'un.

– Je suis Asher Prescott, reprit l'homme blond. Del vous a-t-il informé de mon rôle dans cette affaire ?

– Non, répondit l'autre de son timbre profond.

Prescott prit un cigare dans une boîte sur la cheminée et l'alluma avant d'expliquer :

– La fille de Del a un penchant...

Il s'arrêta et toisa son interlocuteur d'un rapide coup d'œil.

– Enfin, je veux dire qu'elle a une propension à s'attirer des ennuis. Ces dernières années, Del lui a laissé la bride sur le cou et elle a accumulé les bévues.

J'imagine que vous avez entendu parler de Nola Dallas, la journaliste ?

Il marqua une pause avant d'ajouter :

– Non ? Ce nom ne vous dit rien ?

Il tira une bouffée de son cigare, mais comme son vis-à-vis ne répondait toujours pas, il poursuivit :

– Son père est fatigué de ses excentricités et il a décidé de la faire revenir à la raison. Elle est en ce moment quelque part au nord d'ici chez des amis.

Sa bouche se tordit dans un rictus de dégoût.

– La pauvre est persuadée que Hugh Lanier, dans la famille duquel elle se trouve justement, pousse les Indiens à massacrer les missionnaires. L'accusation est ridicule, et Del a raison de vouloir mettre fin à ces inepties.

Prescott étudia l'homme brun qui était tourné vers la fenêtre, le regard perdu au loin. D'après Del, il pouvait les guider les yeux fermés sur tout le territoire de Washington. Del avait même assuré qu'il était capable de traverser la Forêt des Pluies – un endroit réputé impénétrable.

– L'idée, continua Prescott, est d'aller chercher la fille de Mathison là-bas et de la ramener – au besoin par la force – chez son père. Votre rôle est de nous guider à travers la forêt, ce qui me laissera le temps de courtiser miss Mathison. J'ai l'intention d'obtenir sa main avant notre retour.

L'homme brun se tourna vers Prescott.

– Je ne brusque jamais les femmes.

– La brusquer ? suffoqua Prescott. Mais c'est une vieille fille de vingt-huit ans. Elle a voyagé à travers le monde entier pour écrire ces ridicules articles à vous fendre le cœur et aucun homme n'a jamais voulu d'elle.

– Mais vous, si !

Prescott cala son cigare entre ses dents.

– C'est cela que je veux, dit-il en jetant un regard

circulaire autour de la pièce. Del Mathison est un homme riche et puissant et tous ses biens vont revenir à ce grand cheval asexué qui lui tient lieu de fille et qui se croit investi de la mission de sauver l'humanité ! Allez-vous m'aider ou me mettre des bâtons dans les roues ?

L'homme brun mit un moment avant de répondre :

– Elle sera à vous, si c'est ce qu'elle veut.

– Là-dessus, n'ayez aucune crainte ! A son âge, elle sera trop heureuse qu'un homme veuille bien d'elle.

1

Christiana Montgomery Mathison plongea la main dans l'eau de la baignoire pour en vérifier la température avant de se déshabiller. Comme ce serait bon de prendre un bain chaud après cette longue journée à cheval et ces heures penchée sur un bureau à écrire ! Maintenant que son papier était fini, elle pourrait enfin reprendre dès le lendemain le chemin du retour.

Une fois nue, elle s'aperçut qu'elle avait oublié sa robe de chambre et alla la chercher dans la penderie.

Elle tira la porte de droite et crut défaillir. Un homme était tapi dans l'ombre. Il écarquilla les yeux, visiblement surpris par la nudité de Chris. Elle n'avait pas pratiqué le journalisme pendant tant d'années sans acquérir une certaine présence d'esprit. Aussi referma-t-elle aussitôt le battant et tourna-t-elle la clé dans la serrure. Apparemment peu désireux d'attirer l'attention, l'homme se mit à frapper quelques coups discrets. Chris s'apprêtait à aller chercher le dessus-de-lit pour s'en envelopper, mais cette fois-ci tout s'enchaîna trop vite pour qu'elle puisse réagir.

La partie gauche de la penderie s'ouvrit dans son dos et un autre homme en sortit. Elle se retrouva dans ses bras avant d'avoir eu le temps de dire ouf, le visage niché contre son torse, tandis qu'il la tenait fermement, une main passée autour de ses épaules et l'autre au creux des reins.

– Qui êtes-vous ? Que voulez-vous ? demanda-t-elle, consternée par l'effroi qui vibrait dans sa voix.

L'inconnu était terriblement fort et elle savait qu'elle n'avait aucune chance de lui échapper.

– Si c'est de l'argent... commença-t-elle, mais il resserra son étreinte, l'empêchant ainsi de finir sa phrase.

Sa main gauche plongea alors dans la masse dorée de ses cheveux, et il se mit à les caresser. Malgré sa peur, Chris éprouvait une sorte de bien-être. Elle réussit à tourner son visage sur le côté pour respirer plus commodément, mais il maintint ses hanches plaquées contre les siennes.

– Mais enfin, qu'attendez-vous pour me libérer ? protesta le malheureux enfermé dans la penderie.

Son agresseur resta impassible, une main dans les cheveux de Chris tandis que l'autre descendait inexorablement vers des régions plus intimes. C'était la première fois qu'un homme effleurait sa peau nue, et le contact de cette paume virile et calleuse faisait monter en elle de délicieuses sensations.

Elle se ressaisit brusquement et se débattit, en pure perte...

– Qui êtes-vous ? répéta-t-elle alors. Dites-moi ce que vous voulez et j'essaierai de vous satisfaire. Je n'ai pas beaucoup d'argent, mais j'ai un bracelet qui a de la valeur. Relâchez-moi et j'irai le chercher.

Elle fit une nouvelle tentative infructueuse pour se libérer et se laissa aller contre lui avec un soupir de dépit.

– Si vous essayez d'abuser de moi, je vous promets de me débattre comme un beau diable. Je vous arracherai la peau pour remplacer celle que vous m'aurez volée, je vous préviens !

Elle se contorsionna pour apercevoir son visage mais il l'en empêcha. Ai-je dit une bêtise ? s'inquiéta-t-elle, craignant que ses propos ne soient au contraire de nature à enflammer un... éventuel violeur. Elle avait beau fanfaronner, elle n'en menait pas large. Elle se mit à trembler et il resserra son étreinte d'une façon presque protectrice.

– Nous sommes tous les deux envoyés par votre père, dit-il de sa voix profonde qui la fit vibrer tout entière. Nous avons l'ordre de vous ramener chez vous.

– C'est justement ce que je m'apprêtais à faire. Mais je dois auparavant...

– Tssst, chuchota-t-il en la nichant au creux de son épaule avec autant d'assurance qu'un amant de longue date. Vous devez rentrer, que cela vous plaise ou non, insista-t-il sans l'écouter. Une fois là-bas, vous pourrez récriminer autant que vous voudrez. C'est clair ?

– Mais j'ai un papier que je dois...

– Chris, dit-il, et la manière dont il prononça son nom lui donna envie de voir son visage mais il l'en empêcha de nouveau. Chris, vous devez retourner chez votre père. Je vais vous relâcher et je veux que vous vous habilliez, puis je ferai sortir Prescott de la penderie. Je vous retrouverai ensuite dehors avec les chevaux. Emportez uniquement ce dont vous aurez besoin pour le voyage. Nous allons traverser la Forêt des Pluies et cela nous prendra quelques jours, aussi équipez-vous en conséquence.

– Traverser la Forêt des Pluies ! Mais elle est impénétrable !

– Pas pour moi ! De toute façon, c'est inutile de vous inquiéter... Contentez-vous de vous préparer.

– Je dois remettre mon papier à John Anderson !

Chris ne manifestait plus aucune hâte à se détacher de lui.

– Qui est John Anderson ?

– Un ami qui publie un journal. C'est lui qui le premier a soupçonné Hugh de vendre des fusils aux Indiens.

Il baissa la tête et elle sentit ses lèvres remuer contre le sommet de son crâne.

– Ecoutez, nous en reparlerons. Nous avons déjà perdu assez de temps pour le moment. Habillez-vous vite afin que nous puissions partir.

Chris attendit, mais il continuait à caresser doucement ses épaules du plat de la main.

– Allez-vous enfin me libérer ?

– Vous n'avez pas froid, n'est-ce pas ?

– Pas le moins du monde ! Il se trouve juste qu'un homme envoyé par mon père – c'est du moins ce qu'il prétend – essaie de m'enlever. Me voici donc dans le plus simple appareil pendant que cet homme est en train de m'étouffer. Allez-vous enfin me relâcher, que je puisse enfiler quelque chose ?

– Certainement, dit-il de sa voix de basse si particulière, mais il ne bougea pas d'un pouce.

Chris émit un son qui tenait à la fois du cri de rage et de la protestation véhémente.

– Si vous la brutalisez, Tynan, vous aurez affaire à moi, jeta l'autre homme du placard où il était resté étonnamment silencieux pendant toute la scène.

Le dénommé Tynan la retint encore quelques secondes avant de la relâcher avec un soupir et de se retourner vers la commode.

Chris attrapa le coin du dessus-de-lit, devenu inutile maintenant que son agresseur lui tournait le dos et examinait les objets posés sur la commode, et l'enroula malgré tout autour d'elle. Puis elle alla à la penderie, tira la porte de gauche et sortit une tenue d'amazone.

– Il faut que je prenne des affaires dans la commode, annonça-t-elle dans son dos.

Pour autant qu'elle pouvait en juger, il était brun, grand et large d'épaules. Ses vêtements, des bottes au revolver glissé dans un étui plaqué contre ses hanches, en passant par sa chemise de chambray et la veste en cuir, étaient flambants neufs. Il se contenta de reculer sans un mot en regardant le mur devant lui comme s'il présentait le plus grand intérêt.

Chris sortit sa lingerie d'un tiroir tout en cherchant sans succès à apercevoir son visage. Quand elle retourna s'habiller dans la pièce, il reprit sa place devant le meuble. Elle serra son corset avec tant de précipitation qu'elle fit un nœud et perdit un bon moment à le défaire.

– Je suis prête ! s'écria-t-elle quand elle eut fini, espérant qu'il allait se tourner vers elle.

Mais il se dirigea directement vers le placard et ouvrit la porte. Un homme grand et blond en sortit et se mit à observer Chris.

– Aidez-la à faire sa valise et retrouvez-moi dehors, ordonna Tynan.

Et il enjamba la fenêtre en les abandonnant en tête à tête.

Un silence gêné tomba, mais l'homme blond s'avança. Il était très séduisant avec ses yeux bleus rieurs et ce sourire qui avait dû briser bien des cœurs.

– Mon nom est Asher Prescott. Je suis désolé de ce qui vient d'arriver, dit-il avec un geste vers le placard. Nous sommes bel et bien envoyés par votre père pour vous ramener auprès de lui de gré ou de force. Il se fait du souci pour vous.

Chris ébaucha une grimace.

– Cela lui ressemble tout à fait. Je vous accompagne dans un instant. J'avais l'intention de rentrer de toute façon, mais je dois empaqueter deux ou trois choses auparavant, soupira-t-elle en se dirigeant vers la commode pour prendre ses affaires de toilette.

Tout en les réunissant, elle remarqua son miroir de poche et joua un instant avec lui, le dirigeant machinalement vers l'endroit où elle s'était habillée tout à l'heure. Elle comprit alors que Tynan n'avait rien dû perdre du spectacle.

Une vague de colère la submergea, puis un sourire monta à ses lèvres. Elle glissa le miroir à l'intérieur de son sac de voyage et se dirigea vers le bureau pour prendre les feuillets sur Hugh Lanier.

A la réflexion, elle s'assit et écrivit rapidement un petit mot à Hugh pour lui dire les raisons de sa visite et pourquoi elle avait dû agir ainsi.

2

Chris enjamba la fenêtre derrière Asher Prescott et le suivit jusqu'à la lisière des arbres où deux chevaux les attendaient.

– Miss Mathison, commença M. Prescott, puis-je vous dire le plaisir que...

– Vous aurez tout le loisir de faire votre cour plus tard, le coupa une voix que Chris reconnut instantanément et elle leva les yeux vers le cavalier caché dans l'ombre. Plus tôt nous quitterons cet endroit, mieux cela vaudra. Allons-y !

C'était un ordre, et ils obéirent tous les deux sur-le-champ.

Chris et Asher chevauchèrent côte à côte au milieu d'arbres gigantesques toute la nuit ainsi que le jour suivant, traversant des petits villages, aussi bien indiens que blancs, longeant des camps de bûcherons et des scieries. Ils gardaient le cap sur le sud-est et se faisaient le plus discrets possible, empruntant parfois des sentiers si étroits qu'ils devaient progresser en file indienne. Tynan galopait en éclaireur loin en avant. Ils ne s'arrêtèrent qu'une seule fois. Tynan émit un sifflement sourd et M. Prescott fit signe à Chris de s'immobiliser, puis il alla voir ce qui se passait. Il revint en annonçant que des bûcherons faisaient une pause pour le déjeuner. Il ne leur restait plus qu'à se reposer eux aussi jusqu'à ce que les hommes soient partis.

Asher tira de sa sacoche un morceau de viande séchée et le partagea avec Chris.

Elle se laissa tomber contre un tronc d'arbre, épuisée.

– J'ai l'impression que votre Tynan a un problème, dit-elle d'un ton détaché, car elle ne voulait surtout pas paraître s'intéresser à lui. Il doit porter une cicatrice ou être défiguré d'une façon ou d'une autre, sinon pourquoi refuserait-il ainsi de montrer son visage ?

– D'abord, ce n'est pas *mon* Tynan, répondit Asher d'un air offensé. S'il appartenait à quelqu'un, ce serait plutôt à votre père. C'est lui qui l'a embauché.

– Savez-vous pourquoi nous allons traverser la Forêt des Pluies ? demanda Chris, essayant une nouvelle tactique. Cela me paraît un énorme détour.

– C'en est un, répondit Asher en continuant à considérer les arbres devant lui.

Sa longue expérience des interviews avait développé chez Chris un sixième sens qui l'avertissait quand quelqu'un mentait. Si cet homme ne mentait pas tout à fait, en tout cas il ne disait pas toute la vérité.

Avant que Chris ne puisse lui poser d'autres questions, un sifflement retentit et, comme un chien obéissant, Prescott se leva et referma sa sacoche.

– Quelqu'un a-t-il donc jamais vu ce M. Tynan ? s'enquit-elle en sautant à cheval.

Asher parut surpris.

– Pourquoi vous intéresse-t-il donc autant ?

Chris le regarda se hisser péniblement en selle. A l'évidence, ce n'était pas son moyen de locomotion favori !

– Simple curiosité professionnelle ! Savez-vous pourquoi mon père l'a engagé ? Quelles compétences a-t-il pour nous faire traverser la forêt ?

Asher haussa les épaules.

– Il connaît l'endroit, j'imagine, mais c'est un drôle de type, tout de même ! On dirait qu'il n'aime pas la compagnie. Il s'installe toujours à l'écart pour dormir et ne parle jamais à personne. Et si vous lui posez la moindre question personnelle, il ne vous répond pas ! Je me demande bien où votre père l'a déniché.

– Avec mon père, moins on en sait, mieux cela vaut ! murmura-t-elle à voix basse tout en se promettant qu'elle ne mâcherait pas ses mots à Del sur ce ridicule enlèvement, une fois rentrée chez elle.

Au coucher du soleil, le sifflement retentit de nouveau et Asher lui fit signe de s'arrêter, puis il alla aux nouvelles et revint avec deux montures fraîches.

– Lui avez-vous suggéré que nous prendrions bien un peu de repos ? l'interrogea-t-elle en changeant de cheval.

– Bien entendu ! s'écria Prescott. (Il paraissait lui-même terriblement fatigué et il était sans doute moins habitué qu'elle aux longues chevauchées.) Mais il ne veut rien entendre. Ty ne s'arrêtera pas avant que nous ayons atteint la Forêt des Pluies. Mais il promet qu'alors nous pourrons prendre une journée entière de repos.

– Ty, répéta Chris.

Et elle passa les heures suivantes à s'interroger sur

cet homme mystérieux qui s'était introduit subrepticement dans sa chambre, l'avait observée pendant qu'elle s'habillait, puis avait disparu pour les guider dans une forêt que les Indiens disaient hantée. Pourquoi son père l'avait-il embauché ? Et qui était ce Prescott ? Visiblement, il ignorait tout de cette région et pourtant Del Mathison l'avait envoyé lui aussi à la rescousse de sa fille ! Qu'est-ce que son père tramait donc encore ?

Chris eut tout le temps de retourner cette question dans son esprit car ils continuèrent à progresser toute la nuit. A force de réfléchir, elle ne sentait plus la fatigue et avait moins de mal à rester éveillée. Cela faisait maintenant deux nuits qu'ils n'avaient pas dormi !

Alors que Chris commençait à vaciller sur sa selle et manquait à deux reprises de tomber, elle crut apercevoir une lumière à travers les arbres. Elle cligna plusieurs fois des yeux pour s'assurer qu'elle ne rêvait pas. Mais non, c'était bien un feu, et on l'avait allumé à leur intention.

– Autrement, Ty ne nous aurait pas laissés approcher d'aussi près, murmura-t-elle pour elle-même. Monsieur Prescott, appela-t-elle alors, réussissant à le tirer de sa léthargie. Regardez devant vous !

Ils poussèrent leurs chevaux en avant avec un regain d'énergie, et Chris n'arrivait plus à penser à autre chose qu'à un bon somme. Elle défit sans attendre les courroies qui retenaient sa couverture à l'arrière de la selle. Et à peine arrivée, elle se laissa glisser à terre, jeta son plaid et tomba endormie dessus.

Elle n'avait aucune idée du temps écoulé quand elle se réveilla brusquement. Elle entrouvrit ses paupières lourdes de sommeil. Il faisait encore nuit, mais les premières lueurs de l'aube embrasaient déjà l'horizon, et un homme avec un chapeau au large bord se détachait en contre-jour. Il dessellait silencieusement les chevaux et les nourrissait.

A moitié endormie, Chris se mit à l'observer.

Il se dirigea vers elle et elle ne fut même pas surprise quand il s'agenouilla pour la prendre dans ses bras. Au contraire, un sourire se joua sur ses lèvres et elle se blottit contre lui comme un enfant confiant.

– Vous êtes sur vos couvertures, dit-il de cette voix qui la faisait vibrer jusqu'au tréfonds de son être. Vous allez prendre froid.

Elle fit oui de la tête pendant qu'il étendait une des couvertures sous elle et la recouvrait avec l'autre. Elle crut sentir ses lèvres contre son front et elle ferma les yeux, exactement comme quand son père l'embrassait pour lui souhaiter bonsoir.

– Bonne nuit, Ty, chuchota-t-elle, sombrant de nouveau dans un profond sommeil.

Quand elle se réveilla pour de bon, le jour était levé. Pourtant elle crut un instant qu'elle rêvait encore, tant le paysage était étrange. D'immenses arbres la dominaient, cachant le soleil. Une mousse verte et épaisse couvrait le sol. On se serait cru au bout du monde.

A côté d'elle, M. Prescott dormait à poings fermés, et Chris eut le sentiment d'être la seule personne vivante sur la terre.

Elle se leva lentement et s'étira. La forêt était totalement silencieuse. Devant elle s'ouvrait une minuscule sente à peine visible dans la verdure. Ils étaient venus par la droite, aussi prit-elle l'embranchement de gauche.

A peine s'était-elle écartée du camp de quelques mètres que la nature sembla se refermer sur elle comme une chape. Elle continua à marcher sur le sol spongieux pendant un moment et crut entendre le gargouillis d'une source.

Elle progressa encore de quelques pas et aperçut en contrebas un torrent qui gambadait joyeusement entre des galets moussus. Soudain elle se souvint du bain qu'elle avait manqué deux jours auparavant et regretta amèrement de n'avoir pas eu le temps d'en profiter. Ces hommes n'auraient-ils pas pu attendre dans leur placard un peu plus longtemps ? Si seulement elle n'avait pas eu besoin de sa robe de chambre ! songea-t-elle en courant vers l'eau.

Tout à coup, l'idée d'ôter la poussière du voyage fut plus forte que tout ! Elle retira rapidement ses vêtements et entra dans le courant. C'était si glacé qu'elle en eut le souffle coupé, mais la perspective d'être propre lui donna du courage et elle se lava en s'abritant derrière un amas de rochers au cas où elle aurait une visite impromptue.

Elle venait de terminer ses ablutions et regrettait son impulsivité, car elle n'avait pas emporté de serviette, quand elle entendit un homme siffler. Elle leva les yeux juste au moment où Prescott se profilait sur la sente. Elle sortit de l'eau, attrapa ses affaires et courut se mettre à l'abri dans la forêt, mais sa course fut stoppée brutalement... elle venait d'entrer en collision avec Tynan.

Aussi surpris l'un que l'autre, ils restèrent un moment sans voix. La végétation luxuriante assourdissait le bruit des pas, et aucun des deux n'avait eu conscience d'une autre présence.

Tynan referma ses mains autour de ses épaules avant de s'écarter juste assez pour admirer sa nudité.

– Miss Mathison, je vous aurais reconnue n'importe où, déclara-t-il avec un sourire.

Chris poussa un cri en se rejetant en arrière et elle se précipita derrière un arbre pour s'habiller.

– L'eau est vraiment trop froide pour prendre un bain, voyons, miss Mathison, poursuivit-il en retenant son rire. Même si j'apprécie au plus haut point vos baignades, je crois qu'il serait plus sage à l'avenir de me demander mon avis avant de vous jeter à l'eau. Je serais désolé que vous attrapiez froid.

Chris resta silencieuse. Aucune repartie ne lui venait à l'esprit. La veille, durant toute la journée, elle avait essayé de se représenter cet homme mystérieux et avait fini par croire pour de bon qu'il était défiguré. Il lui avait suffi d'entrevoir ce visage quelques secondes pour être subjuguée par sa beauté virile. Une physionomie volontaire, des lèvres généreuses, des yeux bleus et pétillants, un menton carré et des cheveux noirs qui retombaient sur le col de sa chemise assortie à la couleur de ses iris.

Une fois habillée, Chris quitta l'abri de l'arbre. Tynan était assis par terre et lui tournait le dos.

Dire qu'elle s'était fait une idée si différente de lui jusqu'à présent ! Elle l'avait même imaginé un rien paternel, après la manière dont il l'avait bordée la veille au soir. Elle pouvait maintenant jurer que cet homme n'avait rien de paternel...

Elle avança jusqu'à lui. Comme il ne se retournait pas, elle vint se planter devant lui. Il ne bougea pas et son visage resta caché par le large bord de son chapeau. Chris s'assit alors hardiment en face de lui.

Il garda la tête baissée.

– Je voudrais m'excuser, miss Mathison, dit-il d'une voix neutre. Je ne cesse de vous mettre dans l'embarras sans le vouloir. Il faut dire que nous nous rencontrons dans des circonstances tout à fait inhabituelles. Mais je ne veux pas que vous vous fassiez des idées fausses sur moi. Votre père m'a engagé pour aller vous chercher et vous ramener chez lui. Et je compte bien m'en tenir là.

3

Immobile, Chris continuait de fixer le sommet du chapeau de Tynan tout en ruminant l'étrangeté de la situation. Cet homme l'avait rendue ridicule deux fois de suite, l'avait serrée trois fois dans ses bras – dont deux dans la tenue d'Eve –, l'avait enlevée sans tenir compte le moins du monde de ses protestations, et voilà qu'elle éprouvait un impérieux besoin de le consoler. Elle tendit la main vers la sienne et, ce faisant, elle aperçut une marque rouge sur son poignet. A peine visible sous la manche de sa chemise.

– Vous vous êtes blessé ? s'enquit-elle, tout de suite inquiète.

Il bondit sur ses pieds, et sans laisser à Chris le temps d'ajouter un mot, il se dirigea à grands pas – au pas de course même – vers le ruisseau pour appeler Prescott.

Assise sur l'épais tapis de mousse, Chris se demandait quelle mouche avait bien pu le piquer.

– Elle est là, l'entendit-elle s'égosiller.

Il réapparut quelques instants plus tard en poussant Prescott devant lui comme s'il remettait un malheureux bouvillon perdu dans le droit chemin.

Si peu qu'elle connût Tynan, elle sentit bien que son ton était faux quand il annonça :

– Vous avez déjà fait connaissance, n'est-ce pas, miss Mathison ? Voici Asher Prescott. C'est un ami de votre père et il va nous accompagner tout au long de notre lente progression dans la forêt. Ash, pourquoi n'emmèneriez-vous pas miss Mathison pêcher ? Nous aurons besoin de produits frais. Et ensuite, vous pourriez ramasser du bois ensemble.

Et il propulsa discrètement Ash dans la direction de Chris d'une tape amicale sur l'épaule.

Asher lui adressa un sourire éblouissant tout en lui offrant sa main pour l'aider à se relever.

– Que diriez-vous d'une partie de pêche, miss Mathison ? Il paraît que les saumons abondent par ici.

Chris était désorientée devant la tournure que prenaient les événements. Elle n'avait aucune envie de passer le reste de l'après-midi en tête à tête avec M. Prescott, mais il semblait bien qu'on ne lui laissât pas le choix... Elle jeta un coup d'œil à Tynan. Il s'était détourné.

– Pourquoi pas ? s'entendit-elle répondre en saisissant la main du galant Asher Prescott. En voilà une bonne idée !

A peine était-elle debout que Tynan disparaissait dans les bois.

Elle regagna le camp en compagnie d'Asher. On avait apporté des provisions et deux mules étaient attachées à un tronc. M. Prescott lui tendit une canne à pêche.

– Cela vous convient toujours, miss Mathison ? Alors allons-y !

Il la guida sur le chemin qu'elle avait suivi le matin même, s'arrêtant non loin de l'endroit où elle s'était baignée.

– Nous serons très bien ici, qu'en pensez-vous ?

– Est-ce votre idée ou celle de M. Tynan ?

– *Monsieur* Tynan ? ironisa-t-il avec son éternel sourire au coin des lèvres. A mon avis, c'est plutôt un surnom qu'un nom de famille. Mais ne perdons pas notre temps avec lui, parlez-moi plutôt de vous ! J'ai entendu dire que vous travailliez pour un journal. Seriez-vous vraiment l'infâme Nola Dallas ?

– Nola Dallas est mon nom de plume, déclara-t-elle sur un ton sec en lançant sa ligne dans l'eau d'une main experte, car elle pêchait depuis sa plus tendre enfance.

Asher parut surpris.

– Loin de moi l'intention de vous blesser ! Il se trouve que j'ai lu vos articles et je vous imaginais beaucoup plus vieille, voilà tout. Je vous prenais plutôt pour un homme, d'ailleurs. Avez-vous vraiment fait toutes ces choses dont vous parlez ?

– Bien sûr !

– Même de vous faire passer pour une girl de music-hall ? Et de porter des collants roses sur scène ?

Chris grimaça à ce souvenir.

– Oui... Et je me suis aussi fait jeter dehors durant le second acte. Je n'ai rien d'une danseuse, vous savez !

– Cela importe peu quand on songe aux réformes que vos articles ont inspirées !

Elle ressentit un élan de sympathie pour lui.

– Dites-moi, monsieur Prescott, pourquoi mon père vous a-t-il choisi pour cette mission ? Je l'aurais plutôt imaginé recrutant un expert connaissant la forêt comme sa poche ?

– C'est le rôle de Tynan. Il doit veiller sur notre sécurité et s'occuper de l'approvisionnement et des chevaux.

– Et quel est votre rôle à vous ?

Un sourire radieux éclaira son visage.

– Uniquement de rendre votre voyage agréable.

– Je vois, fit-elle en reportant son regard sur le ruisseau. (Mais elle ne voyait rien du tout.) Comment gagnez-vous votre vie, monsieur Prescott ?

– Appelez-moi donc Ash. Ce n'est pas comme si nous venions de nous rencontrer dans un salon.

Chris se sentit rougir jusqu'à la racine des cheveux au souvenir de leur « première rencontre » dans la penderie de sa chambre.

– Jusqu'à l'année dernière, je possédais une scierie pas très loin d'ici, dans le Sud. Mais elle a brûlé.

Elle lui lança un rapide coup d'œil et le vit serrer

les mâchoires. Apparemment, il n'avait pas encore surmonté le choc.

– Avez-vous repris une autre affaire ? demanda-t-elle avec sollicitude.

– J'avais investi jusqu'au dernier centime dans cette scierie et j'ai tout perdu ! Même mon crédit... Tout s'est envolé en fumée ! fit-il d'une voix étouffée.

Il marqua une pause avant d'ajouter avec un petit sourire :

– Mais je suis persuadé que la chance va bientôt tourner. Oh, regardez ! on dirait que vous avez un poisson au bout de votre ligne. Voulez-vous que je vous le ramène ?

– Non, ce n'est pas la peine, dit-elle en rembobinant doucement le moulinet.

C'était bien un saumon qui avait mordu à l'hameçon... Une heure plus tard, elle avait pris une demi-douzaine de superbes spécimens tandis qu'Ash n'en avait que deux minuscules.

Il plaisanta avec bonne humeur sur son score médiocre, et ils retournèrent ensemble au camp.

Tynan avait allumé un feu à leur intention, mais il n'était nulle part en vue.

– J'aimerais vous parler, mons... Ash, annonça Chris en écaillant et en vidant habilement les poissons avec un morceau de bois. J'aurais préféré que M. Tynan soit là pour m'écouter lui aussi, mais vous n'êtes pas faciles à réunir tous les deux. Je me trouvais en fait chez Hugh Lanier pour vérifier un bruit qui court à son sujet... Il serait impliqué dans une diabolique affaire et...

– Une diabolique affaire ? répéta Asher en s'appuyant contre un arbre. Le mot n'est-il pas un peu fort ?

– Non, je ne le crois pas. Hugh Lanier voulait s'approprier des terres occupées par huit missionnaires. Ils ont refusé de les lui vendre, aussi a-t-il acheté des fusils et embauché des hommes qu'il a déguisés en Indiens pour massacrer ces missionnaires. Si ce n'est pas diabolique, je veux bien être pendue !

Comme toujours quand elle parlait d'injustices aussi flagrantes, elle avait du mal à conserver son sang-froid.

– Mais si ce n'est qu'un bruit...

– Non, il ne s'agit plus d'un bruit maintenant, mais d'une certitude. J'ai les preuves de l'implication de Lanier dans ce massacre. J'ai entre autres la facture des fusils. Je l'ai même entendu parler à l'un de ces « Indiens » et...

– Vous l'avez entendu ? s'étonna Asher. Vous voulez dire que vous l'avez espionné ?

– Bien sûr que je l'ai espionné. Mais là n'est pas la question. Il faut de toute urgence que je porte ces preuves au journal qui m'a envoyée et, d'après mes calculs, le bureau de John ne se trouve pas très loin à l'ouest d'ici. Il faut que nous nous mettions en route dès demain.

Elle observa Asher. Il roulait machinalement le bord du chapeau qu'il tenait à la main.

– Chris, je ne crois pas que votre père apprécierait de vous voir parcourir le pays en portant ce genre d'accusations contre... Lanier ou d'autres. Quand vous l'aurez rejoint, il sera toujours temps d'envoyer votre papier à ce journal. En attendant, il vaut mieux que vous restiez tranquillement avec nous.

Elle fixa Asher un instant. Elle avait grandi et travaillé au milieu d'hommes qui lui ressemblaient comme des frères. Il était persuadé qu'elle avait tort et rien de ce qu'elle pourrait dire ne le ferait changer d'avis.

– Les poissons sont prêts, annonça-t-elle d'une voix égale.

Il lui sourit de cet air victorieux qu'arborent toujours les hommes quand ils viennent de l'emporter sur une femme. Et elle lui rendit son sourire.

Puis elle lui fit la conversation durant le repas en évitant la moindre allusion au plan qu'elle était en train d'élaborer pour remettre son papier à John Anderson. A peine la dernière bouchée avalée, elle se leva.

– Je vais voir si je trouve M. Tynan, annonça-t-elle négligemment en empruntant la sente qui menait au torrent.

– A votre place, je ne m'y aventurerais pas, Chris, lui conseilla Asher. Je suis persuadé que notre homme serait là s'il le désirait. D'ailleurs, il est parfaitement capable de se nourrir tout seul. Vous devriez vous rasseoir et m'enchanter de votre délicieuse compagnie.

Chris ne détestait rien tant qu'on lui dise ce qu'elle *devait* faire. C'était même la source de tous ses problèmes avec son père. Il n'avait jamais cherché à discuter avec elle. Il se contentait de lui assener ce qu'il estimait bénéfique pour elle et attendait d'elle une obéissance aveugle.

– Je crois que je vais quand même aller à la recherche de notre hôte, s'écria-t-elle en se dépêchant de disparaître à un détour du sentier sans laisser à Asher le temps d'émettre une nouvelle protestation.

Il se précipita à sa poursuite. Grâce au ciel, elle était petite et menue. Elle se jeta derrière une souche et resta dissimulée au milieu des fougères jusqu'à ce qu'il passe devant elle. Quand le silence fut retombé, elle s'aventura plus loin, mais elle dut bientôt renoncer car elle butait à chaque pas sur des souches et l'épais rideau de mousse qui pendait des arbres l'empêchait de s'orienter. Elle rebroussa donc chemin vers le torrent. Du sommet de la petite crête qui dominait l'eau, elle aperçut Asher en contrebas. Avec un sourire, elle continua à descendre la sente.

Au bout de quelques mètres, un silence impressionnant l'enveloppait déjà, lui donnant l'étrange sentiment d'être seule au monde. Tout autour d'elle ce n'était qu'un subtil dégradé de vert. La mousse proliférait partout, assourdissant même le bruit de ses propres pas.

Au détour du chemin, elle retint une exclamation. Tynan était étendu à quelques mètres sur sa couverture et dormait profondément. Une sacoche était glissée sous sa tête et, avec ses traits détendus, il paraissait très jeune. Chris fut de nouveau étonnée par la beauté virile de ce visage et elle ressentit un immense désir de rester là à le regarder.

Elle venait à peine de s'asseoir qu'il s'étira et ouvrit les yeux.

– Chris, murmura-t-il, un sourire au coin des lèvres, et ses paupières retombèrent lourdement.

Un millième de seconde plus tard, il s'assit brutalement et saisit son chapeau qu'il enfonça sur ses yeux.

– Miss Mathison ! Mais je vous croyais en train de pêcher avec Prescott.

– Oui, en effet, jusqu'à ce que j'attrape tellement plus de poissons que lui qu'il m'a ramenée au camp. Ensuite, je lui ai faussé compagnie et je suis tombée sur vous. Avez-vous bien dormi ? Vous le méritiez bien après avoir autant pris sur votre sommeil pour vous occuper de nous !

Il se frotta les yeux avec l'air d'un petit garçon pris en faute, et Chris remarqua que ses deux poignets portaient des marques rouges. Il avait aussi un bleu sur la joue gauche et une coupure à moitié cicatrisée sous un œil.

– Venez donc partager notre poisson. Je parie que vous n'avez encore rien mangé !

– Si, merci ! J'ai déjà avalé quelque chose. Vous feriez mieux de retourner au camp. Prescott se fait certainement du souci à votre sujet, déclara-t-il en se levant. D'ailleurs, il faut que je me mette au travail. Je dois vérifier notre piste. Des arbres ont dû tomber et barrer la route depuis mon dernier passage.

– Qui remonte à quand, monsieur Tynan ?

– Juste Tynan tout seul. Certainement pas monsieur, déclara-t-il comme s'il débitait cette mise au point pour la énième fois.

Chris se leva et s'approcha de lui. Il se détourna, enleva son chapeau et passa sa main dans ses cheveux qui paraissaient humides. Elle se demanda s'il s'était baigné. La manche de sa chemise était remontée le long de son bras. Ses muscles saillaient sous la peau tout comme les veines. Il n'avait pas toujours dû manger à sa faim...

– Je ne veux pas passer pour une fauteuse de troubles, car je sais bien que vous obéissez seulement aux ordres de mon père, mais personne ne vous a interdit les bons repas... (Elle hésitait à utiliser son prénom.) ... Tynan, que je sache ? Aussi, j'insiste pour que vous retourniez au camp avec moi. Si vous refusez, je vous promets de faire tout mon possible pour rendre ce voyage infernal.

Il ouvrit la bouche, puis la referma sur un sourire terriblement séducteur sans avoir prononcé un mot, et Chris sentit ses jambes se dérober sous elle, persuadée qu'aucune femme ne pouvait lui résister.

– Une invitation aussi charmante ne se refuse pas. Je vous suis.

– Non, rentrons ensemble ! Dites-moi, êtes-vous déjà venu dans cette forêt ? Qui a tracé ce sentier ?

– Avez-vous apprécié votre partie de pêche avec Ash ? C'est un garçon sympathique, n'est-ce pas ? Pendant tout le voyage, il m'a été d'un grand secours. Rien n'était trop difficile pour lui. Il est formidable avec les chevaux et il séduit tout le monde. J'imagine que vous êtes aussi sous son charme ?

– Euh... oui, répondit-elle avec hésitation. Comment avez-vous rencontré mon père ?

– Ash connaît votre père depuis très longtemps. C'est surprenant que vous ne l'ayez encore jamais vu. Le père d'Ash a fait fortune à la force du poignet et je trouve qu'Ash lui ressemble beaucoup. C'est tout à fait le même genre d'homme.

Chris regarda Tynan d'un air abasourdi. De quoi parlait-il donc ? Il lui adressa son sourire éblouissant, mais au lieu de se laisser désarçonner, elle se demanda s'il utilisait toujours la même tactique pour éviter de répondre aux questions.

Elle lui retourna son sourire, les yeux brillants d'excitation. S'il avait mieux connu Chris, il aurait compris qu'elle avait décidé de relever le défi. Elle était déterminée à découvrir qui était ce Tynan – sans prénom ni nom de famille !

4

– Il faut que je vous parle, annonça-t-elle aussitôt que Tynan se fut assis pour manger un des poissons qu'elle avait cuits.

Et elle lui répéta ce qu'elle venait de raconter à Asher sans que Tynan l'interrompe une seule fois.

Quand elle eut terminé son récit, il s'essuya les doigts sur son mouchoir et annonça :

– Maintenant, je veux entendre ce que vous avez soigneusement évité de dire.

Elle sursauta, puis finit par déclarer :

– La vérité, c'est que M. Lanier s'est montré très gentil pendant mon séjour chez lui et sa femme est si charmante que je me suis senti mauvaise conscience à révéler au grand jour ce qu'il avait fait. Bien entendu, tout ce que j'avance dans mon papier, je l'ai vérifié mais dès que l'histoire sera publiée, j'ai bien peur que la vie de M. Lanier ne... change du tout au tout.

– Sans parler de la longueur de son cou, assura Tynan.

– Aussi lui ai-je laissé une lettre pour lui avouer mes intentions.

Tynan resta un long moment silencieux.

– Il vous a certainement préparé un comité d'accueil à la lisière de la forêt ! Dès que nous montrerons le bout du nez, les hommes de Lanier se jetteront sur nous avec des fusils – ou peut-être même des canons – pour vous empêcher de remettre votre papier.

– C'est fort probable, admit-elle. Mais, dans la vie, il y a certaines choses qu'on *doit* faire. Je *devais* laisser à M. Lanier une chance de s'enfuir, mais je *devais* aussi faire publier cette histoire. Ne comprenez-vous pas ?

Tynan se leva.

– Je comprends qu'un homme fasse ce qu'il a à faire, mais en ce moment, miss Mathison, vous êtes en train de réclamer de l'aide et je ne suis pas en position de vous en donner. C'est Prescott qui est responsable de cette expédition. Moi, je ne suis que votre guide. J'obéis aux ordres, un point c'est tout. Merci pour votre poisson, miss, il était excellent. Il faut que je continue maintenant à vérifier la piste.

Il avait déjà fait quelques pas quand il s'arrêta brusquement et se retourna vers elle.

– Et ne vous avisez pas de partir seule, l'avertit-il.

Il ramassa alors un long bout de bois qu'il lança comme un javelot sur la droite de Chris. La perche traversa la végétation qui couvrait le sol et ne heurta celui-ci qu'une bonne seconde plus tard. Chris comprit immédiatement la mise en garde. Si on quittait la piste, on risquait de tomber dans d'énormes trous qu'un enchevêtrement de feuillages rendait invisibles.

Et sur cette démonstration percutante, il l'abandonna.

Chris resta un moment immobile à maudire la gent masculine.

– Les femmes elles aussi doivent agir selon leur conscience, monsieur Tynan ! fulmina-t-elle à haute voix bien qu'il fût trop loin pour l'entendre, puis elle se mit à ramasser du bois pour le feu.

Par la suite, Chris resta au camp à bavarder avec Asher en évitant soigneusement de mentionner Hugh Lanier. Quand Tynan rentra, elle lui jeta un coup d'œil, mais il l'ignora complètement. Aussi se mit-elle à couver Asher du regard comme si sa conversation était absolument passionnante. En fait, elle cherchait fébrilement le meilleur moyen de fausser compagnie aux deux hommes. Le journal de John Anderson était dans une petite ville non loin de la lisière de la Forêt des Pluies, à quelques kilomètres seulement de l'endroit où ils y avaient pénétré la nuit dernière. Si elle arrivait à subtiliser un cheval et à reprendre la piste en sens inverse au triple galop, elle pourrait être de retour avant qu'on s'aperçoive de son absence.

– Je vais marcher un peu, annonça-t-elle à Asher en se levant.

– Je vous accompagne.

– Je vous remercie, ce n'est pas la peine, répondit-elle avec son plus beau sourire. J'ai des choses à faire. Des choses qui ne concernent que les femmes, insista-t-elle avec une mimique expressive, persuadée qu'Asher n'était pas le genre d'homme à s'imposer en pareille circonstance.

– Bien entendu, déclara-t-il poliment.

Elle passa devant lui, puis devant Tynan, et se cacha dans les broussailles jusqu'à ce que les deux hommes aient quitté le camp. Elle jeta alors une selle sur le dos de son cheval avec une telle rapidité que le pauvre animal se mit à piaffer et à ruer.

– Calme-toi, voyons ! murmura-t-elle en lui caressant l'encolure. Nous partons en promenade.

– Tiens donc ! Et où projetez-vous d'aller, miss Mathison ?

Chris pivota sur ses talons et se retrouva nez à nez avec Tynan.

– Je vais remettre mon papier à John Anderson, déclara-t-elle sur un ton sans appel, et si vous avez l'intention de m'en empêcher, je vous préviens que vous devrez m'attacher et me surveiller jour et nuit. Il vous faudra renoncer à prendre tout repos et...

– Oui, oui, je comprends, dit-il, et Chris remarqua qu'une lueur d'amusement brillait dans ses yeux.

– A quelle distance se trouve cet Anderson ?

Chris retint sa respiration.

– En galopant, je peux être de retour au coucher du soleil.

– Et que ferez-vous si les hommes de Lanier vous attendent en bordure de la forêt ?

– Je galoperai encore plus vite en priant pour ne pas être tuée.

Il la fixa un instant, puis sortit son revolver de son étui pour vérifier s'il était bien chargé.

– Je peux peut-être vous être utile. Dans quelle direction se trouve cette ville ?

Chris sauta en selle.

– Direction sud-est après la lisière de la forêt. Le bureau du journal est le troisième bâtiment sur la droite.

Tynan sella son cheval.

– Aussitôt que nous aurons remis votre papier, il suffira à Lanier de sortir son revolver pour le récupérer. En avez-vous d'autres exemplaires ? Pourquoi ne pas plutôt déposer un paquet au dépôt de marchandises – s'il y en a un – puis vous arrêter pour saluer Mme Anderson ?

– Pourquoi pas... Oui, cela peut marcher, dit-elle en le regardant pleine d'espoir. Il n'y a pas de Mme Anderson, mais sa sœur est mariée avec le médecin.

– Encore mieux, remarqua Ty en sautant en selle. Savez-vous monter à cheval ?

– Je suis tout à fait capable de vous suivre si c'est ce qui vous inquiète, déclara-t-elle avec défi.

Elle comprit vite sa douleur. Tynan menait un train d'enfer et elle devait utiliser toute la force de ses bras pour contrôler sa monture pendant qu'ils traversaient cette jungle verte ventre à terre.

Au sortir de la forêt, Ty ne ralentit pas l'allure et continua à filer vers la ville. Chris s'attendait à entendre des balles siffler au-dessus de leurs têtes mais aucun coup de feu ne rompit le silence. Voyant cela, Ty arrêta son cheval et se tourna vers elle.

– Nous allons entrer en ville par l'autre côté. Ils nous attendent certainement de ce côté-ci. Ensuite, je vous déposerai devant le bureau du fret et je veux que vous y attendiez mon retour. Je porterai moi-même votre papier à la femme du médecin et laisserai en passant votre cheval à l'arrière du bâtiment. Quand vous me verrez repasser au triple galop, courez à l'arrière, sautez en selle et foncez. Je serai sur vos talons. Cela vous paraît faisable ? Vous y arriverez ?

– Oui, répondit Chris en essayant de calmer son cheval qui piaffait. Mais s'ils vous attrapent avec mon papier...

– Ne vous inquiétez pas pour moi, occupez-vous juste de suivre mes ordres. Et je vous préviens : mes colères sont bien plus redoutables que les balles de Lanier.

– Très bien, sir, dit-elle en souriant, et il lui adressa un clin d'œil en éperonnant son cheval.

Ils firent une pause à l'extérieur de la petite ville qui ne payait pas de mine avec une malheureuse piste défoncée en guise de rue principale. Tynan observa les lieux un moment en silence, puis il se tourna vers Chris.

– J'ai bien l'impression qu'ils nous ont précédés.

– A quoi voyez-vous cela ?

– Il y a beaucoup trop d'hommes qui traînent sans rien faire, la main sur leur arme. Ils guettent quelqu'un. Donnez-moi votre papier !

Quand il l'eut glissé à l'intérieur de sa chemise, il la regarda droit dans les yeux et murmura :

– Vous êtes prête ? Vous vous rappelez ce que vous devez faire ?

– Ce n'est pas sorcier !

– Mais c'est vital... Allons-y !

Il la guida par-derrière la ville, se fondant dans l'ombre des bâtiments contre lesquels il l'obligeait à se serrer, chevauchant à l'extérieur afin de la protéger davantage. Un chariot contourna une maison et Tynan attira instantanément Chris dans ses bras, l'arrachant presque à sa selle.

– Tu ne te sens pas bien, chérie ? demanda-t-il tout fort. Cela arrive souvent avec le premier bébé.

Aussitôt que le chariot eut disparu, il la repoussa sur sa selle.

– Attendez-moi ici, déclara-t-il quand ils eurent atteint le bureau du fret.

Il y avait un vaste quai de chargement à l'arrière avec une rampe d'accès et un gros crochet pendait au-dessus du seuil.

Chris ne se sentait plus si brave maintenant que Tynan était parti et elle sursautait au moindre bruit.

– Elle est ici, entendit-elle Tynan annoncer tout en

sortant de l'entrepôt en compagnie d'un homme. Elle est incapable de faire un pas de plus.

Avant qu'elle puisse parler, Tynan la souleva de sa selle et la posa par terre.

– C'est le premier et elle n'a pas encore l'habitude de ce genre de malaise. Cela ne vous dérange pas trop si je la laisse ici pendant que je vais chercher le médecin ?

– Bien sûr que non. Vous savez, nous avons eu huit enfants, ma femme et moi. Mais je ne vois pas ce que le médecin pourra faire. Le seul remède, c'est d'attendre que cela passe.

Tynan étouffa presque Chris dans une étreinte protectrice.

– Si cela la réconforte, je préfère aller le chercher.

– Je comprends. Allez, ma petite dame, asseyez-vous là.

– Et si elle s'installait devant la fenêtre pour surveiller mon retour ? Cela la rassurerait.

– Comme vous voulez, acquiesça l'homme.

Ty escorta Chris jusqu'à la fenêtre qui donnait sur la rue principale et l'installa sur un siège.

– Je serai de retour dans une minute, chérie, dit-il en déposant un baiser sur son front.

Quand il fut parti, Chris se carra contre le dossier du fauteuil tout en essayant de dissimuler avec quelle attention elle fixait la rue. Deux hommes étaient postés sur le trottoir d'en face, avec des fusils à la main et des pistolets passés dans leur ceinture. Plus besoin de jouer la comédie devant le préposé, l'inquiétude qu'elle ressentait – en grande partie à cause de Tynan, Chris devait le reconnaître – se lisait certainement sur son visage. Elle l'avait entraîné dans cette aventure et maintenant il était en train de risquer sa vie pour elle !

Les minutes passaient, portant son anxiété au paroxysme. Pourquoi mettait-il tant de temps ? Et si la sœur de John n'était pas là... Et si...

La pétarade de coups de feu qui éclata de l'autre côté de la ville où se trouvait justement Tynan arrêta net le cours de ses pensées. Elle se leva.

– Il ne faut pas vous affoler, ma petite dame, la rassura le préposé de derrière son comptoir. C'est comme si ça les démangeait... Faut toujours qu'ils se tirent dessus dans cette ville pourrie. Restez donc assise et reposez-vous.

Mais Chris avait tout autre chose en tête et elle se pencha en avant pour mieux suivre les événements.

Ce qu'elle craignait était arrivé : Tynan dévalait la rue au grand galop couché sur son cheval tandis que deux hommes le poursuivaient l'arme au poing.

Le souffle court, les yeux écarquillés, elle resta un moment collée à la vitre avant de se tourner vers le préposé.

– Puis-je vous l'emprunter ? demanda-t-elle d'une voix décidée en s'emparant du fusil accroché contre le mur.

Elle se précipita dehors sous le regard éberlué de l'employé. Un genou en terre, le bras gauche qui tenait l'arme appuyé sur l'autre genou pour plus de précision, elle visa et fit mouche. Le premier homme tomba, touché à l'épaule, et elle s'apprêtait à régler son compte au suivant quand Tynan obliqua droit sur elle. Dans un bruit de tonnerre, il emprunta la rampe dont on se servait pour charger les tonneaux devant le dépôt.

Chris se redressa en reculant légèrement, et quand Ty se pencha en lui tendant le bras, elle le saisit, posa son pied sur le sien dans l'étrier et se hissa en croupe derrière lui. Sans ralentir l'allure, il traversa l'entrepôt à grand fracas devant les employés médusés et dévala la rampe à l'arrière.

Ils prirent un peu d'avance pendant que les hommes lancés à leur poursuite étaient forcés de contourner le bâtiment.

Chris, échevelée par la course, serrait Tynan de toutes ses forces tandis que les balles sifflaient à leurs oreilles. Il se coucha sur l'encolure du cheval en l'entraînant avec lui.

Tynan pénétra dans la forêt au grand galop et s'enfonça pendant encore une centaine de mètres au milieu des arbres avant de stopper brutalement. Il pivota sur sa selle, fit glisser Chris sur le sol et sauta lui-même à terre.

– Maintenant, nous allons disparaître, annonça-t-il en prenant les rênes du cheval.

Il lui fit signe de descendre au milieu d'un fouillis de plantes grimpantes qui dissimulaient un de ces trous si sournois. Elle ne se fit pas prier pour dégringoler au fond le plus vite possible. « Persuader » le cheval fut une autre affaire et Ty y parvint en proférant une série de menaces à voix basse. Il n'avait pas plus tôt décidé le cheval à descendre et replacé la végétation au-dessus de leurs têtes que trois hommes apparurent sur la piste.

Ty, les mains posées sur les naseaux du cheval pour l'empêcher de faire du bruit, tenait Chris contre lui. Ils observèrent silencieusement les hommes à travers le feuillage.

– Nous les avons perdus, dit l'un d'eux.

– Et nous avons aussi perdu quatre de nos hommes en route. C'est Lanier qui va être content !

– Partons ! Cet endroit me donne la chair de poule. S'ils sont entrés là-dedans, ils n'en sortiront pas vivants. Il n'y a rien que des fantômes par ici.

Le premier homme ricana.

– Et Lanier nous paie pas pour tuer des fantômes ! Venez, nous passerons par le bureau du fret. Peut-être que la fille y a laissé quelque chose.

Chris retint sa respiration pendant que les hommes

faisaient demi-tour et ne reprit son souffle qu'une fois le silence retombé. Elle se recula avec un soupir contre la paroi et leva les yeux vers Ty.

– Comment vous ont-ils repéré ?

– Quelqu'un nous a vus quitter la maison de Lanier et m'a certainement reconnu. Je pense que c'est elle.

– Elle ?

– La petite bonne de Lanier. Elle a dû l'avertir que je vous avais enlevée. Et après votre lettre, c'est logique qu'il ait envoyé ses sbires à mes trousses. Mais j'ai réussi à donner votre histoire à la femme du médecin.

Un large sourire illumina les traits de Chris. Mission accomplie ! songea-t-elle avec un sentiment d'euphorie.

– Je me demande bien quelle figure font les employés du fret ? J'avoue que j'ai eu un choc quand j'ai compris vos intentions. Traverser tout le bâtiment à cheval !...

Les yeux de Ty pétillèrent.

– J'aurais été capable de vous administrer une sacrée fessée quand vous êtes apparue à la porte pour faire tranquillement un carton. Vous auriez dû rester à l'intérieur jusqu'à ce que j'aie quitté la ville avec tous ces bandits à mes trousses et ensuite vous vous seriez enfuie en toute tranquillité. Où avez-vous appris à tirer ainsi ?

– Avec mon père. Ce pauvre préposé, il n'a rien dû comprendre ! J'arrive malade à ne pas pouvoir tenir sur mes jambes et quelques minutes plus tard...

– Quelques minutes plus tard, vous sautez en croupe derrière moi. Chris, vous avez été formidable !

Il éclata de rire et, la saisissant par les épaules, planta un baiser sonore sur sa bouche.

Chris le regarda en clignant des yeux. Quand il

l'avait embrassée, un étrange picotement l'avait parcourue tout entière. C'était délicieux !

– Hu-um ! chuchota-t-elle en se laissant aller contre lui.

C'est alors qu'il la repoussa comme s'il s'était brûlé et se détourna.

– Allez, hop ! Il faut pousser ce cheval dehors, grogna-t-il. Et nous ferions mieux de rentrer avant que Prescott ne se mette à notre recherche.

Chris était complètement déboussolée. Quelle mouche avait piqué Tynan ? Il semblait de si bonne humeur quelques instants plus tôt et il l'avait même embrassée. C'était un baiser amical, bien sûr – rien de passionné –, juste une réaction naturelle entre deux personnes qui viennent de partager une grande aventure... Mais dès qu'elle lui avait manifesté son intérêt, il s'était écarté avec violence.

Elle posa un regard sans concession sur sa petite personne. Mais bien sûr ! Elle ne l'attirait pas... Elle s'était toujours considérée – les compliments aidant – comme plutôt jolie, mais ses courbes n'avaient rien d'exagéré comme la mode le voulait aujourd'hui.

– La petite bonne de M. Lanier qui vous a reconnu ne s'appellerait-elle pas Elsie, par hasard ?

– Oui, c'est cela, marmonna-t-il en lui offrant toujours son dos. Et maintenant, allez-y ! Je vous suivrai plus tard.

Avec un soupir, Chris se mit à escalader la paroi escarpée en écartant les lianes sur son chemin. Elsie avait approximativement la même taille qu'elle mais pesait certainement une quinzaine de kilos de plus, artistiquement répartis autour d'une taille minuscule. Si c'était là la femme de ses rêves, Chris ne faisait pas le poids...

Elle remit de l'ordre dans ses vêtements et ne cessa de soupirer pendant tout le chemin de retour.

– Vous allez bien ? s'enquit Asher dès qu'il l'aperçut. Vous avez disparu pendant si longtemps.

– Très bien, oui ! répondit-elle en se versant une tasse de café. Et vous ?

– Eh bien, moi aussi ! Et je suis ravi que vous ayez pu vous reposer. Une rude journée de cheval nous attend sans doute encore demain.

– Certainement, acquiesça-t-elle en le regardant par-dessus le bord de sa tasse. J'adore les longues siestes, mais c'est fou ce qu'elles ouvrent l'appétit ! Auriez-vous de quoi grignoter ?

Chris ne revit pas Tynan avant le lendemain matin quand ils se remirent en route. Elle essaya de croiser son regard mais sans succès. Il agissait exactement comme s'il ne s'était rien passé la veille. Plus il l'ignorait et plus elle le regardait. Ils s'arrêtèrent au milieu de l'après-midi. Ty abandonna immédiatement Chris en tête à tête avec Asher et alla s'occuper des chevaux. Chris s'assit et l'observa. Comme il passait devant elle, elle remarqua qu'il boitait d'une manière imperceptible. Avait-il été blessé la veille ? Malgré son chapeau enfoncé comme à son habitude jusqu'aux yeux, elle le vit grimacer en ôtant les rênes du cheval. Asher parut agacé, mais elle n'en continua pas moins à surveiller Tynan et fut bientôt persuadée qu'il souffrait.

Elle bâilla alors à se décrocher la mâchoire et annonça :

– Je suis épuisée. Vous ne m'en voudrez pas d'aller faire un somme un peu plus loin ?

Tynan se retourna, le temps de croiser le regard de Chris, puis il se détourna aussitôt.

– Ne vous éloignez pas trop, bougonna-t-il en passant devant elle et il s'enfonça dans la forêt.

– Venez plutôt faire quelques pas avec moi, Chris ! proposa Asher. J'adore vous entendre raconter vos merveilleux reportages.

– Vraiment, je suis trop fatiguée. Une autre fois, peut-être.

Elle saisit aussitôt ses couvertures et son sac de voyage, affectant d'être à bout de forces, et emprunta la piste sur les pas de Tynan.

Quand elle fut sûre qu'Asher ne pouvait plus la voir, elle ouvrit son sac, en retira sa trousse de secours et se mit à courir dans la direction où elle l'avait vu disparaître.

Elle commençait à désespérer de le retrouver quand elle entendit un hennissement. Consciente du risque qu'elle prenait, elle quitta la piste en priant pour ne pas tomber sur un de ces trous si bien cachés au regard.

Elle se fraya tant bien que mal un chemin jusqu'à un gigantesque tronc et écarta la végétation qui pendait d'un peu partout. Quelques mètres plus bas, Tynan bouchonnait un cheval, torse nu dans une petite clairière rocheuse. D'abord face à elle, il lui tourna le dos et passa de l'autre côté du cheval, et elle laissa échapper une exclamation étouffée. Elle ne s'était pas trompée. Même à cette distance, elle distinguait nettement les marques rouges qui sillonnaient son dos et ne semblaient pas toutes guéries. Seules les lanières d'un fouet pouvaient laisser ces traces-là. Leur folle cavalcade de la veille avait rouvert ses blessures. Il devait terriblement souffrir.

Elle attendit qu'il lui fasse de nouveau face, puis, reculant dans les broussailles, elle se mit à l'appeler à grands cris avant d'émerger dans la clairière.

Il avait déjà enfilé sa chemise et essayait de remettre ses bottes en toute hâte.

– Par ici ! cria-t-il en levant la tête.

– Comment dois-je faire pour vous rejoindre ?

– Ne faites rien, surtout ! Retournez au camp !

Elle lui sourit et ébaucha un pas en avant comme

si elle avait l'intention de descendre tout droit jusqu'en bas.

– Non ! hurla-t-il, mais c'était trop tard.

Le sol commença à s'effriter sous elle, et Chris dévala toute la pente sur le dos.

Tynan traversa la clairière en courant et se précipita pour arrêter sa chute.

Chris referma instinctivement ses bras autour de lui. Le corps de Tynan s'emboîtait délicieusement contre le sien. Il leva la tête. Elle crut qu'il allait l'embrasser et entrouvrit les lèvres pour l'accueillir, mais il roula sur le côté et bondit sur ses pieds. Il resta ensuite détourné un instant comme s'il luttait contre la violence de ses émotions.

– Je vous avais bien prévenue ! s'écria-t-il d'un air dégagé. Je croyais que vous étiez tellement fatiguée qu'il vous fallait une sieste ?

– J'ai menti, reconnut-elle avec un grand sourire.

– Cela vous arrive-t-il souvent, miss Mathison ?

– Pas aussi souvent que certaines personnes de mon entourage, susurra-t-elle en papillonnant des yeux.

Il fut sur le point de lui répondre, mais se ravisa et retourna à son cheval.

– Voici une piste qui rejoint celle que vous avez prise pour venir. Ce sera plus rapide pour rentrer.

Elle se leva, arrangea nonchalamment sa jupe et attrapa sa trousse d'urgence qui avait dévalé la pente à sa suite.

– Je vous cherchais parce que j'ai l'intention d'examiner votre dos.

– Mon quoi ?

Il se retourna vers elle avec un visage blanc de rage.

– Ecoutez, miss Mathison. Je ne sais pas où vous voulez en venir, mais je vous préviens que je commence à en avoir assez, poursuivit-il, et il s'avança en brandissant l'étrille vers elle tandis que Chris reculait. Vous avez beau avoir décidé que je ferais un sujet idéal pour votre prochain reportage, je refuse ! Votre père m'a embauché pour vous faire traverser la forêt avec Prescott et vous ramener chez vous. Cela ne vous autorise pas à me poursuivre partout où je vais, ni à profiter de la moindre occasion pour surgir en tenue d'Eve. J'aurais certainement apprécié en d'autres circonstances. Mais pour le moment, j'ai un contrat et je compte le remplir, quels que soient vos efforts pour m'en dissuader. Maintenant, soyez gentille et laissez-moi tranquille !

Il se tut brusquement et retourna près du cheval.

– Comme vous voudrez ! Je rentre de ce pas avertir M. Prescott que votre dos est lacéré et que vous ne pouvez plus mettre un pied devant l'autre. A mon avis, il ne se fera pas prier pour prendre votre place et vous renvoyer dans cet endroit d'où vous venez et que vous tenez jalousement secret. Bonsoir, monsieur Tynan, déclara-t-elle en s'engageant sur le sentier qu'il lui avait indiqué.

Elle n'avait pas fait un mètre qu'elle l'entendit pousser un juron, et l'étrille atterrit par terre avec un bruit sourd.

– Très bien ! glapit-il.

Chris se retourna vers lui.

– Enfin, que voulez-vous ? s'emporta-t-il.

– Seulement que vous enleviez votre chemise et vos bottes et vous couchiez sur le ventre.

– Je devrais me réjouir que cela vous suffise, j'imagine, bougonna-t-il d'un ton maussade, mais il s'exécuta.

Chris s'agenouilla à côté de lui et examina son dos. C'était pire qu'elle ne s'y attendait. La plupart des entailles étaient en train de cicatriser, mais de plus profondes s'étaient rouvertes la veille et devaient le faire beaucoup souffrir.

Elle respira à fond, ouvrit sa mallette et en retira un onguent.

– Cette pommade va atténuer la douleur, assura-t-elle d'une voix douce en commençant à l'appliquer.

Son dos était large et musclé, mais il n'avait pas une once de graisse... Il était même maigre à faire peur !

– Combien de temps êtes-vous resté en prison ? s'enquit-elle quand elle sentit ses muscles se relâcher sous ses doigts.

– Deux ans, répondit-il sans réfléchir. Sapristi ! maugréa-t-il alors, tout surpris d'avoir vendu la mèche.

– Je suis journaliste, monsieur Tynan, et mon travail, c'est d'abord d'observer. Je ne connais aucun autre endroit où les hommes soient battus et meurent de faim – du moins en Amérique.

– Et si vous en connaissiez, vous vous débrouilleriez pour y être expédiée séance tenante afin de mener une enquête ! Allez-vous vous servir de moi pour votre prochain papier ? J'imagine d'ici le titre : « J'ai traversé la Forêt des Pluies avec un prisonnier évadé. » A moins que vous ne trouviez quelque chose de plus accrocheur ?

– Vous vous êtes évadé. Je ne sais pas pourquoi mais j'ai l'impression que mon père vous a fait relâcher.

Il resta silencieux et elle comprit qu'elle avait visé juste.

– Voyez-vous, monsieur Tynan, je connais bien mon père. Quand il a une idée en tête, rien ne peut le dissuader. A mon avis, il a découvert que vous connaissiez cette forêt comme votre poche et il se fichait éperdument que vous soyez un repris de justice. D'ailleurs, il a le bras assez long et suffisamment d'argent pour faire libérer même un condamné à mort.

– Vous le croyez capable de confier sa fille à un meurtrier ?

Elle resta un moment songeuse.

– Peut-être pas ! Nous sommes les seuls êtres qu'il ait jamais aimés, ma mère et moi. Il a bien failli ne jamais se remettre de sa mort. Sans doute a-t-il décidé à la dernière minute que cela valait la peine pour moi.

– Et il vous aurait malgré tout confiée à un criminel ?

Elle cessa un instant de lui masser le dos.

– Vous n'êtes certainement pas un criminel, monsieur Tynan. Mon père n'aurait pas fait cela, vous avez tout à fait raison. Soit vous êtes innocent, soit vous n'êtes coupable que d'une broutille : du genre rupture de promesse de mariage, par exemple ?

Elle se remit à le frictionner avec énergie, dans l'espoir de le détendre davantage.

– Je brûle, n'est-ce pas ? insista-t-elle, et comme il ne répondait pas, elle rit. Vous voyez, monsieur Tynan, nous finissons toujours par nous trahir, quel que soit l'acharnement que nous mettons à brouiller les pistes. M. Prescott, j'en suis sûre, ne s'est pas aperçu du mal que vous aviez à bouger. Mais quand on commence à observer les gens, on découvre des tas de choses.

Elle continua à masser son dos, ses épaules, ses bras jusqu'à ce qu'elle le sente complètement détendu. Sa respiration devint bientôt régulière et profonde comme s'il dormait. Puis elle s'attaqua aux mains de Tynan. Elle se mit à les masser l'une après l'autre, évitant soigneusement ses poignets à vif.

– Mes mains sont en parfait état, murmura-t-il d'une voix endormie, sans pour autant faire aucun effort pour se libérer.

Elle enfouit ses mains dans ses cheveux et commença à lui masser le crâne.

– Cela vous plaît d'être reporter ? l'interrogea-t-il.

– Oui, en tout cas cela m'a plu. Mais j'en ai un peu assez. J'avais dix-huit ans quand j'ai commencé et j'en ai maintenant vingt-huit. Vous voyez, cela fait un fameux bail. Je crois que je veux... Je ne sais pas très bien ce que je veux, mais davantage, en tout cas.

– Une maison et des enfants ?

Elle rit.

– Vous avez certainement bavardé avec mon père. Vous a-t-il raconté comment il m'a forcée à rentrer à la maison ? Comment il m'a menti ? Je travaillais à New York à l'époque et il m'a envoyé un télégramme dans lequel il se prétendait mourant. J'ai traversé le pays en pleurs et quand je suis enfin arrivée sale, épuisée et terrifiée, il caracolait sur un étalon sauvage avec des cris de joie.

– Vous avez de la chance d'avoir un père.

– Vous n'en avez pas ?

– Non, pas que je sache.

– Et votre mère ?

– Elle est morte.

– Ah, murmura Chris. Cela fait longtemps que vous êtes seul ?

– J'ai toujours été seul. Allez-vous vous occuper de mes pieds et en finir avec vos massages ? Il faut que je vérifie cette piste, depuis le temps qu'elle n'a pas été empruntée...

Chris cessa à contrecœur tandis qu'il se retournait pour s'asseoir. Leurs regards se croisèrent et ils restèrent un long moment les yeux dans les yeux. Ty finit par rompre l'enchantement.

– J'étais plus en sécurité en prison, bougonna-t-il. Tenez ! regardez donc mes pieds. Cela vous occupera pendant un moment.

Avec un soupir, Chris détacha les yeux de son visage pour se pencher sur ses pieds. Elle poussa alors une exclamation de surprise. Ils étaient couverts d'ampoules dont la plupart étaient à vif.

– Des bottes neuves sans chaussettes... En voilà du joli ! déclara-t-elle en soulevant un de ses pieds. Vous les avez mises sans les assouplir auparavant ?

– Je n'avais pas le choix. Mes chaussures de bal avaient rendu l'âme la veille, déclara-t-il solennellement.

Elle éclata de rire.

– Je vais vous mettre un bandage et je demanderai à M. Prescott s'il a une paire de chaussettes supplémentaire.

– Non ! se récria Ty. Je refuse la charité.

Chris lui lança un regard étonné.

– A votre aise, finit-elle par déclarer. Pas de charité ! Mais nous achèterons des chaussettes dans la première ville où nous nous arrêterons. Mon père vous paie pour me porter secours, n'est-ce pas ?

– En effet, répondit-il en la regardant enrouler la bande autour de son pied.

Elle laissa courir sa main sur sa cheville qui était aussi irritée que ses poignets.

– La marque des chaînes ? s'enquit-elle.

Il fit comme s'il n'avait rien entendu.

– Pourquoi vous êtes-vous jetée à la poursuite de Lanier ?

– Je ne sais pas. Quelqu'un devait le faire. A l'heure qu'il est, John Anderson doit être en train d'imprimer mon papier. Ce massacre risquait de décupler encore la haine latente contre les Indiens alors qu'ils ne sont pas coupables. Le coupable, c'est Hugh Lanier, et ce n'était pas juste que les Indiens paient pour lui.

– Même si, à cause de cela, un homme que vous connaissez perd tout ?

– Et les missionnaires alors ? Ils ont même perdu la vie, répondit-elle durement.

– Je n'ai jamais vu une femme affronter les coups de feu avec autant de calme. En auriez-vous déjà fait l'expérience ?

– En effet, répondit-elle.

– Les femmes comme vous ne préfèrent-elles pas rester à la maison pour élever leurs enfants ?

– Qu'est-ce que cela signifie : les femmes comme moi ? De toute façon, je n'ai jamais été amoureuse. Et vous ?

Elle tenait la cheville de Tynan dans sa main sans se rendre compte à quel point elle la serrait.

– Quelquefois. Aïe ! Vos ongles sont terriblement acérés !

– Excusez-moi, marmonna-t-elle en baissant la tête.

– En quoi cela vous importe-t-il si j'ai déjà été amoureux ou non ?

– En rien, bien entendu, dit-elle d'un ton sec en relâchant légèrement la pression sur son pied. Mais c'est une habitude chez moi de poser des questions à tout le monde.

– Ecoutez, miss Mathison. Croyez-moi quand je vous dis que je ne suis pas un homme pour vous. Je mets la pagaille partout où je passe. Il faut que vous sachiez une chose au sujet d'Elsie. Si elle m'a dénoncé, c'est parce qu'elle me déteste.

– Vous ne lui avez sans doute pas accordé suffisamment d'attention, déclara Chris.

Ty s'allongea à moitié en se calant sur ses avant-bras et regarda un oiseau voler au-dessus de lui.

– Après deux ans de prison ! Ignorer un beau brin de fille comme Elsie... !

Elle tira d'un coup sec sur le bandage qu'elle enroulait autour de son pied.

– Si vous aimez ce genre, évidemment ! Je me demande si vous avez déjà vu ce « beau brin de fille » sans corset.

Ty la regarda, et un éclair brilla au fond de ses yeux.

– Un peu grosse à votre goût ?

– Oh, un petit soixante-dix centimètres de tour de taille... Après vingt ans, c'est le désastre assuré... Les rondeurs s'affaissent comme des châteaux de cartes !

Chris s'interrompit, consternée... Mais enfin, qu'est-ce qui lui prenait ?

– Remettez vos bottes, dit-elle sèchement. J'espère que vous trouverez un autre brin de fille dans son genre pour vous changer votre bandage dans un jour ou deux puisque apparemment je ne suis pas votre type.

Elle voulut se lever, mais il la retint par le bras et lui sourit sans qu'elle daigne relever la tête.

– Et vous ? Vous ne craignez pas de vous « affaisser » dans un an ou deux ? A votre âge ? questionna-t-il d'une voix moqueuse en lui soulevant le menton du doigt. Et si les petites maigrichonnes pendues à mes basques et qui posent des questions à tout bout de champ étaient au contraire mon type ? Qu'en pensez-vous ?

– Pas grand-chose, bredouilla Chris qui se sentait aussi empotée qu'une gamine.

Jamais elle n'avait autant désiré plaire à un homme.

– Justement les petites blondes minces sont mes favorites ! chuchota-t-il.

Chris leva vers lui des yeux brillants de larmes, et il se pencha pour l'embrasser.

– Du diable si je comprends ce qui m'arrive ! s'emporta-t-il en la repoussant brutalement. Fichez-moi le camp ! Vous m'entendez ? Vous avez raison, vous n'êtes pas mon type de femme. Je hais par-dessus tout le genre infirmière doublée d'une oie blanche !

Un peu effrayée par cette soudaine colère, Chris s'engagea en courant sur la piste qu'il lui avait indiquée tout à l'heure.

5

Quand Chris atteignit le camp, hors d'haleine à force d'avoir couru, elle trouva Asher installé auprès d'une joyeuse flambée. Il l'accueillit avec un sourire et se mit à lui parler de la forêt, mais elle avait le plus grand mal à lui accorder la moindre attention, tout occupée à essayer de deviner pourquoi Tynan avait croupi deux ans en prison.

– Chris ! Est-ce que vous m'écoutez ? demanda Asher.

– Mais bien sûr ! s'écria-t-elle en feignant le plus grand intérêt.

Cette nuit-là, elle resta longtemps éveillée. Elle ne pouvait pas voir les étoiles à cause de l'entrelacs de branches au-dessus d'elle, mais elle observait les feuilles, un peu effrayée par l'obscurité totale qui régnait dans la forêt.

Elle cherchait le sommeil depuis une bonne heure quand elle entendit un léger bruit sur sa droite. Tynan venait sans doute vérifier si tout allait bien. Jamais elle n'avait vu un homme prendre ses responsabilités aussi au sérieux.

Elle l'observa aller et venir dans le camp. Il vérifia que les chevaux étaient attachés, les provisions emballées pour la nuit et le feu éteint. Puis il s'approcha d'elle et sursauta imperceptiblement en s'apercevant qu'elle avait les yeux grands ouverts.

– Vous devriez dormir, remarqua-t-il en la dominant de toute sa taille. Nous nous lèverons tôt demain.

– Comment est la piste devant nous ?

Asher remua entre ses couvertures et Ty s'agenouilla à côté de Chris en baissant la voix. Elle se redressa sur un coude.

– Tout va bien ! Juste quelques fourrés qui l'obstruaient, mais j'en ai déblayé la plus grande partie.

– Avez-vous mangé quelque chose ?

Elle vit l'éclair de ses dents blanches quand il sourit.

– Vous ferez une mère formidable un de ces jours. Oui, j'ai dîné. Maintenant, dormez ! A demain.

Elle s'étendit entre ses couvertures, mais il ne bougeait pas.

– Je suis désolé pour cet après-midi, miss Mathison. Je n'aurais pas dû me mettre en colère. Je crois que nous ferions bien de garder des relations de travail pendant la durée du voyage. Comme je vous l'ai fait remarquer, je n'ai pas rencontré de femmes depuis un bon bout de temps et certaines choses ne sont pas évidentes pour moi. Je me comporte avec vous comme un ours mal léché.

– Je ne vous facilite pas la tâche, n'est-ce pas ? chuchota-t-elle sur un ton qui ne laissait aucun doute sur le sens de sa question, et elle espérait bien l'entendre répondre qu'elle faisait de sa vie un enfer.

Il s'accroupit et lui sourit de nouveau.

– Oh, pour le moment, tout va bien ! Je domine la situation. Allons, soyez sage maintenant et dormez.

– Pas de baiser pour me souhaiter bonsoir ? demanda-t-elle un peu vexée par son ton moqueur.

– Ah non ! Ce n'est pas prévu dans le contrat ! s'écria-t-il, et cette fois-ci c'est elle qui rit devant son intonation horrifiée.

Comme il s'éloignait, elle se retourna sur le ventre et s'endormit.

A peine ouvrit-elle les yeux le lendemain matin qu'elle aperçut Tynan penché sur le feu. Les cheveux humides, il faisait frire du poisson dans la poêle.

– Vous êtes allé pêcher ? s'enquit-elle avec un grand sourire.

Il marmonna quelques mots incompréhensibles et se dirigea vers les chevaux.

Tynan resta soigneusement à l'écart tandis qu'ils chevauchaient tous les trois sur la piste en silence. Et quand ils s'arrêtèrent pour déjeuner, il demanda immédiatement à Asher d'emmener Chris chercher du bois.

Asher lui prit le bras et la poussa vers la piste qu'ils venaient juste d'emprunter.

– J'ai entendu dire que votre père avait des intérêts dans une compagnie maritime, dut répéter Asher une seconde fois avant d'obtenir une réponse.

– Oui, en effet, confirma-t-elle distraitement. Des intérêts maritimes, des conserveries, du bétail, des scieries... Enfin tout ce sur quoi il peut mettre la main.

– Et vous avez abandonné tout cela pour vous enfuir à New York et devenir journaliste ? Enfin, maintenant, vous êtes de retour.

– Pas de mon plein gré, comme vous le savez. Et j'ai bien l'intention de retourner à New York dès que j'aurai revu mon père.

– Ah, je vois. Je ne sais pas pourquoi, mais je croyais que vous aviez d'autres plans.

– Quel genre de plans ? l'interrogea-t-elle en se tournant vers lui. Est-ce mon père qui vous l'a laissé entendre ?

– Oh, il a juste dit que vous sembliez prête à vous établir, que vous étiez encore assez jeune et qu'il espérait bien que vous lui donne...

– Assez jeune pour quoi ? l'interrompit-elle.

– Mais pour fonder une famille, j'imagine.

Chris se mordit les lèvres pour retenir une réplique cinglante.

– Je ne suis pas encore sur la pente descendante, ne vous en déplaise ! Beaucoup de femmes ont des enfants à mon âge.

– Je n'avais pas l'intention de vous offenser.

Chris lui jeta un rapide coup d'œil et un sentiment de culpabilité la submergea. Le pauvre Asher essayait juste d'être aimable, après tout, et elle n'avait aucune raison de le traiter ainsi. Elle se força à sourire.

– J'en suis persuadée, monsieur Prescott. Comment avez-vous rencontré mon père ?

Asher lui retourna son sourire.

– Nos pères respectifs étaient amis et ils faisaient parfois des affaires ensemble. Je vous ai vue une fois il y a bien longtemps avec votre mère. C'est une des plus belles femmes que j'aie connues.

– C'est aussi mon avis.

Il se mit à ramasser du bois.

– Pourquoi mon père vous a-t-il choisi pour cette mission ? interrogea-t-elle en ramassant à son tour quelques branches mortes qu'elle ajouta à la pile.

– Il n'a pas eu beaucoup de choix. Les hommes de mon âge sans situation ne courent pas les rues et, après avoir été mon propre patron pendant des années, j'ai du mal à envisager d'être un simple employé.

– Je comprends ce que vous ressentez. Mon père continue à me dire ce que je dois faire et comment je dois le faire. Et quand je ne lui obéis pas, il embauche des hommes pour partir à ma recherche.

– Oui, mais vous êtes une...

Asher s'interrompit devant le regard acéré de Chris.

– Oh, excusez-moi ! J'ai bien failli mettre les pieds dans le plat une fois de plus.

Elle pencha la tête sur le côté.

– Et cela aurait-il eu de l'importance pour vous ?

Asher lui décocha un sourire séducteur. Il était vraiment joli garçon. Rien à voir avec Tynan, bien entendu, mais il avait beaucoup de charme...

– Je suis seul dans les bois avec une femme ravissante et vous me demandez si cela aurait de l'importance qu'elle m'en veuille ? Voyons, miss Mathison, je mourrais plutôt que de détruire l'enchantement de ces instants que j'attends depuis si longtemps.

Elle rit de bon cœur. Cueillant alors une fleur pourpre qui s'épanouissait sur un lit de mousse, il la lui tendit en s'inclinant. Chris la glissa derrière son oreille avec un sourire.

– Eh bien, je crois que nous ferions mieux de rentrer, dit-il en ramassant un énorme tas de bois. Mettez le reste sur le dessus, s'il vous plaît.

– Sûrement pas, je peux en prendre une partie.

– Jamais je ne laisserai une femme porter du bois pour le feu, miss Mathison ! Soyez gentille de poser ces quelques bûches ici.

– On croirait entendre mon père, soupira-t-elle.

– J'ai beaucoup d'admiration et de respect pour votre père et je considère comme un compliment que vous me compariez à lui. Et maintenant, si vous voulez bien m'indiquer le chemin. Je n'y vois absolument rien.

Tout heureuse qu'Asher apprécie son père, ce qui était plutôt rare dans le monde des affaires, Chris le guida avec des éclats de rire. Elle accepta même de tenir deux doigts de sa main gauche après qu'il eut argué que, momentanément aveugle, il ne pouvait suivre aucune directive orale.

Quand ils atteignirent le camp, Tynan était penché sur sa poêle à préparer le repas. Il releva la tête en entendant le rire joyeux de Chris, mais se replongea aussitôt dans son ouvrage.

Chris se sentit soudain ridiculement heureuse.

Relevant légèrement ses jupes, elle se mit à tourbillonner sur elle-même.

– Auriez-vous par hasard envie de danser, monsieur Prescott ? fit-elle en lui tendant la main.

Elle observait Tynan du coin de l'œil, mais il resta impassible.

Asher prit Chris entre ses bras d'un air ravi et l'entraîna dans une danse endiablée autour de la petite clairière. Chris suivait le rythme effréné qu'il lui imposait, touchant à peine la terre de ses pieds.

– Attention ! entendit-elle Tynan crier juste avant de s'effondrer avec Asher dans un trou heureusement peu profond caché par les fougères.

Asher serra Chris d'un bras protecteur, et ils restèrent un instant immobiles, les jupes de Chris emmêlées autour des jambes d'Asher.

Tynan les observait avec une expression sévère.

– Vous allez bien, tous les deux ? demanda-t-il.

– Je ne me suis jamais senti mieux de toute ma vie ! répliqua Asher en plaquant un baiser sonore sur la joue de Chris.

Elle se tourna vers Tynan et surprit le regard étrange qu'il posait sur elle.

– Je crois que nous pouvons déjeuner maintenant, déclara-t-il avant de retourner vers le feu de camp. Enfin, si vous avez terminé votre exhibition, bien entendu, miss Mathison.

– Oh oui, pour le moment en tout cas ! jeta négligemment Chris en le rejoignant près du feu.

6

Asher était d'une gaieté exubérante après leur petite danse impromptue et il faisait de son mieux pour amuser Chris. Il se mit même à chanter et elle se joignit à lui dans un duo.

Tynan taillait un bâton juste à côté d'eux, la tête baissée. Et Chris se demanda soudain s'il n'aurait pas aimé participer à la liesse générale mais ne savait trop comment s'y prendre.

Personne ne vit le temps passer, et l'après-midi était déjà bien avancé quand Chris suggéra de lever le camp.

Tynan jeta son bâton, rangea son couteau dans sa poche et se dirigea vers les chevaux. Comme Chris resserrait les courroies autour de ses couvertures, il s'arrêta à côté d'elle.

– Nous avons passé un bon moment, dit-il. C'était vraiment agréable.

– Où avez-vous grandi ? s'enquit-elle rapidement.

– Pas dans un endroit où on chantait, répondit-il du tac au tac. Prescott vous plaît, on dirait ?

– Bien sûr qu'il me plaît ! N'avez-vous pas souligné vous-même combien il était sympathique ? Et vous m'avez bien conseillé aussi de ne pas rester dans vos jambes. J'espère que vous voilà satisfait.

Il la regarda comme aucun homme ne l'avait encore jamais regardée. Ses yeux brûlaient comme des charbons ardents.

– Je suis satisfait. Tout à fait satisfait de vous.

Puis il pivota sur ses talons et partit si brutalement qu'il faillit heurter Asher au passage.

– Que se passe-t-il ? Il paraissait de fort mauvaise humeur. Y aurait-il un problème que j'ignore ?

– Monsieur Prescott, je n'ai aucune idée de ce que vous savez et de ce que vous ignorez.

– Chris, il faut que je vous prévienne. Tynan n'est pas le genre d'homme... enfin, je veux dire qu'une fille comme vous... je n'aime pas l'intérêt qu'il vous porte.

– L'intérêt qu'il me porte ?

– Votre père lui a dit que vous étiez une Montgomery et il m'a demandé ce que cela voulait dire.

– Et vous lui avez expliqué ?

– Non, sinon qu'il s'agissait des ancêtres de votre mère. Mais les gens comme lui n'ont pas de famille, ils n'ont même pas de nom.

– Monsieur Prescott, intervint-elle sur un ton glacé, vous faciliteriez nos rapports en gardant vos opinions sur M. Tynan pour vous. Je vous ai rencontrés ensemble tous les deux et je n'ai aucune raison de vous accorder plus de confiance qu'à lui.

Et sur ces mots, elle sauta en selle.

Elle surprit plusieurs fois le regard songeur d'Asher Prescott fixé sur elle au cours de la journée.

Ils voyagèrent durement pendant les deux jours qui suivirent. Les deux hommes furent contraints à plusieurs reprises de se tailler un passage dans le fouillis de branches qui barraient la piste et même une fois de débiter à la scie un arbre tombé en travers. Le soir, ils s'effondraient sur leurs couvertures et dormaient d'un sommeil lourd – du moins Chris le supposait-elle, car Tynan s'installait à l'écart comme à son habitude.

Asher l'embrassa le deuxième soir. Ils avaient chevauché côte à côte toute la journée, et Asher lui avait posé de nouvelles questions sur son métier de journaliste. Il s'était aussi excusé de ses propos sur Tynan, dictés – prétendit-il – par le souci de sa sécurité. Ce soir-là, il lui proposa une promenade et, dès qu'ils furent à quelques mètres du camp, il lui dit combien elle était jolie et lui demanda la permission de l'embrasser. Chris accepta.

Elle avait embrassé très peu d'hommes dans sa vie et n'était pas sûre de savoir comment s'y prendre. Asher l'entoura de ses bras et posa des lèvres chaudes et douces sur les siennes. C'était plutôt agréable, mais sans comparaison avec le rapide baiser de Tynan. Cette fois-ci, aucun feu n'irradia son corps.

– Mais enfin, qu'est-ce qui vous prend, Prescott ? lança Tynan sur un ton sec, et Asher, surpris, la relâcha. Je suis parti à votre recherche, vous croyant égaré, et voilà que je vous trouve en train de malmener miss Mathison.

– D'abord, je ne la malmène pas, je lui ai demandé la permission... commença Asher, puis il s'interrompit d'un air outragé et ajouta : De quoi vous mêlez-vous d'ailleurs ?

– J'ai été embauché pour ramener miss Mathison à son père.

– Pas seulement pour *cela*, il me semble !

– Rentrez au camp, ordonna Tynan à Chris. Et tout de suite, s'il vous plaît !

Elle se dépêcha d'obéir, laissant les deux hommes en tête à tête. Asher la rejoignit un peu plus tard et il déclara d'un air dégagé :

– Les employés oublient parfois leur place et il est bon de la leur rappeler !

Tynan ne retourna pas au camp ce soir-là. Le lendemain il paraissait calme et détendu, mais il garda soigneusement ses distances vis-à-vis de Chris.

Elle éprouvait un terrible sentiment de frustration devant tous ces mystères dont on l'entourait. Enfin, pourquoi donc son père avait-il décidé de lui faire traverser la Forêt des Pluies ? Il ne pouvait pas savoir que Hugh Lanier les pourchasserait. Et pourquoi avait-il embauché Prescott qui, visiblement, n'était d'aucune utilité dans un endroit pareil ? Pourquoi enfin Tynan la poussait-il vers Asher pour se comporter ensuite comme un amoureux jaloux ?

Le lendemain de la scène du baiser, Ty les autorisa à s'arrêter en fin d'après-midi. Tout en l'aidant à installer le camp, Chris essaya de lui faire la conversation, mais elle se heurta à un mur.

– Enfin, qu'est-ce qui ne va pas ? souffla-t-elle à mi-voix. Vous ne m'avez pas adressé la parole depuis la nuit dernière. Vous m'en voulez à cause d'Asher ?

– Ça, c'est votre affaire, dit-il en dessellant son cheval. J'ai été uniquement engagé comme guide. Rien d'autre !

– Mais enfin, c'est *vous* qui nous ménagez sans arrêt des tête-à-tête. J'entends toute la journée des phrases du genre : Miss Mathison, allez donc chercher du bois avec Prescott ! Ou bien : Miss Mathison, pourquoi n'iriez-vous pas pêcher avec Prescott ? Vous n'avez de cesse de nous jeter dans les bras l'un de l'autre. C'est ce que vous cherchez, n'est-ce pas ? Avouez-le !

– Je ne cherche rien du tout. Ecoutez, pourquoi n'iriez-vous pas vous asseoir là-bas ? Vous êtes perpétuellement pendue à mes basques ! Vous ne pouvez pas me laisser une minute tranquille, non ?

Elle se retourna vers le feu, les larmes aux yeux, et quand il l'appela, elle fit la sourde oreille.

Un peu plus tard, elle sentit que Ty cherchait à accrocher son regard, mais elle garda les yeux baissés et elle l'entendit partir presque aussitôt.

– Je vais me dégourdir les jambes et écrire mon journal, dit-elle à l'intention d'Asher en prenant du papier, une plume et de l'encre dans sa sacoche. Je serai de retour d'ici une heure environ.

Elle emprunta la direction opposée à celle qu'il avait prise et marcha un bon moment en retournant amèrement les mots durs de Tynan dans sa tête. C'était étrange comme cet homme l'attirait. Jamais encore elle ne s'était conduite d'une manière aussi stupide avec quelqu'un.

Comme le jour baissait, elle décida de s'asseoir sur un tronc en bordure de la piste et d'écrire son journal. Si elle consignait les différents épisodes de cet étrange voyage noir sur blanc, peut-être comprendrait-elle mieux ce qui se passait.

Elle couvrit plusieurs pages de son écriture régulière. Elle était installée sous les branches d'un arbre gigantesque et ne sentit pas les premières gouttes tomber. Quelques instants plus tard, c'est une véritable cataracte qui s'abattit sur elle.

En rassemblant ses affaires à la hâte, elle laissa échapper son stylo et se pencha derrière le tronc pour le récupérer. Soudain, un pan entier de terre s'effondra, et elle fut projetée dans le vide. Elle réussit miraculeusement à se raccrocher à un amas de racines tandis que le tronc roulait avec fracas au fond de la faille ouverte dans la forêt.

Suspendue dans le vide, brassant l'air de ses pieds, fouettée par la pluie glaciale et incapable de rien discerner, Chris suppliait le ciel de lui envoyer de l'aide.

– Tynan, souffla-t-elle, mais le crépitement de la pluie était si violent qu'elle ne s'entendit même pas. Tynan ! cria-t-elle alors.

Ses mains commençaient à glisser. Elle tentait de ne pas céder à la panique et se força à réfléchir calmement pour trouver une solution. Si seulement elle avait eu une idée de la profondeur du précipice sous ses pieds...

Elle se contorsionna pour essayer de regarder par-dessous, mais la brume qui montait l'empêchait de rien voir. Une de ses mains lâcha prise.

Après une lutte de plusieurs minutes, elle réussit à la refermer de nouveau autour d'une racine. Mais elle sentait ses paumes à vif et savait qu'elle ne pourrait plus tenir longtemps. Elle chercha à se balancer sur le côté avec le fol espoir que ses pieds rencontreraient un rocher ou quelque racine où s'accrocher.

– Maudites soient les Montgomery pour leur petite taille ! s'écria-t-elle en s'apercevant qu'elle ne réussissait à rien. Tynan, hurla-t-elle de nouveau de toutes ses forces. Tynan ! Tynan ! Tynan !

Elle criait encore son nom que déjà il était là à ses côtés. Le dos collé à la paroi boueuse, il l'attirait dans ses bras. Elle s'accrocha à lui avec l'énergie du désespoir, refermant ses mains derrière sa nuque et ses jambes autour de sa taille.

Il commença à se laisser glisser vers le bas par à-coups, s'aidant de tout ce qu'il pouvait trouver et écartant les débris de leur chemin. Chris avait enfoui son visage contre son épaule et ne relâcha pas son étreinte, même quand il put se mettre debout et commença à marcher.

– Là ! Tout va bien, murmura-t-il enfin en la détachant doucement de lui.

Quand il la posa à terre, elle se sentit vaciller sur ses jambes. Ils étaient tous les deux entièrement couverts de boue.

– Asseyez-vous là un moment et reposez-vous, dit-il en indiquant un rocher en surplomb derrière elle pour qu'elle s'y abrite de la pluie battante.

Une fois installée, elle leva les yeux. La silhouette de Tynan se découpait sur le rideau de pluie. Un immense sentiment de reconnaissance l'envahit et, tout naturellement, elle lui tendit les bras. Il s'approcha et la serra si fort contre lui qu'elle pouvait à peine respirer.

– Je savais qu'il allait pleuvoir, dit-il. J'étais en train de monter les tentes au moment où vous êtes partie. Je pensais que vous auriez assez de bon sens pour rentrer quand la pluie s'est mise à tomber. Sapristi, Chris, vous voulez ma mort ! C'est un miracle si je vous ai retrouvée.

Chris était si heureuse d'être auprès de lui saine

et sauve qu'elle se mit à plaquer une multitude de petits baisers sur son cou.

– Je savais que vous me retrouveriez. Je le savais à la minute même où le sol s'est effondré. La chute a été si brutale. Je n'étais plus sûre de rien... Même pas s'il pleuvait.

Ty détacha les bras de Chris d'autour de son cou. Il paraissait terriblement malheureux.

– Chris, murmura-t-il d'une voix implorante. Avez-vous déjà vu un homme pleurer ? Pleurer vraiment comme un petit garçon ?

– Non, pas à mon souvenir et cela me briserait le cœur, Ty !

Elle tendait de nouveau ses mains vers lui. Il les lui prit et les maintint fermement entre les siennes.

– Alors, je vous en prie, arrêtez ! S'il vous plaît, laissez-moi en paix. Ne me suivez pas, ne me touchez pas, ne me maternez pas, ne pleurez pas quand je me fâche contre vous. Ne faites rien, surtout rien ! Je vous en supplie.

Chris se pencha vers lui.

– Je me fiche éperdument que vous ayez fait de la prison. Vous agissez comme si nous n'appartenions pas à la même classe, mais c'est faux. Ty, je crois bien que je suis amoureuse de...

Il plaqua sa main sur sa bouche.

– Ne le dites pas. Ne le dites jamais. Je ne pourrais pas supporter de l'entendre. Nous nous connaissons seulement depuis quelques jours et dans quelques jours nous nous séparerons pour toujours.

– Le nombre de jours importe peu. Savez-vous combien d'hommes m'ont demandé ma main ? Je reçois même des propositions par courrier. Il m'est arrivé d'être demandée en mariage deux fois de suite au cours du même dîner. Je n'ai jamais été tentée d'accepter. Non, jamais ! Mais vous, Tynan, vous êtes l'homme que je veux.

Une expression de douleur voila le visage de Tynan, et il se pencha juste un instant vers elle comme s'il allait l'embrasser. Et soudain il quitta leur refuge à l'abri du rocher et se jeta sous la pluie.

– Ne comprenez-vous pas que je ne peux pas ? Je ne *peux* pas vous faire l'amour. Maintenant, debout ! Nous rentrons au camp et surtout ne vous approchez plus de moi.

Il attrapa Chris par le poignet et la traîna derrière lui. Puis il la poussa sur le flanc escarpé et boueux. Il ne la lâcha qu'une fois sur la piste et se contenta de lui indiquer le chemin du retour d'un geste de la main.

Tout en trébuchant sur la piste, Chris sentait les larmes chaudes se mêler à la pluie glacée sur son visage. Au camp, Ty avait dressé trois tentes, une pour chacun d'eux. L'une d'elles tournait le dos aux autres – sans aucun doute celle de Tynan, songea-t-elle –, et une bâche tendue par deux piquets en protégeait l'ouverture.

Ty lui indiqua sa tente, puis il l'observa les bras croisés sur la poitrine pendant qu'elle y pénétrait.

Chris n'arrivait pas à endiguer le déluge de ses larmes et elle mit une heure à enfiler des vêtements secs. Elle continua à pleurer toute la nuit. Dire que c'était le premier homme qu'elle aimait et voilà ce qui arrivait !

Au matin, son visage était rouge et enflé, son nez avait doublé de volume et une terrible migraine martelait ses tempes. Quand Tynan vint la prévenir qu'ils resteraient sur place jusqu'à ce que la pluie cesse, elle n'osa même pas lever les yeux, mais acquiesça d'un signe de tête.

Vers midi, épuisée par des heures de réflexion entrecoupées de larmes, Chris avait fini par prendre certaines décisions. Elle alluma lentement un petit feu avec des brindilles sèches et chauffa un peu de soupe qui restait de la veille.

Ensuite, elle prit son imperméable sur la pile de vêtements dans un coin et sortit sous la pluie, la bouilloire à la main. Il tombait de véritables cataractes et de petits jets de vapeur fusaient du métal brûlant au contact des gouttes glacées.

Ty se tenait sous la bâche tendue devant l'ouverture de sa tente. Aussi longtemps que le vent ne rabattait pas la pluie, il y était au sec. Allongé de tout son long, la tête appuyée sur sa selle, il était plongé dans un livre quand Chris arriva.

– Je vous ai apporté un peu de soupe, annonça-t-elle.

Il se redressa et attrapa la bouilloire pendant qu'elle tirait quelques biscuits de dessous son imperméable.

– Puis-je m'asseoir ?

– Je ne crois pas que... Oui, bien sûr, finit-il par dire en lui lançant un coup d'œil sévère.

Il était impossible de ne pas remarquer qu'elle avait pleuré toutes les larmes de son corps.

– J'ai réfléchi toute la nuit à ce que vous m'avez dit et j'ai pris certaines décisions.

Elle respira profondément.

– D'abord, je voudrais vous remercier d'avoir été aussi honnête avec moi. Je suis sûre que vous ne criez pas ce genre de choses sur les toits.

Elle gardait la tête baissée et ne s'aperçut pas de sa stupéfaction tandis qu'il la fixait la bouche entrouverte.

– Le mieux m'a paru de vous parler franchement. Je ne sais pas grand-chose de l'amour, n'en ayant jamais fait l'expérience, mais je suis capable de le reconnaître quand il se présente. Je ne sais pas pourquoi, mais je suis tombée amoureuse de vous et je veux passer le reste de ma vie avec vous. Je connais maintenant votre secret et, après avoir mûrement réfléchi – surtout ne pensez pas que je parle à la légère –, j'ai compris que cela n'avait pas d'importance pour moi. Je n'ai jamais fait l'amour, aussi j'ignore ce à quoi je renonce et, quant aux enfants, il existe des orphelinats à New York. Nous pourrions y adopter un orphelin ou deux si vous êtes d'accord.

Chris s'arrêta et leva les yeux en entendant Tynan émettre un bruit bizarre. Elle crut un moment qu'il ne se sentait pas bien. Aurait-il une crise d'épilepsie ?

– Tynan, murmura-t-elle en s'approchant.

Les jambes remontées devant lui, la bouche ouverte, il tenait son estomac à deux mains et paraissait ne plus arriver à respirer. Elle s'apprêtait à appeler à l'aide quand elle comprit soudain qu'il se tordait de rire. Elle se rassit sur ses talons en l'observant tandis qu'il finissait par reprendre son souffle et se mettait à rire à gorge déployée.

– Un orphelin ou deux... ! hoqueta-t-il. J'ignore ce à quoi je renonce...

Il saluait chaque mot d'un nouvel éclat de rire et Chris sentait son dos se raidir.

– Je suis heureuse d'être pour vous un aussi vif sujet d'amusement, monsieur Tynan. Je propose que nous fassions comme si cette conversation n'avait jamais eu lieu, déclara-t-elle en se redressant et elle quitta l'abri devant sa tente.

Ty attrapa l'ourlet de sa jupe. Il pouffait tant qu'il avait à peine la force de bouger.

– Voyons, Chris, ne le prenez pas mal. C'est juste que je...

Il s'interrompit, pris d'un nouvel accès de rire au fil des souvenirs qui remontaient à sa mémoire, et Chris se demanda comment elle avait pu se croire amoureuse d'un pareil imbécile. A cet instant, elle aurait voulu que la terre s'ouvre pour l'engloutir.

– Venez à l'abri de la pluie, insista-t-il en faisant

de vaillants efforts pour se contrôler, mais il se mordait les lèvres et ses yeux étaient pleins de larmes.

– Cela suffit comme cela ! Voulez-vous bien lâcher ma jupe, que je puisse retourner sous ma tente. Je vois que nous n'avons plus rien à nous dire.

Il commençait à se calmer, mais il eut du mal à se lever pour l'attraper par la taille et la forcer à se mettre à l'abri. Il n'aurait pas eu plus de peine à faire bouger une statue de pierre.

– Chris, bredouilla-t-il, et il laissa échapper un nouveau petit rire.

Chris essaya de se dégager, mais il l'attira sur ses genoux et la retint fermement par la taille.

Il lui fallut une bonne minute encore pour se calmer.

– Chris, dit-il enfin. Je me souviendrai toute ma vie de cette... euh, proposition. Jamais personne ne m'a parlé ainsi. C'est très généreux de votre part.

– Puis-je m'en aller maintenant ? demanda-t-elle en tentant de se libérer.

– Pas avant que vous ne m'ayez laissé vous expliquer. Lorsque j'ai dit que je ne *pouvais* pas vous faire l'amour...

Il s'interrompit en serrant les lèvres pour ne pas se remettre à rire.

– Cela n'avait rien à voir avec une incapacité physique. Je voulais juste vous faire comprendre que certaines raisons m'interdisaient de vous toucher.

– Vous interdisaient de me toucher ? répéta-t-elle avec ironie. Vous vous en êtes pourtant donné à cœur joie jusqu'ici !

– Je ne peux pas m'en empêcher. De toute façon, par « toucher », je voulais dire vous faire l'amour... Ce que je ne *peux* vraiment pas faire.

– C'est ma faute, n'est-ce pas ? Si j'étais aussi ronde que la petite bonne de M. Lanier, vous n'auriez aucun problème, hein ?

– Sapristi ! Ce n'est pas une question physique ! C'est...

Son nez touchait presque celui de Tynan.

– Je croyais que si une femme était consentante, les hommes l'étaient toujours. C'est ma mère qui me l'a dit. Je ne cesse de repousser des hommes depuis que je suis adulte et pour une fois que je m'offre à l'un d'eux, *il ne peut pas*. Si cela ne vient ni de vous ni de moi, si ce n'est pas une question physique, alors expliquez-moi où est le problème ?

Tynan laissa ses mains remonter le long des bras de Chris.

– Oh, Chris, vous me tuez ! Vous allez me faire regretter la prison ! Pourquoi m'avez-vous choisi moi et non Prescott ?

Chris réussit à se reculer mais il la ramena contre lui.

– Je ne vous tourmenterai plus. Je vous le promets.

Il se pencha vers elle, et elle sentit son souffle lui caresser le cou.

– Vous ne cesserez jamais de me tourmenter. Vous me tourmentez à chaque fois que vous respirez. Et je ne supporte pas de vous voir avec Prescott non plus. Jamais je n'ai désiré quelqu'un avec autant d'intensité que vous, Chris, cette première nuit où je vous ai tenue dans mes bras. J'en suis presque devenu fou ces derniers jours. Je pense à vous sans cesse. Je n'ose pas rester au camp quand vous êtes là de peur de ce qui pourrait me passer par la tête. Je serais bien capable de vous enlever.

– Mais je viens justement de vous proposer de vivre ensemble et vous n'avez fait qu'en rire. Vous n'arrêtez pas d'exiger que je vous laisse tranquille depuis notre première rencontre. Je ne comprends rien ! *Pouvez-vous* faire l'amour, oui ou non ? Vous n'êtes pas diminué physiquement pourtant ?

– Si vous n'étiez pas aussi innocente, vous tiendriez votre réponse, assise comme vous l'êtes sur mes genoux.

Il lui mordilla l'oreille, et Chris se sentit défaillir.

– Si je vous fais l'amour, chuchota-t-il en descendant le long de son cou, je...

– Oui, souffla Chris, s'offrant à lui la tête légèrement renversée en arrière.

– Si je vous fais l'amour, votre père me renverra en prison.

– Oh, murmura Chris sans vraiment l'entendre, puis elle se redressa et le fixa. Que *fera* mon père ?

– Il me renverra en prison. Ecoutez, Chris, je ne voulais pas en arriver là et j'ai tout fait pour l'éviter. Mais la vérité est que vous m'avez poussé hors de moi.

Elle quitta ses genoux et s'écarta légèrement.

– Je veux que vous me racontiez tout.

Avec un soupir, Ty s'allongea à moitié en s'appuyant sur son bras et la regarda.

– J'ai été condamné à la prison à vie, mais votre père m'en a sorti pour m'envoyer à votre recherche. Vous n'aviez pas tort l'autre jour en prétendant qu'il avait assez de pouvoir et d'argent pour obtenir ce qu'il voulait. Il m'a tiré de là, mais à tout moment il peut m'y renvoyer. Si je vous touche, c'est ce qu'il fera !

– Hum ! C'est ce que nous verrons ! déclara-t-elle. Toute ma vie, mon père m'a donné des ordres mais je n'en ai exécuté que la moitié ! Il nous suffira d'aller le trouver et de lui expliquer.

Ty prit les mains de Chris entre les siennes.

– Il ne veut pas que sa fille unique épouse un type dans mon genre et il a raison, Chris. Je ne suis pas de l'étoffe dont on fait les maris et votre père le sait. Vous comprenez ?

– Non ! protesta-t-elle en plantant ses yeux dans les siens. Je vous aime et...

– Non, vous ne m'aimez pas ! Vous étiez trop occupée jusqu'à présent par vos articles pour remarquer aucun homme. Mais maintenant, comme vous vous sentez vieillir, vous vous jetez sur le premier venu, persuadée d'être amoureuse.

– Pourquoi vous et pas Prescott, alors ?

– Parce que je suis bigrement plus séduisant que lui, bien sûr ! riposta-t-il avec un clin d'œil amusé.

– Bien sûr ! répéta-t-elle en se précipitant hors de l'abri. Vraiment, je suis trop stupide de ne pas m'en être aperçue !

Il l'attrapa par l'épaule et la tira à l'intérieur.

– Ne vous fâchez pas, Chris ! En d'autres circonstances, j'aurais été ravi de partager votre lit, mais je ne veux pas retourner dans cet enfer, ni être malhonnête avec vous. Vous méritez quelqu'un de bien, un homme taillé pour être un mari. Ce n'est pas mon cas. J'espère que vous comprenez.

– Oh, je comprends tout à fait ! Bien mieux que vous ne pouvez l'imaginer, répliqua-t-elle froidement. Je veux m'excuser de m'être imposée à vous sans aucune délicatesse. J'essaierai de me tenir mieux à l'avenir afin que vous n'ayez aucune crainte de retourner en prison. Est-ce bien là ce que vous désirez ? Puis-je me retirer maintenant ?

– Vous m'en voulez, n'est-ce pas ? Je n'avais pas l'intention...

– C'est à moi que j'en veux, l'interrompit-elle. Je me sens si stupide. Je ne m'étais encore jamais jetée à la tête d'un homme et je peux vous assurer que je ne recommencerai pas de sitôt. Vous n'aurez plus aucun problème avec moi, monsieur Tynan, c'est promis ! Maintenant, j'aimerais regagner ma tente et faire un petit somme si vous n'y voyez pas d'inconvénient, bien entendu...

Un pli barra son front.

– Mais bien sûr. Chris, j'apprécie vraiment votre

offre. Je veux dire quand vous pensiez que physiquement je ne pouvais pas...

– Voilà un point qui restera toujours en suspens ! jeta-t-elle en quittant l'abri.

7

Lorsqu'ils pénétrèrent dans la petite ville à la lisière de la Forêt des Pluies, Chris avait versé toutes les larmes de son corps. Elle s'était soigneusement tenue à l'écart de Tynan malgré toute l'énergie qu'il avait déployée pour venir à bout de son mutisme.

Et elle ne s'était pas montrée beaucoup plus aimable avec Asher, se contentant juste de vaquer aux tâches indispensables pour la bonne marche du camp.

Après une journée d'efforts, Tynan avait fini par reprendre ses distances.

– Cela n'a rien de la joyeuse équipée que j'espérais, remarqua Asher avec une note de tristesse dans la voix.

Chris ne répondit rien. Tout ce qu'elle désirait était de s'éloigner le plus vite possible de ce lieu où elle s'était si bien ridiculisée.

La petite ville bourdonnait d'activité en cette fin de matinée. Des cow-boys faisaient les cent pas, quelques femmes discutaient, arrêtées sur le bas-côté, des commis chargeaient des chariots. Mais la plupart des habitants s'immobilisèrent à la vue des étrangers.

Ce fut du moins ce que pensa Chris quand tous les regards se braquèrent sur eux. C'était la première fois depuis bien longtemps qu'elle sortait de son abattement et s'intéressait un tant soit peu à ce qui l'environnait.

Comme elle observait plus attentivement les gens autour d'elle, elle s'aperçut qu'ils dévisageaient tous Tynan.

Il chevauchait devant elle, le dos droit comme une lame d'acier, les yeux fixes. Au moment où ils passaient devant le bureau du shérif, un homme se rua à l'intérieur et en ressortit avec ce dernier.

– Je ne veux pas de grabuge ! jeta-t-il à l'intention de Tynan qui resta impassible.

Ils longèrent ensuite un saloon à l'aspect peu engageant. Une femme vêtue de manière voyante en sortit, sursauta en apercevant Tynan et s'enfuit en courant au milieu de la rue sale. Alors qu'ils approchaient d'un autre bar nommé *La Jarretière rose,* les doubles portes à claire-voie s'ouvrirent à la volée, livrant passage à une grande femme aux cheveux d'une extraordinaire couleur rouge – pas très naturelle, songea Chris.

– Tynan ! cria la femme.

Tynan fit signe à Chris et à Asher de s'arrêter, puis il se dirigea vers la femme.

Chris n'avait jamais tendu l'oreille avec autant d'intérêt.

– Tu n'aurais jamais dû revenir ici, dit la femme aux cheveux flamboyants. Tu cherches vraiment les ennuis.

Chris n'entendit pas la réponse car la voix de Tynan, naturellement sourde, ne portait pas.

Après avoir écouté un instant la femme, il remit son cheval au pas et les précéda jusqu'à un hôtel.

– Vous dormirez ici ce soir et nous repartirons demain matin tôt.

– Et vous ? Où allez-vous dormir ?

C'était la première fois que Chris s'adressait directement à Tynan depuis plusieurs jours.

Il la regarda un long moment.

– Chez des amis. Prenez des chambres et commandez un bain, dit-il avant de faire demi-tour et de s'éloigner.

– Alors, qu'en pensez-vous ? demanda Chris à Asher.

– Au sujet du bain ? Je suis tout à fait d'accord, miss Mathison. Mon dernier bain remonte à si longtemps que j'ai presque oublié quelle merveilleuse sensation c'était !

Chris ignora son humour.

– Non, je parle de ce qui s'est passé dans la rue, précisa-t-elle en suivant Asher à l'intérieur de l'hôtel. Pourquoi fixaient-ils tous Tynan ainsi ? Et pourquoi cette femme l'a-t-elle mis en garde ?

– Pour le moment, je n'ai pas d'autre ambition qu'un bain chaud, un solide repas et un bon lit ! Tout le reste et surtout ces mystères autour de notre guide ne m'intéressent nullement. Chris, voudriez-vous signer le registre, que nous puissions monter dans nos chambres ?

Dans l'euphorie du moment, Chris ne se rappelait même plus pourquoi elle était si déprimée ces derniers jours. Elle tenait une histoire formidable, cela seul comptait... Pourquoi la ville tout entière avait-elle donc les yeux braqués sur cet homme ? Bien sûr, il y avait un lien avec le séjour de Tynan en prison. Mais pourquoi diable y avait-il été envoyé ?

– Voudriez-vous bien inscrire votre nom sur le registre, miss, s'il vous plaît, dit le réceptionniste.

– Certainement, répondit-elle distraitement et elle commença à écrire : Christiana, puis changea soudain d'avis et inscrivit : Nola Dallas.

L'employé retourna l'énorme livre vers lui d'un air de profond ennui puis, soudain, écarquilla les yeux.

– Nola Dallas ? Celle qui est allée à Mexico ?

– Celle-là même, confirma Chris avec un grand sourire.

– Je croyais que ce pseudonyme cachait un homme.

– Vous n'êtes pas le seul, déclara-t-elle sans se départir d'un sourire dont elle connaissait l'efficacité.

Elle avait forcé un jour les portes d'une cellule de prison avec son sourire comme seule arme.

Asher parut contrarié.

– Nous sommes là pour la nuit seulement, déclara-t-il à l'employé. Surtout ne dites rien à personne.

– Comptez sur moi, assura le réceptionniste avec des yeux comme des soucoupes. Je ne soufflerai mot à âme qui vive.

Pas du tout convaincu, Asher prit le bras de Chris et l'entraîna vers l'escalier tandis qu'elle continuait à sourire au préposé par-dessus son épaule.

– Vous auriez mieux fait de vous taire, remarqua-t-il devant la porte de Chris. Votre père craignait que Lanier ne s'acharne contre vous. Bien sûr, vous n'avez encore rien publié sur lui, mais on ne sait jamais...

– Désolée, je testais juste ma notoriété !

– J'espère que cela ne nous attirera pas d'ennuis. Et maintenant, Chris, allez vous reposer. Je m'occupe de vous faire monter un bain.

Une fois dans sa chambre, Chris s'inspecta dans la glace. Après un bon bain et un coup de peigne, elle serait tout à fait présentable.

– Si tu clames partout qui tu es, expliqua-t-elle à son image dans le miroir, et qu'ils ont tous le sentiment de te connaître depuis toujours, tu as une bonne chance d'arriver à leur tirer les vers du nez.

Une heure plus tard, quand elle sortit dans le couloir, des murmures circulaient sur son passage et elle entendit même une fois très distinctement : « C'est elle ? »

Souriante, elle sortit et se dirigea vers un magasin de modes qu'elle avait remarqué tout à l'heure en passant. Si elle voulait connaître les potins, c'était certainement là l'endroit rêvé.

– Puis-je vous aider ? s'empressa le vendeur, mais avant que Chris ne puisse répondre, la porte de la boutique s'ouvrit sur trois dames, rapidement suivies par deux autres, puis par quatre.

Bientôt le petit magasin fut comble, et Chris se fraya un chemin dans un coin pour essayer des chapeaux.

– Vous ne devinerez jamais qui est ici, déclara une femme à voix haute pour que Chris puisse l'entendre. Bien entendu, je n'ai pas cru Jimmy sur le moment... Figurez-vous que Nola Dallas est en ville. C'est cette femme qui s'est fait interner pour savoir comment cela se passait dans un asile.

– Mais oui, je m'en souviens ! Elle a publié une multitude d'articles.

– Oui ! Et au Mexique, elle a failli se faire tuer après ce papier terrible sur le gouvernement, annonça une troisième dame.

– Comme j'aimerais la rencontrer ! soupira quelqu'un d'autre.

Un silence plein d'espoir suivit. C'était à Chris de jouer maintenant... Du moins était-ce l'opinion de ces dames !

Elle essaya pourtant un autre chapeau comme si de rien n'était, puis le reposa et se dirigea vers la porte. Elle avait la main sur la poignée quand elle se retourna brutalement vers l'assemblée qui la dévorait littéralement du regard et jeta :

– Je suis Nola Dallas.

Les femmes n'eurent plus aucune retenue après cette révélation, et Chris fut mitraillée de questions.

– Avez-vous réellement écrit cette série sur le divorce ?

– Et vous avez vraiment passé trois jours en prison ?

– N'avez-vous pas eu peur quand vous avez fait arrêter cet intrigant et tous ces hommes politiques ?

Chris tentait de répondre à tout le monde à la fois tout en attendant patiemment que le sujet qui lui tenait à cœur vienne sur le tapis.

– Ce n'est certainement pas notre affaire, intervint une femme, le nez pointé en avant, mais nous pensons que vous devriez être plus vigilante dans le choix de vos compagnons de voyage.

Un lourd silence tomba.

– Oh ? fit Chris avec toute l'ingénuité dont elle fut capable. Ils ont l'air pourtant tout à fait bien, tous les deux.

– L'un d'eux, je ne dis pas, mais ce Tynan...

Les femmes échangèrent des regards et se turent.

Chris étudia modestement ses mains.

– Je sais si peu de chose à son sujet.

Il n'en fallut pas plus. Elles se bousculèrent alors les unes les autres pour raconter tout ce qu'elles savaient – ce qui malheureusement n'était pas lourd. Tynan avait été arrêté pour meurtre, jugé l'après-midi même et condamné à être pendu le lendemain.

– Cela paraît bien expéditif, remarqua Chris.

– L'affaire n'a pas traîné. Il était coupable, c'était évident pour tout le monde.

– Mais on ne l'a finalement pas pendu, se dépêcha de suggérer Chris.

Elles échangèrent de nouveau des coups d'œil.

– Pendant la nuit, quelques hommes décidèrent de ne pas attendre pour le pendre – je ne suis pas pour ce genre de chose. Ça non ! – mais la manière dont il a échappé, alors là vraiment...

Chris attendit patiemment.

L'une des femmes se pencha en avant d'un air de conspiratrice.

– Les ah, ah...

– Ce qu'Hélène essaie de dire, c'est que les prostituées de la ville se sont rassemblées avec des fusils et ont protégé ce M. Tynan jusqu'à l'arrivée du commissaire fédéral.

– Elles ont aussi exigé un autre procès et le commissaire a reconnu qu'il n'existait aucune preuve formelle contre ce Tynan – on avait tiré beaucoup de coups de feu ce jour-là –, aussi a-t-il commué sa peine en prison à vie.

Chris prit une profonde inspiration.

– Qui est cette femme à la crinière flamboyante ?

Un frisson de dégoût parcourut l'assemblée.

– L'une d'entre *elles*, tout simplement. Tynan s'installe chez elle quand il est ici.

– Il peut se montrer vraiment très gentil, intervint une jolie fille un peu en retrait.

Une femme – sans doute sa mère – prit un air extrêmement choqué.

– Voilà bien la jeunesse ! Aucun bon sens. Ce garçon est un bon à rien ! Il fait le joli cœur pour séduire les filles et a vite fait de les abandonner ensuite. Il vaut mieux que vous gardiez vos distances, miss Dallas.

Chris se rapprocha de la porte.

– Je ne saurais assez vous remercier, mesdames, pour toutes ces informations. Mais je dois maintenant mener ma petite enquête sur un sujet qui concerne mon prochain papier.

Des yeux, elle fit le tour de l'assistance avec un sourire aux lèvres.

– J'ai toujours désiré savoir à quoi ressemblait l'intérieur d'une maison close, pas vous ?

L'auditoire éberlué marqua un temps de silence. Malgré tout, après avoir lu ses articles pendant des années, elles considéraient Chris comme l'une des leurs.

– Oh si ! soupira une femme, et les autres se mirent à rire.

– Alors, souhaitez-moi bonne chance ! jeta Chris par-dessus son épaule en quittant le magasin dans la direction du saloon.

Un murmure approbatif salua sa sortie.

Deux cow-boys jouaient distraitement aux cartes à une table et le barman, enveloppé dans un grand tablier blanc, balayait le sol.

– Je cherche quelqu'un, une grande femme à la chevelure flamboyante, annonça Chris. Est-elle là ?

– Pas pour les dames !

– Joe ! appela une voix du haut des escaliers, et Chris aperçut la femme aux cheveux rouges. Cette petite dame est Nola Dallas. Celle qui s'est déguisée en girl, tu te souviens ?

Le barman et les deux cow-boys prirent une expression stupéfaite en observant Chris.

– Montez, ordonna la voix, et Chris ne se fit pas prier.

La femme la conduisit dans une grande pièce joliment décorée, bien qu'au goût de Chris les tons choisis fussent peut-être un peu criards.

– Je suis Red, annonça la femme en poussant Chris vers un canapé de crin. Voulez-vous quelque chose à boire ? Je n'ai pas de thé, je vous préviens tout de suite !

– Red ? répéta Chris.

– Oui, Red comme rouge, à cause de mes cheveux. J'ai renoncé à mon vrai prénom puisque tout le monde m'appelait ainsi. A quoi bon se battre ? Maintenant, que puis-je faire pour vous ?

Chris prit un air professionnel et sortit un calepin et un crayon de son sac.

– Je crois que vous connaissez M. Tynan. Savez-vous où il se trouve en ce moment ?

Red éclata de rire.

– Si je connais Ty, pour ça oui ! Et en ce moment,

je vous dirai même qu'il est dans une baignoire avec trois de mes plus jolies filles.

Sous le coup de l'émotion, Chris en laissa échapper son crayon et son carnet. Elle se pencha aussitôt vivement pour les ramasser.

Red s'assit à l'autre bout du divan.

– Ah, c'est cela alors ? Depuis combien de temps le connaissez-vous ?

– Quelques jours seulement, répondit Chris et elle lissa sa jupe du plat de la main en gardant son visage écarlate soigneusement baissé.

– Et vous êtes tombée amoureuse de lui ? demanda Red sans hésitation.

– Plus ou moins, murmura Chris avant de redresser la tête en grommelant quelque chose d'inintelligible, puis elle se leva et s'écria sur un ton passionné : Cet homme me rend folle ! J'espérais que vous saviez quelque chose sur lui. Il avait l'air de vous connaître si bien tout à l'heure quand vous parliez ensemble.

– Ça, c'est le moins qu'on puisse dire ! Je l'ai en partie élevé. Méfiez-vous, ma petite, c'est un bourreau des cœurs. Les filles tombent comme des mouches. C'est fou ce qu'il est séduisant ! Et puis, ah ! la la !... cette voix ferait damner n'importe quelle femme. Mais ça alors, il ne s'est jamais intéressé aux filles bien comme vous.

– C'est exactement ce qu'il a prétendu. Oh, miss Red ! s'exclama-t-elle en reprenant sa place sur le sofa. Je n'ai jamais été amoureuse de ma vie et je ne sais même pas si je le suis maintenant, mais quelque chose m'intrigue chez cet homme et je veux récolter toutes les informations possibles à son sujet.

Red l'observa un moment.

– Il mérite davantage que ce qu'il a reçu de la vie. C'est un garçon bien, mais on ne lui a jamais laissé d'autre choix que de faire des bêtises. Si je vous raconte ce que je sais de Ty, vous me direz comment il est sorti de prison ?

– C'est mon père qui l'en a tiré. Avez-vous jamais entendu parler de Delbert J. Mathison ?

– Qui n'a pas entendu parler de lui ? Tynan ne fait pas d'affaires avec lui, j'espère ! Cet homme n'en ferait qu'une bouchée.

– Cet homme est mon père, déclara alors Chris, puis elle agita la main quand Red voulut s'excuser. Je le connais mieux que personne. Pour je ne sais quelle raison, il a fait sortir Ty de prison et l'a envoyé à ma poursuite avec l'ordre de me ramener à la maison. D'après Ty, mon père l'a choisi parce qu'il connaît la Forêt des Pluies, mais à mon avis il y a autre chose.

Chris baissa la tête.

– Je n'ai jamais rencontré d'hommes comme Tynan et je l'apprécie beaucoup. Il est tout à fait différent de ce qu'il laisse supposer, j'en suis sûre. Je... je crains de m'être un peu jetée à sa tête. S'il me touche, paraît-il, mon père le renverra en prison. Inutile de préciser que j'ai gardé mes distances durant les derniers jours du voyage.

– Tynan ne touche jamais aux filles innocentes. La dernière fois que cela lui est arrivé, il a été envoyé en prison et serait mort si nous ne nous en étions pas mêlées.

Chris attendait avec intérêt qu'elle poursuive.

Red se leva pour se servir un nouveau whisky.

– Je ne bois pas pendant la journée, d'ordinaire. Mais l'apparition de Ty a bouleversé mes habitudes. Je me fais du souci, voyez-vous. Comme vous le pressentiez tout à l'heure, nous sommes de vieilles connaissances. Je suis l'une des quatre femmes qui ont essayé de donner un peu de chaleur maternelle à ce garçon.

Elle s'assit en face de Chris.

– Il n'aimerait pas que je vous parle de cela, mais j'éprouve tellement de plaisir à lire vos articles que je veux faire quelque chose pour vous. Il y a quelque vingt-neuf ans, je venais juste de commencer dans la profession quand un mineur a déposé un nouveau-né dans le bar où je travaillais. C'était un vieil homme si méchant que personne ne pouvait le supporter. Il ne respectait rien ni personne. Le bébé mourait littéralement de faim. Nous nous sommes dépêchées de trouver une femme pour le nourrir et avons fait de notre mieux tant qu'il a été chez nous.

– Il s'agissait de Tynan, n'est-ce pas ? Comment le mineur l'avait-il trouvé ?

– Il a fallu que nous l'abreuvions de whisky pour qu'il veuille bien parler. Il était tombé sur une femme à moitié folle qui errait dans la forêt. Elle a accouché juste devant lui et a murmuré le seul mot de Tynan avant de mourir. Connaissant l'homme, c'est un miracle qu'il n'ait pas laissé le bébé mourir à côté de sa mère. Mais il espérait sans doute en tirer quelque bénéfice un jour. Aussi nous l'a-t-il amené.

Red se leva et tourna le dos à Chris.

– Nous avons fait de notre mieux, mais une maison close n'est pas l'endroit idéal pour élever un enfant. Quand il a eu deux ans, nous l'avons emmené à l'école du dimanche. Les dames de la paroisse nous ont jetées dehors. Elles refusaient de croire qu'il n'était pas à l'une d'entre nous.

Red marqua une pause.

– Il est resté auprès de moi jusqu'à l'âge de six ans. Je n'ai jamais aimé personne autant que ce garçon. Il était tout ce que j'avais.

– Que s'est-il passé alors ?

Red poussa un soupir résigné et se retourna vers Chris.

– Le mineur est revenu accompagné d'un homme de loi pour le reprendre. Deux villes plus loin, il a mis Ty debout sur une table et l'a vendu au plus offrant.

Chris resta immobile le temps que cette idée fasse son chemin dans son cerveau. Un petit garçon mis aux enchères comme une bête de somme ! L'esclavage n'était-il pas aboli depuis des années ?

– Qui l'a acheté ?

– Un fermier qui se rendait dans l'Est. Je n'ai plus entendu parler de Tynan pendant une douzaine d'années. Je n'ai appris que par bribes ce qui lui était arrivé depuis. Le fermier était un homme cruel qui le faisait travailler comme un nègre. Aussi a-t-il fini par s'enfuir à l'âge de treize ans. Ensuite, il a roulé sa bosse à droite et à gauche. Il travaillait dur et, bien entendu, il a rencontré toutes sortes de gens plus ou moins fréquentables. Il a appris à se servir d'un pistolet et pendant un moment on aurait dit qu'il cherchait à s'attirer des ennuis, mais un beau jour il a complètement changé. J'ignore pourquoi. Peut-être est-ce quand un hors-la-loi de ses amis s'est fait pendre... En tout cas, il a commencé à marcher droit.

Red ferma un instant les yeux.

– Et marcher droit a failli le tuer. Il prenait les jobs dont personne ne voulait. Il a même accepté de nettoyer des villes aux mains de hors-la-loi. Mais comme il laissait toujours des cadavres derrière lui, les bonnes gens le priaient en général de partir une fois l'ordre revenu.

– Mais ce n'est pas juste !

– Attendez donc, mon petit cœur, ce n'est rien à côté de ce qui va suivre. Comme je le disais tout à l'heure, Ty se gardait de fréquenter les filles bien. Il avait assez de bon sens pour les éviter. Mais cela ne les empêchait pas de tourner autour de lui. L'une d'elles, un joli petit brin de fille, est venue un jour le chercher au saloon pour prêter main-forte à son père contre un gros propriétaire voisin. Elle pleurait, et

Ty n'a jamais su résister aux larmes. Il a sellé son cheval et pris un fusil.

Red avala une gorgée de whisky.

– Je lui ai demandé de ne pas y aller, mais il n'a rien voulu entendre. Il y a eu une série de coups de feu et quand la poussière et la poudre se sont dissipées, le fils du rancher était mort et on traînait Ty en prison.

– C'est à ce moment-là que vous l'avez sauvé ?

– Vous êtes au courant ? Nous l'avons bien sauvé, oui ! Il n'avait pas tué le fils de cet homme, c'était la fille qui s'en était chargée et on était prêt à le pendre plutôt que de la mouiller dans l'affaire. En fait, elle se faufilait le soir auprès du garçon, n'utilisant Ty que pour le rendre jaloux. Mais bien qu'il sût cela, il ne l'a jamais dénoncée. L'idée qu'il ne tenait pas à la vie m'a effleurée. Il agit vraiment parfois comme s'il était sûr de ne pas valoir grand-chose.

– Il ne s'estime pas assez bien pour moi, déclara doucement Chris. D'après lui, je mérite mieux.

– Surtout ne le croyez pas... Mieux que lui, cela n'existe pas !

– C'est exactement mon opinion, acquiesça Chris avec un sourire. Connaissez-vous un moyen d'obtenir de lui ce que je veux ?

– Et c'est lui que vous voulez, c'est cela ?

– Oui, de toutes mes forces.

Red fixa Chris un long moment.

– Qui sait ? Vous êtes peut-être exactement la femme dont il a besoin.

Elle marqua une pause avant d'ajouter, les yeux mi-clos :

– D'avoir lu tous vos articles, j'ai l'impression de vous connaître depuis des années. Mais je vous préviens, si vous considérez Ty juste comme un bon sujet de reportage et êtes décidée à vous débarrasser de lui ensuite, je...

Chris partit d'un éclat de rire.

– Voilà un drôle de renversement de situation, non ? N'est-ce pas habituellement le père de la jeune fille qui met en garde l'éventuel fiancé ?

Red rit à son tour.

– Je ne suis pas très à l'aise dans un rôle de mère.

– J'ai l'impression pourtant que vous avez fait du bon travail avec Tynan. Le problème, c'est que je ne lui plais pas. Du moins, pas comme je le voudrais. Comment l'amener à oublier la menace de la prison et la manière dont une autre fille prétendue « bien » l'a trahi ? Et puis, j'ai peur de ne pas être son type de femme, ajouta-t-elle en baissant les yeux sur sa silhouette si menue.

Red n'eut pas le temps de répondre car une voix l'appela derrière la porte.

– Tu es réveillée, Red ?

– Juste une minute, Ty, mon petit, cria-t-elle.

Elle attrapa Chris par le bras et ouvrit la porte d'un petit cagibi.

– C'est ici que j'installe les hommes qui sont incapables de rien faire mais aiment regarder. Restez là et ouvrez les oreilles. Je vais essayer de savoir ce que Ty pense de vous. Qu'en dites-vous ?

La langue lui démangeait de poser un certain nombre de questions sur ce cagibi, mais Chris les réprima.

– C'est d'accord, souffla-t-elle, et Red la poussa sur une chaise avant de fermer le battant.

– J'arrive, j'arrive, Ty chéri, cria-t-elle en traversant la pièce pour aller ouvrir la porte.

8

Les cheveux humides, Tynan était en train de boutonner sa chemise.

– Ce n'est pas la peine de la remettre, déclara Red en lui tenant la porte. Je veux jeter un coup d'œil à ton dos.

– Tout va bien, répondit Tynan en la retirant cependant docilement.

Red effleura les cicatrices de la main et fit pivoter Ty vers la lumière – et le cagibi – afin de pouvoir mieux l'observer.

– C'est en bonne voie, mais il faudra encore plusieurs semaines avant que tu ne sois complètement guéri. Tu n'as que la peau et les os. Il va falloir t'engraisser un peu.

Ty remit sa chemise.

– On croirait entendre Chris.

– C'est cette petite blonde qui t'accompagnait ? Celle qu'on prétend être Nola Dallas ?

Il se versa un whisky et s'installa sur le sofa.

– Dieu que c'est bon ! Ce n'est pas la liberté qui vous manque le plus en prison, c'est les petits plaisirs de la vie : comme un bon repas, un verre d'alcool, ou un lit confortable, et... les femmes, bien entendu, ajouta-t-il avec un sourire. Tu devrais augmenter Leora. Son salaire – quel qu'il soit – est encore insuffisant.

– Tu ne réponds pas à ma question. Est-ce que cette petite blonde est bien Nola Dallas ?

– Oui, confirma-t-il, les yeux fixés sur son whisky. Raconte-moi donc ce qui s'est passé ces deux dernières années. Les affaires vont bien ? Tu as l'air d'avoir plus de filles que d'habitude ?

– J'ai l'impression que celles de ton bain n'étaient pas toutes à moi, souligna Red. Tynan, cesse ce petit jeu. Pourquoi es-tu revenu ici ? As-tu été libéré définitivement ?

Il ébaucha une moue.

– A moins d'un incident, je suis libre ou tout comme.

– D'un incident ? Que veux-tu dire ?

– Une jolie petite blonde, par exemple, pourrait fort bien me renvoyer là-bas. Voilà ce que je veux dire !

– Ah ? s'exclama Red, les sourcils froncés.

– Ne joue pas l'idiote avec moi, veux-tu. Même dans le bain, les filles étaient tout excitées par la présence de Nola Dallas en ville. Elle est vraiment si célèbre ? J'ai une idée de ce qu'elle écrit, son père m'a donné toute une pile d'articles, mais je n'imaginais pas qu'ici...

– Mais, mon chou, elle représente tout ce qu'une femme rêve d'être : brave, courageuse, une vraie battante, et elle a réussi dans une profession exclusivement masculine.

– Mieux que moi en tout cas, marmonna Tynan.

– C'était vraiment dur en prison ? s'enquit Red en s'asseyant à côté de lui.

– Le vieux Dickerson avait certainement de sacrés bons amis. Voyant qu'il ne pouvait pas me pendre, il a décidé de me faire enchaîner et achever à coups de fouet, j'imagine.

Red suivit le contour de sa pommette du bout du doigt, et Ty lui prit la main pour en embrasser la paume.

– Enfin ! Tu en es sorti maintenant ! s'écria-t-elle.

– Si je reste à l'écart de la fille de Del Mathison. J'ai eu des jobs moins difficiles dans le passé.

– Elle te plaît, hein ?

– Sans doute, oui ! Mais n'importe quel homme aurait succombé devant la manière dont elle me persécute. Les premières fois où je l'ai rencontrée, elle était complètement nue.

Red se carra contre le dossier du canapé.

– Vraiment ? J'imagine mal une femme de la notoriété de Nola Dallas se jeter à la tête d'un homme.

– C'est pourtant ce qu'elle a fait. Elle veut même passer le reste de sa vie auprès de moi.

– Et ça te paraît si terrible ? Un foyer et des enfants ?

Tynan se leva et alla remplir son verre.

– Je t'en prie, n'en profite pas pour remettre cette question sur le tapis ! Ecoute, même si je me marie un jour, ce ne sera certainement pas avec elle. Son père a promis de me renvoyer illico en prison si je la touche. Et puis, il y a l'argent aussi.

– L'argent ? Si tu la lui ramènes ?

Ty regarda Red.

– Tu as remarqué ce bonhomme qui me suivait ? Voilà quelqu'un de bien, avec une famille, des relations et tout le tralala. Eh bien, Mathison rêve d'en faire son gendre ! J'aurai dix mille dollars si elle lui tombe dans les bras à l'issue de notre petit voyage. Et, bien sûr, voilà qu'elle a le béguin pour moi !

– Mais c'est épouvantable, ça !

Ty fit la grimace.

– Ce n'est pas ma faute, je le jure ! Elle me suit partout. J'ai bien essayé de me tenir à l'écart, mais elle surgit à l'improviste – et généralement nue comme un ver. Je ne suis qu'un homme, que veux-tu !

– N'as-tu jamais songé qu'elle pouvait *t'aimer* ?

– Une fille comme elle ? Certainement pas ! Tout ce qu'elle désire, c'est prendre du bon temps avant de retourner chez son riche papa. Mais moi, je risque de passer le reste de ma vie en prison à m'en mordre les doigts. Non ! Merci bien ! Délivrez-moi des filles comme il faut. Je préfère me contenter de Leora et de ses semblables.

Red se leva, contourna le canapé et posa ses mains sur les épaules de Ty en s'écriant :

– Oh, Ty ! Que vas-tu faire de ta vie ?

– Je vais surtout faire le maximum pour éviter de retourner en prison ! Ensuite, j'empocherai les dix mille dollars et m'achèterai un bout de terrain.

– Avec l'argent gagné en jetant miss Mathison dans les bras d'un autre homme ? Tu es sûr d'en être capable ?

Ty alla à la fenêtre et regarda la rue en contrebas.

– Je reconnais que ce ne sera pas facile. Cet homme manque – comment dire – de... d'énergie. Il est incapable même de conquérir une fille.

– Ce n'est pas comme toi, hein ?

Il pivota vers elle.

– Tu sembles de bien mauvaise humeur ! Tu m'en veux ?

Red retourna à sa place.

– Ty, mon chou, je me fais vieille et tu es presque un fils pour moi. J'aimerais te savoir marié, avec un travail sérieux entre les mains et une demi-douzaine d'enfants dans les jambes. Et être sûre de pouvoir compter sur une chambre chez toi pour mes vieux jours.

Ty la serra dans ses bras et déposa un baiser sur son front.

– Tu sais bien que j'aurai toujours une chambre pour toi. Mais une femme et des enfants, ça, je ne peux pas te le promettre !

Elle s'écarta de lui.

– Le problème, c'est que tu n'as jamais été amoureux.

– Voyons ! Il n'y a pas une heure, j'étais si amoureux de Leora que...

– Tais-toi ! Tu sais très bien ce que j'entends par

là. As-tu jamais proposé à une fille de l'emmener pique-niquer ?

– Pouah ! Tu parles d'une corvée !

– Eh bien, tu te trompes, mon garçon ! protesta-t-elle.

Il regarda de nouveau par la fenêtre.

– Tu sais, un jour Chris et Prescott ont chanté ensemble et cela m'a paru une manière tout à fait sympathique de passer le temps.

– Tu as une voix superbe. Pourquoi ne les as-tu pas accompagnés ?

Il haussa les épaules.

– Je l'ignore. C'est juste que je ne suis pas à ma place avec des gens comme eux. J'espère que ton garde-manger est rempli. J'avalerais bien un porc entier !

– J'ai autant de côtelettes que tu en voudras. Ty, vas-tu essayer de marier Chris avec cet homme ?

Il resta un moment silencieux, puis se retourna en gardant les yeux fixés sur son verre.

– C'est pour cela que j'ai été engagé !

– Mais cela te répugne ?

– Elle mérite mieux que lui. C'est une fille qui a du cran. La Forêt des Pluies lui a plu et elle n'était pas du tout terrorisée. Elle se promenait à droite et à gauche pendant que Prescott ne lâchait pas le coin du feu. Il me traitait comme un serviteur du haut de sa grandeur alors qu'elle n'hésitait pas à mettre la main à la pâte...

Il s'interrompit, et un sourire flotta sur ses lèvres.

– Sauf la première nuit... Mais bon sang de bonsoir, elle n'est pas pour moi ! grommela-t-il en reposant brutalement son verre.

Red posa la main sur son bras.

– Pourquoi donc ? C'est la fille unique de Mathison, n'est-ce pas ? Voyons, s'il apprend qu'elle s'intéresse à toi, il ne te renverra pas en prison !

– C'est ma tête qui est en jeu si tu te trompes ! Et d'ailleurs, qui te dit qu'elle tient à moi ? Le personnage du « chef » a retenu son attention, tout simplement, et la forêt vous donne parfois ce sentiment qu'il n'y a personne d'autre sur terre. C'était une question de moment et de lieu. Et puis, je n'avais pas de concurrent.

– Alors, maintenant que vous êtes hors de la forêt, tu ne l'intéresses plus, c'est cela ?

– Oh, j'en mettrais ma main à couper.

Red se détourna un instant.

– Tu sais quoi ? Moi, j'ai davantage confiance en cette petite que toi. En lisant ses articles, on voit bien qu'elle n'est pas du tout écervelée. Si elle dit qu'elle t'aime, je la crois.

– Elle m'aime... ! Et pour combien de temps ? interrogea Ty d'un air sceptique. Mon Dieu, sauvez-moi de l'amour des honnêtes femmes !

– Et si tu lui faisais passer un test ?

– De quel genre ?

– Du genre Rory Sayers.

Tynan resta un moment silencieux.

– *Il* est là ?

– Oui, à l'hôtel. Veux-tu lui présenter ta Chris ?

– Ce n'est pas *ma* Chris.

Red sourit.

– Tu sais quel est ton problème, Tynan ? Tu n'as jamais eu besoin de te battre pour conquérir une femme. As-tu déjà songé qu'on pouvait avoir d'autres occupations avec une femme que de partager son lit ?

– J'ai discuté avec Chris un après-midi...

Il s'interrompit soudain et demanda brutalement :

– Red, que cherches-tu donc ?

– Je veux t'obliger à te conduire différemment. Tu es presque amoureux de Chris, c'est évident ! Alors pourquoi ne sortirais-tu pas avec elle une ou deux fois : histoire de lui parler, de savoir ce qui lui plaît ?

Cela te fera un peu d'entraînement pour le jour où tu chercheras une femme.

– Et si elle continue à prétendre qu'elle m'aime ? Je ne retournerai pas en prison ni pour elle ni pour personne d'autre. Et je ne veux pas investir d'argent pour ces bêtises.

– Tu peux très bien organiser des sorties toi-même. Emmène Chris et Prescott faire un tour dans la campagne. Aide-le dans sa cour. Tu apprendras sûrement en l'observant, et lui de même.

– Et Sayers dans tout cela ? Quel rôle joue-t-il ?

– Ce serait un parti parfait pour Chris, non ? Il possède un joli magot et a une réputation tout à fait honorable. Et on ne peut vraiment pas lui reprocher un manque d'énergie, à lui ! Peut-être finirais-tu par décider Chris à l'épouser ? Mathison approuverait certainement ce choix et tu aurais ainsi tes dix mille dollars.

Sans un mot, Ty attrapa son verre et le remplit.

– Chris et Sayers ensemble ! Cela ne collerait pas...

– Et pourquoi donc ? Rory a du caractère et les femmes adorent cela. Emmène donc Chris, Rory et le jeune prétendant officiel se promener un après-midi et tu pourras méditer sur tes dix mille dollars confortablement installé au pied d'un arbre. Voilà de l'argent qui ne t'aura pas coûté cher !

– Sayers ne plaira pas à Chris. C'est une femme de goût... une vraie dame ! Toute sa lingerie est marquée de ses initiales. Mais pas d'une façon criarde comme celle de Susie... Non, c'est discret et raffiné : des lettres minuscules brodées ton sur ton. Et puis, Chris pose des questions. Elle devine ce qu'on lui cache. Si Sayers tente de la tromper, elle s'en apercevra tout de suite.

– Mais tu seras là pour arrondir les angles entre eux, non ?

– C'est plutôt difficile de se moquer de Chris ! Elle

a deviné que je souffrais comme un beau diable, figure-toi ! Et aussi que j'avais des ampoules aux pieds à cause de ces maudites bottes neuves. Et en faisant certains rapprochements, elle a découvert que je sortais de prison.

– Rien à voir avec les femmes que tu fréquentes d'habitude, hein ? remarqua doucement Red.

Ty reposa brutalement son verre de whisky à moitié plein.

– Ecoute, j'ai beaucoup de choses à faire aujourd'hui. Je te retrouve ce soir pour le dîner.

– Bien sûr, mon chou. Vaque à tes occupations ! Nous dînerons ensuite à l'hôtel avec tes amis. Que dirais-tu si je t'aidais à empocher l'argent, hein ? Je pourrais ouvrir les yeux de ta Chris sur le charmant gentleman qu'on lui destine. Et nous inviterons aussi Rory, qu'en penses-tu ? Il n'a pas son pareil pour mettre de l'animation dans les réunions !

– Peut-être. Mais il ne plaira pas à Chris, ce n'est pas son genre du tout. Et cesse de l'appeler *ma* Chris, si tu veux bien, ajouta-t-il, la main sur la poignée.

– Pourtant, c'est bien ce qu'elle est tant que tu ne l'auras pas vendue à un autre.

– Pourquoi ai-je donc l'impression d'avoir été piétiné par un régiment ? A ce soir !

– A six heures à l'hôtel, cria-t-elle dans son dos.

Comme elle s'habillait pour le dîner, Chris aperçut le chiffre qui ornait sa lingerie et se demanda comment Ty avait pu le remarquer.

Tout en examinant la ravissante robe en velours bleu que Red lui avait prêtée, elle se remémorait les propos de Tynan. Quel étrange personnage, si plein de contradictions ! songea-t-elle en quittant la pièce.

Asher l'attendait au pied de l'escalier en compagnie d'un autre homme qui s'avança sur-le-champ et se présenta comme Rory Sayers, et Chris eut immédiatement le sentiment d'en avoir fait le tour. C'était exactement le genre d'homme que son père lui avait présenté pendant dix-huit ans. Il était plutôt bien de sa personne, mais dans le genre anguleux, avec un nez proéminent, un menton saillant et des yeux d'un bleu froid. Il manifestait aussi une assurance stupéfiante qui lui venait sans doute de son compte en banque.

Tout en acceptant son bras pour gagner la salle à manger, Chris prit soin de ne pas se départir de sa réserve.

Le dîner fut un désastre. Rory monopolisa la conversation, racontant en détail les événements des deux dernières années – les années que Ty avait passées en prison. Et Ty avait l'air d'un petit garçon puni au milieu des grandes personnes.

Chris ferma un instant les yeux et pria le ciel de ne pas perdre son calme.

– Bien sûr, tu ne t'intéresses pas à tout cela, toi ? lança Rory à Tynan qui gardait le nez baissé sur son assiette. Tu étais trop occupé ces deux dernières années pour avoir le temps de lire les journaux, n'est-ce pas ?

Avant que Tynan puisse ouvrir la bouche, Chris déclara :

– Permettez-moi d'être d'un autre avis, monsieur Sayers, M. Tynan a lu tous mes articles. Il s'est juste montré légèrement sélectif dans ses lectures.

– Ce n'est pas M. Tynan, rectifia Rory avec un sourire ironique. Je ne crois pas qu'il ait d'autre nom.

Chris ne put en endurer davantage. Elle ne supportait pas la suffisance de cet homme ni sa méchanceté. Elle se leva.

– J'ai peur de devoir vous quitter, j'ai une terrible migraine. Voulez-vous bien m'accompagner dehors, monsieur Tynan ? Une promenade me ferait le plus grand bien.

Rory Sayers se leva vivement et s'empara du bras de Chris.

– *Je* m'en charge, miss Mathison.

Elle lui arracha son bras avec toute la morgue dont elle fut capable.

– Nous nous sommes rencontrés ce soir pour la première fois, et je n'ai pas l'habitude de sortir avec des inconnus. Si vous voulez bien, monsieur Tynan ?

Rory était médusé.

– Je crains, miss Mathison, déclara-t-il en feignant la plus grande indulgence pour son ignorance, que vous ne connaissiez pas cet homme. Il est...

Chris n'avait pas parcouru les Etats-Unis en long et en large sans apprendre comment se comporter avec des hommes de toutes sortes.

– Je viens de passer un long moment en compagnie de cet homme et je connais de lui tout ce qui peut m'être utile. Je lui suis particulièrement reconnaissante de se comporter toujours en vrai gentleman.

Elle tourna le dos à son interlocuteur dès que Tynan se leva pour lui offrir son bras, un large sourire aux lèvres.

– Voilà une dame qui a un goût très sûr, affirma-t-il à Rory. Rassieds-toi et termine ton dîner, je prends soin d'elle.

Là-dessus, il conduisit Chris hors de l'hôtel jusqu'à la rue inondée par le clair de lune. Dès qu'ils furent dehors, il lui relâcha le bras.

– Pourquoi avez-vous agi ainsi ?

– Parce que je ne peux pas supporter les individus de son espèce, s'écria-t-elle avec conviction.

– Les individus de son espèce ? Mais je croyais que toutes les femmes étaient folles de lui. En tout cas, la plupart de celles que je connais le sont.

– Mais vous n'avez encore jamais rencontré de femme qui se soit enfuie de chez elle à dix-huit ans pour devenir journaliste, n'est-ce pas ?

– Jamais, en effet ! affirma-t-il avec une moue appréciative. Avez-vous vraiment mal à la tête ? Ou voulez-vous que je vous ramène à l'intérieur ?

Elle s'arrêta pour le regarder.

– Si je promets de ne pas vous pousser dans vos derniers retranchements, m'emmènerez-vous faire un tour ?

– Me pousser dans mes derniers retranchements ?

– Oui ! En vous posant des questions, en vous embêtant si vous préférez !

Il lui lança un regard étonné, puis l'attrapa par le bras et la fit bifurquer dans un passage obscur. Sans lui laisser le temps de parler, il l'attira dans ses bras et la serra contre lui.

– Chris, vous ne comprenez pas, n'est-ce pas ? Merci pour ce que vous avez fait ce soir. Si quatre hommes surgissaient et braquaient sur moi leur revolver, je saurais me tirer d'affaire, mais mettez-moi en face d'un garçon riche et gâté et je suis perdu. Grâce à vous, je me suis senti...

– En position de force ? suggéra-t-elle en essayant de lever la tête, mais il la lui maintenait contre son torse.

– Chris, il faut rentrer maintenant. Je ne peux pas me promener avec vous dans la pénombre.

Chris aurait voulu rester près de lui pour toujours. Et s'il lui avait proposé de s'enfuir ensemble, elle n'aurait pas hésité un instant. Mais elle savait qu'elle devait lui obéir, car il n'était pas encore sûr de ses sentiments.

– Très bien, murmura-t-elle à contrecœur. Allons-y !

Il s'écarta lentement sans la regarder et la laissa regagner la rue. Au moment où elle franchissait le coin, elle aperçut Rory, flanqué d'Asher, qui se dirigeait vers eux avec la mine importante de ceux qui sont chargés de faire respecter l'ordre.

– Embrassez-moi, souffla-t-elle d'une voix impérieuse en se retournant vers Tynan.

Il parut surpris pendant un millième de seconde avant de lui obéir avec une fougue qui laissa Chris pantelante. Elle oublia tout des raisons qui l'avaient poussée à agir ainsi et, passant ses bras autour de son cou, elle le serra de toutes ses forces.

– Lâche-la ! protesta la voix de Rory tandis qu'il repoussait Tynan.

Chris restait tout étourdie, absolument incapable d'ouvrir les yeux et à plus forte raison de parler.

– Je devrais te demander réparation pour cela, grondait Rory.

Appuyée contre un mur, Chris était dans un merveilleux état d'euphorie. Même si on l'avait prévenue qu'une bombe était sur le point d'exploser, elle aurait été incapable de bouger d'un pouce.

– Mais je suis à ta disposition, Sayers, entendit-elle Tynan répliquer avec une intonation menaçante.

Chris s'efforçait à regret de retrouver ses esprits, car elle sentait qu'elle devait intervenir. Mais quand elle s'écarta du mur, ses yeux s'ouvrirent tout grands. Le dos de sa robe était déboutonné de haut en bas.

Elle se tint aussi droite que possible pour empêcher le corsage de bâiller et fit face à Rory Sayers.

– Monsieur Sayers, attaqua-t-elle d'une voix glaciale, je ne vous connais pas et, après cette soirée, je doute d'en avoir envie. Vous n'avez aucun droit de vous mêler de mes affaires et je vous demande d'avoir la bonté de rester en dehors de tout cela.

– Chris, intervint Tynan, c'est vous qui devriez rester en dehors de cela ! Ça devait arriver depuis longtemps.

– Certainement pas ! s'écria-t-elle avec une telle

conviction que le haut de sa robe commença une dangereuse descente qu'elle stoppa immédiatement en espérant que personne n'avait rien remarqué.

Si elle se sortait jamais de cette situation, elle dirait deux mots à Tynan.

– Miss Mathison, c'est vous qui me forcez à expliciter ma pensée. J'ai rencontré votre père à plusieurs reprises et je suis bien persuadé qu'il ne laisserait pas sa fille sortir avec un type comme lui.

Tynan avança d'un pas, et Chris se plaça entre les deux protagonistes.

– Mon père a embauché cet homme pour me protéger, et c'est ce qu'il fait. C'est vous, monsieur Sayers, qui êtes l'intrus dans cette affaire. D'ailleurs, pour votre gouverne, sachez que M. Tynan vient de me demander en mariage et que j'ai accepté avec joie. Un homme n'aurait-il plus le droit d'embrasser sa fiancée sans être molesté par la brute locale ?

Rory Sayers recula comme piqué au vif.

– La brute... ? Excusez-moi, miss Mathison, je pensais avoir affaire à une dame – une vraie – incapable de se lier avec... avec ce criminel. Je continue à croire que vous ne savez rien de lui.

– Je sais qu'il vient de passer deux ans en prison sans la moindre preuve contre lui ! Il n'a jamais connu non plus ses parents, poursuivit-elle en marchant sur Rory, droite comme un I et le dos soigneusement tourné vers Tynan, et qu'il n'a jamais bénéficié, comme vous, des avantages que procure l'argent. Et bien qu'il n'ait pas reçu une éducation dans les règles, il se comporte en gentleman et risque à chaque instant sa vie pour aider les autres. On ne pourrait pas en dire autant de vous, monsieur Sayers, n'est-ce pas ?

Rory se redressa.

– Vous n'êtes pas la dame que je croyais, déclara-t-il sèchement avant de se détourner après un dernier regard à Tynan.

Et il remonta la rue avec la plus grande dignité, suivi d'Asher.

– Comment ose-t-il vous parler ainsi ! s'emporta Tynan.

Il voulut se lancer derrière les deux hommes, mais Chris se planta devant lui.

– Ne vous avisez pas de les poursuivre, dit-elle entre ses dents. Surtout pas dans l'intention de venger mon honneur, continua-t-elle en le repoussant vers le passage obscur.

– Chris, je...

– Regardez ! Que dites-vous de cela ? s'exclama-t-elle en lui tournant le dos pour lui montrer sa robe ouverte. Comment avez-vous osé essayer d'enlever mes vêtements ?

– Diable ! fit-il avec une grimace. J'ai peur que ce ne soit devenu une habitude. Je ne m'en suis même pas rendu compte.

– Une habitude ! tempêta-t-elle. Chaque fois que vous embrassez une fille, vous déboutonnez sa robe ?

– Euh... bredouilla-t-il en continuant à reculer. La plupart des filles que j'embrasse sont ravies qu'on les débarrasse de leurs vêtements. Vous aviez l'air d'aimer cela, vous aussi.

– De toutes les stupidités que j'ai entendues, c'est bien la meilleure ! J'aurais dû laisser M. Sayers vous trouer la peau. Vous le méritez !

Et elle se mit à attacher sa robe d'un air furieux en se débattant avec les boutons minuscules.

– Il est incapable de tuer même une mouche. Il est tout juste bon à manier un crayon et à mâcher de la gomme. Laissez-moi donc faire. Je peux les reboutonner aussi vite que je les détache.

– Oh, je suis persuadée que vous avez une certaine pratique à ce petit jeu, répliqua-t-elle tandis qu'il la faisait pirouetter sur elle-même et se mettait à la tâche.

– Parfois, on a intérêt à s'habiller vraiment vite. Voilà, c'est fait ! Je passerai vous prendre demain.

– Sûrement pas ! Franchement, monsieur Tynan, les choses sont allées assez loin comme cela. Vous ne voulez pas retourner en prison et je désire retrouver mon père. Aussi le mieux serait-il de nous mettre en route dès demain matin.

– Un jour de plus ne changera pas grand-chose. Voyons, Chris, vous n'allez pas me ridiculiser devant toute la ville – et surtout pas aux yeux de Sayers. Vous avez affirmé que nous étions fiancés et j'aimerais jouer ce rôle au moins une journée. Je veux montrer à ces gens que je peux...

– Que vous pouvez séduire une fille dans mon genre ? termina-t-elle à sa place en posant ses mains sur son torse musclé. Tynan, peut-être me suis-je trompée, après tout ! Est-ce la Forêt des Pluies ou ce sentiment d'isolement qui m'a fait perdre le sens des réalités, je l'ignore... mais maintenant que nous avons regagné la civilisation, il serait préférable que nous reprenions nos distances. Au fait, ne risquez-vous pas la prison si vous me courtisez ?

Il lui saisit le bras et se pencha vers elle.

– En ce moment même, Sayers se trouve dans un bar en train de répandre la nouvelle que Nola Dallas va épouser un meurtrier. Et c'est *vous* qui lui avez soufflé cette idée.

Un sourire si pervers monta à ses lèvres qu'il se recula.

– Nous sommes demain dimanche. Que diriez-vous d'assister au service religieux le matin et de participer ensuite au pique-nique ? Nous pourrions apparaître comme de gentils fiancés ? Juste pour la journée, bien entendu, et le lundi nous nous remettrions en route. Cela vous convient-il ?

– Aller au service ? répéta-t-il, et malgré l'obscurité elle remarqua combien il était pâle.

– Oui, au service, répéta-t-elle fermement en glissant son bras sous le sien. Et maintenant, nous ferions mieux de quitter ce passage sombre où ma réputation risque d'être définitivement compromise, fiancée ou pas fiancée. Je vous vois dès demain matin.

Comme ils entraient dans l'hôtel, elle ajouta :

– Voyons, un peu de courage, monsieur Tynan ! Je vous promets de veiller à ce que vous vous amusiez demain. Vous pouvez m'embrasser sur la joue, souffla-t-elle, et surtout ne déboutonnez rien... pas même un poignet si cela ne vous ennuie pas !

Au moment où Ty se penchait, trop surpris pour parler et prêt à lui obéir, il aperçut trois femmes qui le fusillaient du regard de la réception. N'y tenant plus, il plaqua Chris contre lui et s'empara sauvagement de sa bouche.

Quand il la relâcha, Chris dut s'appuyer au dossier d'une chaise pour ne pas tomber.

– A demain, mon cœur ! fit-il avec un clin d'œil en remettant son chapeau avant de quitter l'hôtel.

Chris essaya de retrouver son sang-froid.

– Sapristi, mais il s'est laissé emporter ! murmura-t-elle en rajustant sa robe. Bonsoir ! lança-t-elle à la cantonade à l'intention des femmes qui la fixaient, bouche bée.

Et elle monta l'escalier en sifflotant.

9

Asher Prescott l'attendait devant la porte de sa chambre avec une mine sévère.

– Il faut que je vous parle.

– Je suis un peu fatiguée et je... commença-t-elle, puis elle s'arrêta.

Quand un homme avait décidé de sermonner une femme, il était toujours préférable de le laisser faire. Ensuite, il se sentait beaucoup mieux.

– Oui, de quoi s'agit-il ? demanda-t-elle alors en s'armant de patience.

– J'ai peur que vous n'ayez perdu tout sens de la mesure et je n'approuve pas du tout votre conduite. Je sais que vous aimez défendre la cause des opprimés, mais parfois ils ne méritent pas cette peine. Chris, vous auriez dû vous renseigner sur l'homme dont vous prenez le parti avec autant de ferveur ! A seize ans, il avait déjà la réputation d'être un vaurien à la gâchette facile. Il ne s'est pas contenté de descendre un homme dans la rue, mais deux. Et à vingt ans, il s'était fait plus d'ennemis que n'en ont la plupart des gens à la fin de leur vie. Saviez-vous aussi qu'il a appartenu au gang des frères Chanry ? Et qu'il a échappé à la pendaison uniquement parce que cette bande de voyous a fait sauter la prison ?

Asher commençait à s'échauffer.

– Et les femmes, Chris ! Ah, les femmes ! Comme j'aimerais vous épargner... Pour lui, c'est une question de nombre. Elles défilent dans son lit à une cadence effrénée. L'amour, cela ne veut rien dire pour lui. C'est vraiment un pauvre type et il ne sera jamais rien d'autre !

Chris se taisait. Elle se contentait de regarder Asher qui gesticulait maintenant pour appuyer ses dires.

– Vous parlez de l'épouser, mais savez-vous seulement ce que cela signifie de cohabiter avec quelqu'un jour après jour ? Oh, c'est facile de se montrer charmant comme Tynan quand on en a envie, mais regardez ce soir, par exemple, il n'a fait aucun effort ! Il était taciturne, renfrogné même ! Le drame, avec lui, c'est qu'il n'a aucune conversation et aucune éducation. Et puis cette femme dont tout le monde prétend qu'elle est sa mère... Enfin, Chris, comment imaginez-vous déjeuner à la même table qu'elle ! Vraiment moi, je...

Il se tut et lui décocha un de ses sourires charmeurs dont il avait le secret.

– Vous savez ce que je crois ? Eh bien, il vous intéresse dans la mesure où il est une énigme pour vous ! Quand vous l'aurez résolue, vous ne verrez plus que le minable voyou. Ce dont vous avez besoin, Chris, murmura-t-il avec une intonation chaleureuse en s'approchant d'elle, c'est d'un mari qui appartienne au même monde que vous. Un mari et des enfants. Voilà mon diagnostic !

Elle lui jeta un regard en coin.

– Quelqu'un de votre genre, en somme, monsieur Prescott ?

– Je vous trouve *très* séduisante, Chris.

Comme il se penchait vers elle, les yeux mi-clos, persuadé qu'elle allait tomber dans ses bras, Chris se glissa à l'intérieur de sa chambre et referma la porte derrière elle en déclarant :

– Voilà pour vous, monsieur-Prescott-Payé-Pour-M'épouser.

Elle se coucha immédiatement et rêva du piquenique dominical.

Le lendemain matin, Tynan l'attendait à la réception. Il lisait le journal, appuyé contre le comptoir dans un costume flambant neuf.

– Bonjour ! jeta-t-il avec un sourire.

Chris lui trouva un air de condamné à mort. Elle enfila ses gants.

– Vous êtes prêt ?

Il se contenta d'incliner la tête en lui offrant le bras et l'entraîna dans la rue.

De nombreux couples convergeaient vers l'église et ils se mirent à fixer ouvertement Tynan et Chris.

Dans la nef, elle le poussa vers le troisième rang bien qu'il manifestât l'intention de s'installer au dernier. Durant le service, il resta silencieux, écoutant le célébrant avec attention. Puis il participa aux chants qu'il semblait connaître. Red avait raison, il avait une voix superbe.

Tynan parut néanmoins soulagé quand le service fut terminé. A la sortie, le pasteur fit manifestement un effort pour serrer la main de son nouveau paroissien et lui dire quelques mots de bienvenue.

En descendant les marches, ils aperçurent Red qui les attendait dans un superbe buggy tiré par un fringant hongre.

– Je vous ai apporté quelques provisions pour le pique-nique, annonça-t-elle. Je ne voulais pas que vous arriviez les mains vides. Tynan, aide-moi donc à descendre.

– Vous ne venez pas ? demanda Chris.

– Ce n'est pas un endroit pour moi. Allez-y tous les deux et amusez-vous bien. Essaie donc de prendre un air un peu moins sinistre, Tynan, s'il te plaît, ou je vais être obligée de te donner un coup avec ma badine.

Tynan éclata de rire en l'embrassant.

– Vous ne serez peut-être pas trop de *deux* pour me protéger.

Chris glissa son bras sous le sien.

– En tout cas, je me fais fort de vous piloter toute seule ! Vous allez nous manquer, Red, mais nous

nous retrouverons ce soir. Faites des prières pour que le temps se maintienne.

– Ça, ma petite, depuis que vous êtes en ville tous les deux, je n'ai cessé de me répandre en prières. Allez, dépêchez-vous maintenant !

Tynan aida Chris à grimper sur le siège et, quelques instants plus tard, le buggy filait sur la petite route cahoteuse. Chris se serra contre Tynan.

– Qui sont les Chanry ?

– C'est devenu une manie chez vous d'espionner ?

– Une vraie manie ! Alors ces Chanry ?

– Ce sont de petits voyous sans envergure. Certains sont morts et les autres sont en prison à l'heure qu'il est.

– Vous faisiez partie de leur bande ?

– Ils auraient bien voulu ! Et ils en ont même fait circuler le bruit.

– Je croyais qu'ils vous avaient fait sortir de prison. Tynan, combien de fois êtes-vous allé en prison ?

– En tout ? demanda-t-il le plus sérieusement du monde. En comptant les cas d'ivrognerie ?

– Oh ! c'est sans importance, abandonnons cette question. Pourquoi a-t-on lié votre nom avec celui de ces criminels ?

– Je vous l'ai dit. Ils voulaient que je m'associe avec eux et quand j'ai refusé, ils se sont mis en colère. Ce n'est pas eux, d'ailleurs, qui m'ont tiré de prison mais un commissaire fédéral.

– Si vous m'expliquiez, insista-t-elle en criant presque pour dominer le fracas des roues.

– Mon refus n'a pas plu aux Chanry. Ils avaient besoin d'un bon tireur pour remplacer celui qu'ils venaient de perdre dans une bagarre. Alors, pour se venger, ils ont cambriolé une banque et pendant toute l'opération, ils ne cessaient d'appeler un des leurs Tynan. Du coup, le shérif a débarqué chez moi. Bien que couché avec une jambe cassée, cela ne lui a pas paru une preuve suffisante de mon innocence. J'ai alors expédié une de mes amies chercher un commissaire fédéral. Comme le shérif ne voulait pas renoncer à me pendre, le marshall a dû faire sauter la prison. Et le shérif a crié partout que c'était l'œuvre des Chanry – preuve supplémentaire qu'il aurait dû me pendre.

– Vous avez un véritable stock d'histoires affreuses !

– Un homme qui gagne sa vie avec son revolver ne peut pas espérer récolter autre chose que des balles ! Ah, nous voici arrivés ! Portez donc les paniers par là et je vous...

– Non, c'est vous qui allez porter les paniers et je vais en profiter pour vous présenter à tout le monde.

– Mais je connais déjà la plupart de ces gens. Ce sont eux qui...

– Ce sont eux qui ne vous connaissent pas. Allez, venez !

– Très bien, madame, acquiesça-t-il avec une petite grimace. Vous voulez me faire parader en laisse, c'est cela ?

– Que connaissez-vous aux laisses ? Ce sont elles qui donnent bien souvent aux hommes des raisons de vivre. Et en tout cas, c'est moins violent que les armes à feu.

– Bof ! La strangulation est une mort lente.

Elle ignora sa remarque alors qu'ils rejoignaient les autres. Les hommes et les femmes étaient en train de se séparer. Tandis que les dames commençaient à étendre des nappes immaculées sur l'herbe et à déballer les provisions, ces messieurs descendaient vers la rivière.

Chris posa son panier.

– Je crois que vous avez déjà rencontré mon fiancé, M. Tynan, n'est-ce pas ? déclara-t-elle. Je suis désolée mais j'avoue ne pas me rappeler vos noms à toutes. Cela fait si peu de temps que je suis ici.

Elles saluèrent Tynan d'un petit signe de tête hésitant avec des mines aussi effarouchées que si on venait de leur présenter un serpent à sonnettes.

– Ty, cela ne vous ennuierait-il pas de déposer l'autre panier ici ? Merci beaucoup, minauda-t-elle en lui indiquant le coin des hommes d'un imperceptible froncement de sourcils.

– Je suis ravi de vous retrouver, mesdames, après toutes ces années, déclara-t-il en retirant son chapeau avant de prendre un petit pain sur une nappe et de s'éloigner avec un clin d'œil à Chris.

– Miss Dallas ! s'exclamèrent-elles toutes ensemble dès qu'il fut trop loin pour les entendre. Vous ne vous rendez pas compte ! Vous ne savez sûrement rien de lui, sinon vous ne pourriez pas...

– Vous devriez parler à Betty Mitchell, après ce qu'il lui a fait, et le pauvre M. Dickerson...

– Mitchell ? répéta Chris en déballant le contenu d'un des paniers. Ce ne serait pas par hasard la fille dont le petit ami a été tué ?

– Heureusement, c'était terminé entre eux quand ce malheur est arrivé !

– Oh, bien sûr, acquiesça Chris. A cette époque, elle allait retrouver Tynan au saloon et essayait de le séduire. Pourquoi cela n'a-t-il pas marché avec le fils Dickerson ?

Elles se mirent à répondre toutes en même temps.

– Ce n'est pas vrai que Betty poursuivait Tynan... elle est peut-être allée au saloon, mais c'est lui qui essayait de la séduire.

– Billy s'était mis à voir une fille récemment arrivée de Seattle, mais cela n'aurait pas duré si Tynan ne s'en était pas mêlé.

– C'est Tynan qui a tué Billy. Il n'y a pas de doute, insista une autre femme.

Chris sortit une tarte aux pommes de son panier.

– Billy Dickerson s'est mis à fréquenter une autre fille, Betty à poursuivre Tynan, et puis M. Dickerson a eu des mots avec le père de Betty et...

Une rousse se pencha en avant.

– Betty était dans une situation intéressante et Billy refusait de l'épouser.

– Ah ! fit Chris. Aussi Tynan a-t-il essayé de l'aider à reconquérir l'homme qui ne voulait pas d'elle. Et il l'a *tué* ? Mais il devait être très amoureux de Betty pour se laisser aller à de telles extrémités.

Un silence accueillit sa remarque.

– On dirait que mon fils tourmente votre fiancé, remarqua l'une d'elles au bout d'un moment en jetant un coup d'œil vers la rivière.

Quatre jeunes garçons entouraient Tynan avec des mines ravies.

– Il ne fera... rien, n'est-ce pas ? s'enquit une petite brune avec hésitation.

– Mais non, répondit Chris, que craignez-vous donc ? C'est un homme bon et généreux. Et maintenant, si nous sonnions le rappel pour le déjeuner ?

Les hommes paraissaient plus tolérants que les femmes, et le poulet frit accompagné de maïs les intéressait davantage que de savoir ce que faisait Tynan en prison ou comment il en était sorti.

Rory Sayers s'efforçait par tous les moyens de mettre Tynan mal à l'aise.

– C'est meilleur qu'en prison, hein ? remarqua-t-il en s'asseyant en face de lui. Mais tu as dû t'y habituer après toutes ces années.

Comme Rory attrapait un morceau de poulet à même le plat, la petite brune dont le fils avait parlé avec Tynan lui donna un coup de cuillère en bois sur la main. Tout le monde se tourna vers elle et elle rougit.

– Comment pourrais-je apprendre aux enfants à

attendre qu'on les serve si les adultes leur donnent le mauvais exemple ? déclara-t-elle en levant les yeux vers Chris qui lui dédia son plus beau sourire. Un peu plus de haricots rouges, monsieur Tynan ? proposa alors la femme.

– Oui, je veux bien, répondit Tynan tout surpris. Merci beaucoup.

– Dis-nous donc quelle impression on ressent en tuant un homme ? insista Rory tandis que la petite brune servait copieusement Tynan.

A ce moment, une des femmes renversa sa tasse de café brûlant sur les genoux de Rory et il sauta en l'air.

– Quand tu seras marié, mon garçon, tu apprendras que les femmes sont passées maîtresses dans l'art de nous faire perdre la guerre avant même de nous l'avoir déclarée, fit remarquer un homme.

De nombreux rires saluèrent la plaisanterie, et bientôt tout le monde s'esclaffait. Tynan arborait un large sourire.

– Assieds-toi, mon garçon, lança quelqu'un à Rory. Ton pantalon va bien vite sécher. Martha, donne-lui donc un morceau de ton clafoutis aux cerises. Cela lui fera oublier tout le reste, même les jolies blondes.

Chris concentra son attention sur son verre de lait, mais elle sentait ses oreilles bourdonner.

Une heure plus tard, tout était rangé. Les jeunes enfants faisaient la sieste à l'ombre des arbres et les adultes s'étaient réunis en petits groupes. La jeunesse s'agitait et riait en échafaudant des plans pour l'après-midi.

– Vous viendrez avec nous ? demanda une jolie fille aux yeux noirs à Chris. Nous allons canoter sur la rivière. Cela va être très amusant.

– C'est une très bonne idée, en effet, répondit Chris en s'appuyant au bras de Tynan.

– Ce sont encore des enfants. Je ne veux pas...

commença Tynan, mais Chris ne lui accorda aucune attention.

– Ils veulent nous parler. Ne comprenez-vous pas que nous sommes presque des célébrités pour eux ? Vous, le redoutable tireur, et moi...

– La femme qui cherche les problèmes.

Comme les autres se répartissaient dans les trois canoës, il retint Chris en arrière. Et au moment où elle allait monter à son tour, Tynan la bouscula légèrement, ce qui l'obligea à reculer et elle trébucha contre lui.

– Chris ! Vous vous êtes tordu la cheville, remarqua-t-il avec une intonation inquiète. Elle n'est pas foulée, au moins ? Là, ne vous appuyez pas dessus, je vais vous aider.

Sans laisser à Chris le temps d'ouvrir la bouche, il l'enleva dans ses bras et la porta vers les arbres.

– Ça n'a pas l'air trop grave, jeta-t-il par-dessus son épaule à l'intention des autres. Je vais m'occuper d'elle, allez-y sans nous !

Chris entendait des petits rires dans son dos et elle comprit que personne ne se faisait d'illusions.

– Maintenant que je suis à votre merci, qu'allez-vous faire de moi ?

Le sourire de Tynan était si suggestif qu'elle se dépêcha d'ajouter :

– Non, vous n'oserez pas. Certainement pas ! Gare à vous si un seul de mes boutons est détaché quand vous me poserez par terre ! Je ne vous adresserai plus jamais la parole.

– Qui a besoin de parler ?

– Tynan ! s'emporta-t-elle.

– Chris, trop c'est trop ! Les adultes raillent, mais passer l'après-midi au milieu d'adolescents qui me couvent du regard comme si j'allais commettre je ne sais quel crime, c'est plus que je ne peux en supporter. Si nous allions plutôt dans les bois et...

– Et... ? s'enquit-elle en haussant les sourcils.

– Je ne sais pas, répondit-il tout à fait sincèrement. Que font deux amoureux quand ils ne...

Un coup d'œil à Chris l'arrêta.

– Ils parlent, ils essaient de se découvrir mutuellement. Vous pouvez me reposer à terre maintenant.

Tynan continua à marcher en la tenant dans ses bras.

– Qui sont les Montgomery ? Votre père les a cités devant moi.

– Ah ! Et qu'a-t-il dit ? Vous pouvez me dire la vérité, vous savez.

Il buta sur une grosse branche morte. Alors il la laissa glisser contre lui jusqu'à ce que ses pieds reposent dessus. Maintenant leurs visages étaient au même niveau.

– Voyons si je me souviens bien : il m'a dit que vous descendiez d'eux et qu'il ne connaissait personne d'aussi têtu et obstiné, d'aussi bêtement intrépide que ces gens-là. Cela vous paraît-il tenir debout ?

– Tout à fait. Ce sont les ancêtres de ma mère. Une vieille famille qui s'est installée en Amérique durant le règne d'Henri VIII.

– Au seizième siècle ?

– Oui, confirma-t-elle avec un sourire.

Elle prit soudain sa main et se mit à marcher en équilibre le long du tronc.

– Racontez-moi comment s'est passée votre rencontre avec mon père ! Qu'a-t-il dit d'autre ? Et en prison, comment vous a-t-on annoncé que vous étiez relâché ?

– Oh, vous savez, ils n'ont pas l'habitude de vous donner beaucoup d'explications dans les prisons. Ils retirent juste vos chaînes et vous expédient vers la sortie.

– Vous avez toujours été accusé à tort, n'est-ce

pas ? Et vous ne méritiez pas la prison. Avez-vous jamais fait quelque chose d'illégal ?

Elle pivota sur le tronc et revint sur ses pas.

– En quoi cela vous importe-t-il ? Enfin, si vous tenez à le savoir... bien sûr que j'ai fait des bêtises, mais ce n'est jamais pour cela que j'ai été emprisonné. J'ai toujours été accusé à tort pour des choses que je n'avais pas faites. A mon avis, ils se fichaient éperdument du motif, du moment qu'ils pouvaient me pendre... Pour eux, c'était du pareil au même !

– Depuis quand gagnez-vous votre vie de manière honnête ?

Tynan émit une sorte de ricanement.

– Je vois que Red n'a pas pu tenir sa langue, hein ? Depuis que j'ai vingt et un ans.

– Cela fait sept ans, alors !

– Hum, vous en savez des choses. Descendez donc, vous me faites tourner la tête, dit-il en l'aidant à sauter du tronc. Moi aussi, je sais des choses sur vous, Mary Christiana.

– Pas autant que vous le croyez, se moqua-t-elle, les yeux pétillants de malice. D'abord, ce n'est pas Mary Christiana. A ma naissance j'ai reçu le nom de Mary Ellen comme ma grand-mère paternelle et j'avais six ans quand on a décidé de changer mon nom.

– Très bien ! Alors, c'est à votre tour de raconter ! Asseyez-vous là ! Non, pas trop près de moi, s'il vous plaît !

Souriante, elle se laissa tomber sur l'herbe avec le sentiment d'être la femme la plus désirable du monde et s'appuya contre le tronc.

– J'ai un don de double vue, déclara-t-elle tout à trac. Je n'ai eu que deux prémonitions dans ma vie, mais une seule aurait suffi pour que l'on me change de nom. C'est une tradition dans la famille Montgomery de nommer Christiana toutes les femmes qui ont ce genre de prédisposition.

– Alors que s'est-il passé quand vous aviez six ans ?

– J'étais à l'église avec mes parents. Je ne me souviens plus très bien des détails, je me rappelle seulement m'être retrouvée dans l'allée centrale en train de hurler à tout le monde de sortir. Ma mère m'a raconté que l'assistance était trop stupéfaite pour bouger. Connaissant les traditions familiales, elle savait que ce don de voyance se transmettait aux femmes presque toutes les trois générations, aussi cria-t-elle le seul mot capable de vider l'église.

– « Au feu ! » dit Ty.

– C'est cela, oui. Le seul hic est qu'une fois qu'ils furent tous sortis après avoir même brisé un vitrail avec une chaise dans leur panique, ils s'aperçurent que rien ne brûlait. Je n'oublierai jamais la manière dont ils nous regardaient en s'avançant vers nous. J'ai eu peur qu'ils ne nous tuent et j'ai essayé de me cacher dans les jupes de ma mère.

Elle reprit sa respiration.

– Ils arrivaient à notre hauteur quand un éclair déchira le ciel tandis que la foudre tombait sur le clocher. Une partie de la nef s'écroula. Quand la poussière et la fumée se furent dissipées, on nous regardait toutes les deux comme si nous étions des sorcières. Un homme s'est approché et a murmuré : « Comment Mary Ellen pouvait-elle savoir ? » Ma mère a relevé le menton, pris ma main et jeté : « Ma fille s'appelle Christiana. » Et ainsi fut-il depuis lors. Mon père fut loin d'être enchanté par ce changement puisque Ellen était le nom de sa mère, mais sa femme lui promit d'autres enfants et jura qu'il pourrait les appeler comme bon lui semblerait.

– Mais il n'y en eut jamais d'autres.

– Non, je suis une enfant unique. Certaines branches des Montgomery sont très fertiles et d'autres presque stériles. On dirait qu'il n'existe pas de milieu chez eux.

Tynan s'allongea de tout son long dans l'herbe, face à Chris.

– C'était une mère formidable, non ? Vous manque-t-elle encore ?

Chris se détourna.

– Je pense à elle chaque jour. Elle était forte et douce à la fois, sensée, intelligente, sage et... enfin tout ce qu'on rêve d'être.

– Vous lui ressemblez. Enfin... du moins dans ce que je connais de vous.

Le visage de Chris s'illumina.

– Ce compliment mérite une récompense. Tournez-vous et mettez votre tête sur mes genoux.

– En voilà un honneur ! dit-il en lui obéissant. Hum ! C'est délicieux, fit-il comme elle repoussait les mèches brunes de son front. Vous ne ressemblez à aucune femme que je connaisse.

– C'est une bonne nouvelle ! Ty, qu'allez-vous faire maintenant que vous êtes libre ?

– Je ne le sais pas encore. Je dois d'abord vous ramener à votre père.

– D'accord. Alors, que savez-vous faire en dehors de vous servir d'un pistolet et monter à cheval ? Ou vous enivrer et atterrir en prison ?

Il sourit, les yeux mi-clos.

– Cela ne fait pas sérieux, hein ? Voyons un peu, que puis-je donc faire d'autre ? Les femmes n'entrent pas en ligne de compte, j'imagine ?

– Certainement pas !

– J'ai trouvé ! s'écria-t-il en ouvrant les yeux tout grands. Je peux gérer quatre maisons closes à la fois.

Chris laissa échapper un hoquet.

– Cela ne me semble pas être une bonne...

– Je ne m'occuperai pas des femmes... Promis ! Je laisserai cela à Red sauf quand elles se crêpent le chignon. Mais figurez-vous que le comptable de Red a reçu un jour une balle perdue – je n'avais rien à voir dans tout cela, bien entendu – et elle m'a demandé de jeter un coup d'œil à sa comptabilité car sa banque la menaçait de saisie.

– A-t-elle mis sa menace à exécution ?

– Non ! On s'est aperçus que le comptable détournait de l'argent. J'ai retrouvé une coquette somme enterrée sous le porche de sa maison. Maintenant, chaque fois que je passe la voir, je vérifie ses comptes.

– Mais c'est formidable ! Mon père prétend que la moitié de son empire a été acquise par une bonne comptabilité. Vous pourriez lui être d'une grande utilité.

– Je suis persuadé que votre père serait ravi de confier ses comptes à un vaurien dans mon genre.

– Il lui a bien confié sa fille, remarqua-t-elle.

– Ça, c'est vrai, opina-t-il en laissant sa main remonter le long du bras de Chris. Vous croyez qu'il était sérieux quand il m'a défendu de vous toucher ? N'avait-il aucune idée de ce qu'il me demandait ?

La main de Tynan caressait maintenant lascivement la peau si douce à la base de son cou.

– Peut-être que votre réputation avec les femmes était arrivée jusqu'à lui et qu'il voulait protéger sa fille.

– Certainement ! Si nous ne disions rien à personne ni l'un ni l'autre, il n'aurait aucune possibilité de l'apprendre.

Il attira la tête de Chris vers la sienne.

– Mais mon mari le découvrirait lors de notre nuit de noces.

– Quel mari ?

Ses lèvres étaient à un souffle des siennes.

– L'homme que j'épouserai. L'homme avec lequel j'ai l'intention de passer toutes mes nuits.

Il l'attirait toujours plus près mais elle lui résistait.

– Ne vous offriez-vous pas à moi l'autre jour ?

– Si, mais j'étais alors persuadée que vous ne pouviez rien faire. Je crois que nous ferions mieux de rejoindre les autres.

– Dans une minute, dit-il en la serrant contre lui.

Les lèvres de Chris s'ouvrirent pour l'accueillir, et elle fut de nouveau étonnée de la violence des sensations que Tynan déclenchait en elle. C'était comme si ses veines charriaient un océan de feu. Elle s'abandonna contre lui.

Il se dépêcha de la faire glisser à sa hauteur et quand il passa sa jambe sur les siennes, elle se tendit de toutes ses forces vers lui.

Plus tard, elle se demanda ce qui serait advenu s'il ne s'était pas écarté d'elle en entendant des voix. Chris resta étendue, les yeux fermés, trop étourdie pour bouger.

– Ils reviennent, chuchota Ty, la soulevant dans ses bras. Rhabillez-vous.

Il l'appuya contre son épaule comme si elle était une poupée de chiffon et reboutonna le dos de sa robe.

– Que se passerait-il si ma robe se boutonnait devant ? murmura-t-elle d'une voix rauque.

– Ne parlez pas de malheur ! Préservez ma santé d'esprit et votre virginité en ne me tentant pas davantage. Là, levez-vous et quittez cet air hébété. Ils arrivent.

– Oui, Tynan, dit-elle en se laissant mettre debout.

10

Chris et Ty furent emportés par la foule joyeuse des jeunes gens qui rentraient. Ils commençaient à s'agiter, affamés, et prêts à inventer de nouveaux jeux. Les femmes entraînèrent Chris afin de lui poser des questions sur certaines de ses enquêtes, et elle abandonna Ty auprès des hommes et des jeunes garçons avides d'entendre le récit de ses combats pistolet au poing.

Chris avait totalement conquis son public qui était tout disposé maintenant à voir en Tynan un autre homme et à oublier ses erreurs de jeunesse. Une jeune femme lui demanda timidement à quoi ressemblait une maison close et elle donna force détails sur la décoration voyante et les pensionnaires qui avaient l'air de mourir d'ennui. Elles riaient toutes aux larmes quand un coup de feu éclata.

Tout en espérant se tromper, Chris fut instantanément persuadée que Tynan en était l'auteur.

Elle releva ses jupes et se mit à courir, imitée par les autres femmes. Entouré d'un petit groupe d'hommes, Rory Sayers était étendu sur le sol, l'épaule ensanglantée. Il tenait un pistolet de gros calibre à la main. Tynan le dominait de toute sa taille, et Chris le fixa avec incrédulité.

– J'ai peur d'être obligé de vous ramener avec moi, dit un homme qui portait un insigne. Le shérif voudra vous interroger.

Tynan avait capté le regard de Chris, et ils restèrent un long moment ainsi, les yeux dans les yeux, avant qu'elle ne pivote brutalement sur elle-même. « Vous voyez bien ! » disaient tous les visages tournés dans sa direction.

– Chris, appela doucement Tynan derrière elle,

mais elle ne se retourna pas et regagna à grands pas l'endroit où ils avaient pique-niqué.

Là, elle se mit à emballer les restes, s'appliquant à demeurer impassible pendant qu'on transportait Rory jusqu'à une charrette afin de le ramener en ville. Comme il tempêtait contre tout le monde, hurlant qu'on était en train de l'achever tout en menaçant en même temps de tuer Tynan, Chris en déduisit qu'il ne devait pas être si mal que cela.

Quelques minutes plus tard, Tynan passa à côté d'elle et s'arrêta à sa hauteur, mais elle ne leva pas les yeux et s'activa encore davantage.

Des femmes s'approchèrent pour l'aider. Comme elles restaient silencieuses, lui jetant juste des regards furtifs, Chris fut bientôt à bout. Elle posa les provisions et regagna la route où elle se mit à marcher énergiquement dans la direction de la ville.

Le chemin était long jusque là-bas, mais Chris refusa pourtant toutes les offres de la ramener qu'elle reçut en cours de route.

A la réception de l'hôtel, les regards convergèrent sur elle. Excédée, elle grimpa les escaliers quatre à quatre et regagna sa chambre dont elle claqua la porte derrière elle. Elle se sentait si honteuse qu'elle aurait voulu se jeter sur son lit, remonter les couvertures au-dessus de sa tête et ne plus jamais ressortir. Ces deux derniers jours, elle s'était pavanée dans la ville, disant aux habitants qu'ils étaient stupides et essayant de les persuader qu'ils se trompaient complètement sur Tynan. Elle avait utilisé pour cela tout son crédit en tant que Nola Dallas...

Comme j'ai été présomptueuse d'imaginer que j'en savais davantage qu'eux sur lui, songeait Chris, et elle commença lentement à enlever la robe que Red lui avait prêtée.

Elle empaqueta ses quelques effets, enfila sa tenue d'amazone et porta les deux robes empruntées à la réception. L'employé posa sur elle un regard tout différent. Elle n'était plus à ses yeux l'intrépide reporter qui travaillait pour un grand journal, mais simplement une femme qui, comme tant d'autres, était tombée amoureuse d'un vaurien.

– Miss, dit un jeune homme derrière elle, j'ai un message pour vous.

Elle prit le morceau de papier, le déchiffra rapidement et le froissa dans sa main avant de remonter l'escalier. Une fois dans sa chambre, elle s'assit sur son lit. Elle devait bien une dernière visite à Tynan pour lui dire au revoir et le prévenir qu'elle rentrait chez son père et veillerait à ce qu'il ne retourne pas en prison.

Elle écrivit un mot à Asher lui annonçant qu'elle reprendrait la route dès le lendemain matin. Puis elle le déposa à la réception à son intention avant de sortir.

Aussitôt qu'elle se mit en route vers la prison, une foule de curieux se précipita à sa suite. Certains ricanaient. Un homme lui barra même le passage, et elle dut le tancer d'un regard impérieux pour qu'il veuille bien se déplacer. Il cracha un jet de salive jaunâtre qui gicla à quelques centimètres de ses pieds. Les dieux qu'on a portés aux nues sont jetés plus bas que terre, songea-t-elle.

Le shérif adjoint était assis devant une table quand elle s'engouffra dans le bureau de police.

– Puis-je voir votre prisonnier ? demanda-t-elle.

– Bien sûr, miss Dallas, acquiesça-t-il immédiatement en prenant un trousseau de clés suspendu à un clou. Je suis désolé de ce qui est arrivé. Le shérif devrait être là demain et nous pourrons alors clore l'affaire. Vous avez une visite, dit-il à Tynan en faisant entrer Chris dans sa cellule.

Tynan pivota brusquement sur lui-même et planta

un regard acéré sur Chris. Ce qu'il vit ne sembla pas lui plaire car il se détourna immédiatement.

– J'ai reçu votre message, dit-elle en baissant les yeux sur ses mains.

– Je sais ce que je voulais savoir. Vous pouvez partir maintenant.

Son intonation glaciale ranima sa rancœur, et elle releva la tête.

– Vous êtes encore innocent, n'est-ce pas ? Comme du temps des Chanry ? Vous protégiez sans doute les enfants contre Rory ? Quelle était donc cette fois la raison qui vous a forcé à tirer ?

– Sortez, Chris, dit-il d'une voix ferme. Je ne veux pas me battre avec vous.

– Parce que je n'ai pas de revolver ! Oh, je connais la loi de l'Ouest. On ne tire jamais sur un homme désarmé – et encore moins sur une femme. Comment avez-vous pu me faire cela ? Tous ces gens avaient *confiance* en moi ! Je leur ai demandé de vous accorder une autre chance, un nouveau départ. Et ils l'ont *fait* ! Et il a fallu que vous leur montriez ce que vous étiez vraiment, ce dont j'étais trop stupide pour m'apercevoir...

Il continuait à lui tourner le dos, les mains appuyées contre le mur, les yeux fixés sur la fenêtre.

– Regardez-moi quand je vous parle ! Si vous n'avez pas de conscience, essayez au moins de feindre une certaine politesse.

Il se tourna lentement vers elle. Ce n'était plus le même homme. Il était froid et lointain comme un étranger.

– Je ne vous ai jamais menti sur moi. Je n'ai jamais non plus prétendu être un homme pour vous. Mais vous n'avez rien voulu écouter. Vous étiez bien trop occupée à montrer à tout le monde votre habileté à réformer un criminel pour vous demander qui j'étais vraiment.

– Eh bien, maintenant je le sais.

Elle se dirigea vers la porte.

– Je ne vous dérangerai plus, soyez-en sûr. Je voulais juste vous prévenir que je partirai demain – sans doute en compagnie de M. Prescott. Je veillerai à ce que mon père termine les formalités pour votre libération. Shérif ! appela-t-elle.

En quelques secondes, Tynan avait traversé la pièce pour la retenir.

– Vous ne partirez pas sans moi. J'ai juré à votre père de vous ramener et j'ai l'intention de tenir ma parole.

– Mais bien entendu ! L'homme de l'Ouest est toujours fidèle à sa parole... Même s'il abat un homme par jour et que la prison est devenue pour lui un mode de vie, il respectera *toujours* sa parole. Shérif, vous pouvez me faire sortir maintenant.

Tynan claqua la porte violemment, obligeant le malheureux à faire un saut de côté.

– Il est hors de question que vous partiez demain. Vous ne pouvez pas traverser le pays avec Prescott, il ne sait pas se défendre.

– Evidemment, ce n'est pas le genre d'homme à tirer sur des innocents au cours d'un pique-nique dominical.

– Tynan n'a pas tiré sur Sayers, rectifia le shérif adjoint. C'est Sayers qui l'a attaqué par-derrière.

– Je savais bien que vous étiez innocent, déclara Chris. Vous arrivez toujours à passer entre les mailles du filet quand vous êtes coupable. Shérif, ouvrez cette porte, voulez-vous !

Ty la maintint fermée.

– Chris, vous ne pouvez pas partir tant que je ne serai pas sorti. Vous avez besoin de...

– Monsieur Tynan, si je dois attendre que vous sortiez d'une prison après l'autre, je risque de ne jamais rentrer chez moi. Pour être tout à fait claire : je partirai demain matin ! Vous ferez ainsi d'une pierre deux coups : vous obtiendrez votre liberté définitive et vous serez enfin débarrassé de ma petite personne ! s'écria-t-elle en attrapant la porte qu'elle ouvrit d'un coup sec avant de se précipiter dehors. Quand vous arriverez chez mon père après avoir fait escale dans toutes les prisons de l'Etat de Washington – même si vous y êtes enfermé à tort –, il aura certainement réuni les dix mille dollars pour lesquels vous vous êtes donné tant de mal. Bonsoir, sir. Et j'espère bien que nous ne nous reverrons jamais !

11

Le lendemain matin, Chris quitta la ville avec Asher avant même le lever du soleil. Elle avait bredouillé de vagues réponses à toutes ses questions et avoué que son engagement avec Tynan n'était qu'une comédie pour le protéger contre Rory. Asher sembla satisfait de ses explications et surtout de son air contrit.

Comme ils longeaient la prison, Chris aperçut la silhouette de Tynan se détachant à contre-jour. Il les observait. Elle resta bien droite et évita de se retourner. Ils seraient loin quand il pourrait enfin sortir.

Ils allèrent bon train, chevauchant en silence, et ne s'arrêtèrent que vers midi pour prendre une collation.

Le bruit d'une cavalcade monta soudain de la petite route étroite et le cœur de Chris s'arrêta de battre. Trois hommes à cheval filèrent devant eux à la vitesse de l'éclair, tête baissée sous leurs chapeaux à larges bords. Dieu merci, ils n'étaient pas à leurs trousses ! Et Tynan n'était pas parmi eux...

– Ouf ! Ce n'était pas nous qu'ils recherchaient ! constata Asher avec soulagement.

Asher ne se montrait pas loquace, et les nombreuses fois où elle avait été mordante à son égard lui revinrent en mémoire. Comme il l'aidait à se remettre en selle, elle lui adressa un grand sourire. Maintenant que Tynan n'était plus là pour détourner son attention, elle posait un regard nouveau sur Asher. N'était-ce pas l'homme que son père avait *choisi* pour elle ? Au moins, il ne vous brandissait pas un revolver sous le nez à la moindre offense...

Le soleil n'était plus qu'une boule incandescente à l'horizon quand ils entr'aperçurent un chariot renversé, et Chris ne l'aurait sans doute pas remarqué sans les traces des roues et les empreintes toutes fraîches qui sortaient de la route.

– Arrêtons-nous une minute, cria-t-elle en sautant de cheval pour se précipiter derrière les buissons.

Elle buta bien vite contre le lourd véhicule couché sur le flanc. Une main de femme dépassait du châssis renversé. Elle retourna sur ses pas en courant pour appeler Asher à l'aide.

– Là-dessous, indiqua-t-elle du doigt. Il faut que nous soulevions le chariot pour la sortir de là.

Il n'hésita que quelques secondes avant de se précipiter dans la direction indiquée.

Même une fois de l'autre côté du chariot, ils ne pouvaient apercevoir qu'un bout du bras, le reste du corps était enseveli sous la voiture que le choc avait disloquée.

– Allez-vous y arriver tout seul ? demanda-t-elle en jaugeant du regard la lourde carcasse qui retenait la femme prisonnière. C'est le seul moyen pour que je puisse la sortir de là.

Bandant ses forces, Asher s'accroupit contre le flanc du chariot, puis cala ses jambes de manière à pouvoir le soulever tout en se redressant.

– Allez-y ! hurla-t-il au moment où le châssis arrivait à leur hauteur.

Chris ne perdit pas une seconde et tira la femme vers elle. Asher s'agenouilla, alluma une allumette car la nuit tombait et observa la femme. Elle semblait couverte de sang.

– Elle a reçu trois balles au moins, constata-t-il d'une voix calme.

– Mais elle respire encore ! s'écria Chris en posant la tête ensanglantée sur ses genoux. Je vais vous emmener chez le médecin, chuchota-t-elle à l'intention de la femme qui commençait à s'agiter.

– Mon mari, hoqueta la malheureuse. Où est mon mari ?

Chris leva les yeux vers Asher mais il était déjà parti inspecter les environs. Chris le vit s'arrêter. Il se retourna vers elle et secoua négativement la tête.

– Votre mari va bien. Il dort, la rassura Chris.

– Avez-vous une idée de l'identité de vos agresseurs ? interrogea Asher dès qu'il fut de retour auprès d'elle.

La femme avait de grandes difficultés à parler et elle saignait abondamment.

– Trois hommes, murmura-t-elle dans un souffle. Ils voulaient nous tuer parce que nous savons au sujet de Lionel. Il faut sauver Lionel.

Soudain elle fixa Chris avec des yeux presque aussi rouges que le sang qui baignait son corps.

– Aidez-le. Aidez Lionel. Promettez-le-moi !

– Mais oui, je vous le promets. Dès que vous serez mieux, nous irons ensemble...

Elle se tut car la tête de la femme venait de tomber sur le côté. Elle était morte.

Asher s'assit sur ses talons.

– Il faut aller chercher le shérif. Nous laisserons les corps ici en attendant que je revienne avec lui. Chris ! appela-t-il sur un ton cassant, car elle s'était mise à fouiller parmi les bagages tombés du chariot. Pour l'amour du ciel, que faites-vous ?

– Je cherche un indice qui nous mette sur la piste de Lionel.

Il l'attrapa par les épaules et la fit pivoter vers lui.

– Je ne tiens pas du tout à savoir ce qui leur a coûté la vie. J'ai la ferme intention de rentrer droit au bercail en ne m'arrêtant sous aucun prétexte. Ce Lionel sera obligé de se débrouiller tout seul. Et maintenant, nous obliquons vers la ville la plus proche !

– Nous ne pouvons pas les abandonner ainsi !

Il voulut protester mais finit par aller chercher le cadavre de l'homme qu'il traîna jusqu'au bord du chemin. Chris retourna auprès de la femme, arrangea ses cheveux et croisa ses mains sur sa poitrine. Même la pénombre ne pouvait occulter la jeunesse de ses traits ni la blondeur de ses cheveux.

Après s'être relevée, Chris jeta un coup d'œil aux bagages éparpillés autour d'elle : quelques pauvres robes dans un sac en tapisserie, un petit sac pour la couture et un autre appartenant visiblement au mari. De nombreuses affaires avaient été projetées un peu partout quand le chariot avait culbuté le long du fossé. Un objet brillant attira le regard de Chris. En s'approchant, elle vit que c'était un gros carnet en cuir avec un fermoir de cuivre.

Inspectant rapidement l'intérieur du sac de l'homme, elle trouva une boîte d'allumettes et, en allumant une, elle parcourut la première page en diagonale. Comme elle l'espérait, il s'agissait bien d'un journal. « Nous devons l'aider », était-il écrit. Et un peu plus loin : « La vie de Lionel est peut-être en danger. C'est encore un enfant et il n'a que nous. »

Elle entendit Asher s'approcher derrière elle et ferma rapidement le carnet qu'elle glissa dans sa poche.

Ils laissèrent le chariot et les bagages en l'état afin que le shérif puisse les examiner et, sautant à cheval, ils reprirent leur route vers le sud.

Quand ils firent halte dans une auberge, Chris entendit vaguement Asher se plaindre de la mauvaise cuisine et de la saleté de l'endroit, mais elle n'arrivait pas à penser à autre chose qu'au journal.

Enfin seule dans sa chambre, elle s'assit sur son lit, sortit le journal de sa poche et se mit à le lire avec avidité. Diana l'avait commencé trois ans auparavant, juste après son mariage avec Whitman Eskridge. Elle avait découvert rapidement qu'il l'avait épousée pour sa fortune. Six mois lui avaient suffi pour dilapider sa dot, mais il n'en était pas resté là. Il avait aussi ruiné la société de son beau-père. Diana n'avait découvert qu'après le suicide de son père que son mari détournait des fonds. Pourtant, elle était restée à ses côtés lorsque le scandale avait éclaté et que tous leurs biens avaient été vendus aux enchères. Et quand il avait décidé d'aller s'installer chez de riches parents de Diana dans l'Etat de Washington, elle avait écrit à son cousin, Owen Hamilton – un homme qu'elle n'avait jamais vu –, pour l'implorer de les héberger.

Diana avait interrompu son journal pendant quelque temps. Puis elle notait comment Whitman lui avait appris qu'Owen volait Lionel. Chris se sentit un peu perdue jusqu'à ce qu'elle lise les pages suivantes. Apparemment Lionel, l'héritier de l'empire des Hamilton à Washington, n'avait que onze ans et c'était son oncle – le cousin de Diana – qui gérait ses biens. Whitman Eskridge aurait produit des preuves de la malhonnêteté d'Owen. Malheureusement Diana ne précisait pas lesquelles.

Elle finit le journal plusieurs heures plus tard et s'endormit en le serrant sur son cœur. Elle rêva qu'elle était Diana Eskridge.

– Chris, réveillez-vous ! disait Asher en la secouant. J'ai frappé à votre porte à grands coups sans obtenir de réponse. Etes-vous restée éveillée toute la nuit à lire ce carnet ?

Chris inclina la tête en bâillant.

– Eh bien, j'espère que cela en valait la peine. Je viens de rentrer et je voulais vous dire que le shérif avait ramené les corps. Je vais dormir maintenant. Je vous verrai au dîner.

Chris était épuisée, mais elle n'arrivait à s'assoupir que par à-coups. Ce qu'elle venait de lire continuait à lui trotter dans l'esprit. Les déboires et la mort de cette si jeune femme la bouleversaient et lui semblaient terriblement injustes... Et qu'allait-il advenir maintenant de ce pauvre petit garçon dont elle avait tenté de sauver l'héritage ? Lionel n'avait plus d'autres parents que cet oncle malhonnête.

Quand arriva le soir, elle était convaincue qu'elle devait tenir sa promesse envers cette jeune femme pour qu'au moins sa mort n'ait pas été vaine !

Pendant le dîner, elle posa de nombreuses questions sur le physique de la jeune morte.

– Chris, comment pouvez-vous être aussi morbide ?

– Croyez-vous que nous ayons la même stature ? Me ressemblait-elle un tant soit peu ?

Comprenant qu'elle n'avait pas l'intention de changer de sujet, il passa à l'offensive.

– Pourquoi ne pas m'avouer tout simplement ce que vous avez en tête ?

Chris se lança si vite dans ses explications que les mots se bousculèrent dans sa bouche et qu'elle s'en étrangla presque. Elle dut se calmer avant de recommencer, cette fois-ci d'une voix posée. Elle parla du journal, puis du mariage désastreux de Diana Eskridge.

– Elle n'a jamais eu l'occasion d'être heureuse. Et

voilà qu'elle était en route pour sauver son petit cousin des griffes d'un oncle malhonnête quand elle a été tuée.

Asher baissa les yeux sur son assiette.

– Ne vous est-il jamais venu à l'esprit que cet oncle malhonnête était pour quelque chose dans sa mort ?

– Bien entendu ! Mais juste avant de mourir, elle m'a confié cet enfant.

– Et comment comptez-vous vous y prendre ? Irez-vous trouver l'oncle pour lui demander : « Excusez-moi, seriez-vous par hasard en train de voler votre neveu ? Si tel est le cas, ayez l'obligeance de vous dénoncer et d'emménager en prison pour le reste de votre vie » ? Vraiment, Chris ! Tout cela ne tient pas debout.

Elle prit une profonde inspiration.

– Eh bien, voyez-vous, dans la mesure où cet homme n'a jamais vu sa cousine, j'ai l'intention de me faire passer pour elle.

Asher la fixa bouche bée.

– Mais si c'est lui qui l'a tuée, ne risquez-vous pas d'éveiller ses soupçons en vous présentant à sa porte ?

– En tout cas, il ne pourra pas déclarer qu'il me croyait morte, n'est-ce pas ?

– Non, Chris, c'est de la folie ! Vous ne pouvez pas vous faire passer pour Diana Eskridge, voyons ! Vous ignorez pratiquement tout d'elle. Comment sont-ils apparentés, par exemple ? Et si cette Diana portait une marque de famille tout à fait caractéristique ? Il y a tant de choses que vous ignorez. Pourquoi par exemple n'avait-elle encore jamais rencontré son cousin ? Bizarre, non ?

Chris piqua du nez dans son assiette. Elle sentait les larmes lui monter aux yeux en pensant à la manière dont Tynan l'aurait aidée s'il avait été là.

– Enfin, Chris, que vous arrive-t-il ? s'enquit Asher

en lui prenant la main. Si vous vous rendez chez le cousin de Diana Eskridge, qu'allez-vous dire au sujet de votre mari ? Owen Hamilton les attend sûrement tous les deux ! Vous ne pouvez décemment pas prétendre l'avoir perdu en cours de route.

– Je n'y avais pas songé, avoua-t-elle en s'essuyant les yeux du dos de la main. Et si je me faisais passer pour veuve ? La variole pourrait l'avoir emporté brutalement, par exemple, ou bien il aurait pu être victime d'un chien enragé, ou encore des Indiens...

– Et si vous vous présentiez *avec* lui ? l'interrompit Asher. Si vous arriviez avec votre mari ?

– Vous voulez que je persuade Tynan de se faire passer pour mon mari ? Après ce qu'il m'a dit sur le mariage ? Et, d'ailleurs, il est capable de se précipiter sur Owen en brandissant un pistolet dès le premier jour. Il...

– Vous ne pourriez pas chasser cet homme de votre esprit juste un instant ? maugréa Asher. C'est à moi que je pensais !

– Vous ? Mon mari ? répéta Chris avec stupéfaction.

Asher la fusilla du regard.

– Vous voulez *vraiment* aider Lionel, oui ou non ?

– Oui... bien sûr ! Mais outre le fait que je vous en crois incapable, je suis persuadée qu'une multitude d'obligations vous attendent. Sans compter que risquer votre vie pour un inconnu est certainement la dernière chose que vous souhaitez ! Non, je vais être obligée de me débrouiller toute seule. Je prétendrai que mon mari a été tué par des chevaux emballés quand le train s'est arrêté pour charger de l'eau. Ou bien que la conduite d'eau est tombée sur lui en l'assommant et qu'il s'est noyé en plein désert. Je lui cherche une fin absolument horrible. Après tout ce qu'il a fait subir à la pauvre Diana, il le mérite bien.

– Chris, si vous m'empêchez de vous accompagner, je dirai à votre père où vous êtes et ce que vous manigancez.

– Vous n'oseriez pas ! s'écria Chris.

– Mettez-moi à l'épreuve, répondit-il les yeux étrécis.

Chris s'écarta, ressentant soudain toute l'intensité qu'il mettait dans ses propos. Il avait tenté plusieurs fois de lui montrer combien elle lui plaisait et en ce moment il voulait vraiment l'aider, elle le sentait.

Asher lui sourit.

– Il faudra bien entendu que je lise ce journal afin de voir quelle sorte de fils de... oh, excusez-moi ! Vous croyez quant à vous pouvoir tenir le rôle de cette petite dinde soumise qui acquiesce à tout ce que veut son mari ? s'enquit-il d'un air ironique.

Chris serra les lèvres.

– Je peux jouer n'importe quel rôle selon les besoins du moment. Comment Owen Hamilton pourrait-il d'ailleurs savoir de quoi j'ai l'air ?

– S'il est l'homme que vous croyez, capable de tromper un enfant et de tuer ses cousins, il est sûrement du genre à se documenter sur ses victimes. Il sait sans aucun doute pourquoi le père de Diana s'est suicidé et certainement aussi que son mari est un escroc.

– Et vous êtes prêt à risquer votre vie pour une affaire qui ne vous concerne pas ?

Elle n'arrivait pas à croire qu'il consentirait à faire cela. L'aimait-il à ce point ? Ou était-ce l'argent de son père ?

– Si vous n'aviez pas risqué votre vie aussi souvent sous l'identité de Nola Dallas, de nombreuses réformes n'auraient pas été votées. Chris, je serais honoré d'être votre mari pour une nuit seulement ou pour toujours...

– Oh ! fit Chris en clignant des yeux.

– Maintenant, pouvons-nous commencer à faire

des plans ? proposa Asher. Nous devrions rester ici aujourd'hui et peut-être même demain à relire le carnet et découvrir le plus de choses possible sur Diana Eskridge et son mari. D'accord ?

Chris leva les yeux sur Asher qui souriait d'un air extrêmement content. Demain à cette heure, il serait son mari – un soi-disant mari...

Pour la première fois, Chris se sentit gênée sous son regard. Elle commença à s'agiter sur sa chaise tout en l'écoutant tirer des plans.

12

La maison d'Owen Hamilton, un imposant manoir de deux étages, se trouvait sur la côte Ouest, dans l'Etat de Washington. Après trois jours de préparation intensive, Chris et Asher s'installèrent dans un vieux buggy qui ne payait pas de mine et se mirent en route vers la grande aventure !

Le silence régnait dans la voiture tandis qu'ils repassaient dans leur esprit les multiples détails qui leur permettraient de réussir dans leur entreprise. Ils s'arrêtèrent dans une auberge où ils prirent des chambres séparées pour la nuit et repartirent de bon matin le lendemain.

– C'est votre dernière chance, Chris, déclara Asher en se tournant vers elle à quelques kilomètres de la maison. Vous pouvez encore renoncer, mais après il sera trop tard.

– Certainement pas ! A moins que vous ne le vouliez, vous !

Asher rit doucement.

– Voyons, c'est un rêve pour moi ! Quel homme ne se réjouirait à la perspective de passer ses journées et ses nuits auprès d'une ravissante jeune femme ! Implorer sans succès des prêts aux banques commençait à me fatiguer de toute façon et je risque même d'éprouver une certaine satisfaction à aider les gens. Que puis-je demander de plus ?

Il la regarda du coin de l'œil avant d'ajouter :

– A propos, Chris, je vais en profiter pour essayer de vous conquérir. Avant que nous repartions, vous serez folle amoureuse de moi.

– Dites-moi, qu'est-ce qui vous intéresse le plus ? Moi ou mon argent ? s'enquit-elle en haussant un sourcil.

– C'est ce vaurien qui vous a mis cette idée dans la tête ?

– Non, répondit-elle honnêtement. Mais n'empêche que si mon père a recruté vos services, c'était bien dans l'espoir que je tomberais amoureuse de vous, n'est-ce pas ? Son plus cher désir est de me voir mariée et avec des enfants.

Il sourit et fit claquer les rênes pour accélérer l'allure des chevaux.

– C'est bien le point de départ... Seulement à cette époque, j'aurais été prêt à épouser une autruche à trois têtes si cela m'avait permis de retrouver un peu de respect pour moi. Mais vous avez chamboulé tous mes plans, Chris, et j'éprouve un immense respect pour vous. Vous êtes la femme la plus courageuse, la plus... la plus intéressante que j'aie jamais rencontrée. Après quatre-vingt-dix ans de vie commune, je ne serai toujours pas lassé de vous, j'en suis persuadé.

Chris éclata de rire.

– Voilà un des compliments les plus gentils que j'aie jamais entendus.

– Et maintenant que ce criminel n'est plus dans mes jambes, je crois que j'ai une chance. Je n'ai jamais compris pourquoi les femmes avaient un faible pour ce pauvre type.

Comme Chris l'observait, il haussa les épaules. Tynan ne serait-il qu'un pauvre type ? songea-t-elle. Rien que cela ? Il lui avait paru si particulier, si unique. Peut-être avait-elle été tout simplement éblouie par sa beauté. Elle crut défaillir en entendant des sabots marteler la route, mais un cow-boy les doubla au triple galop, et elle se renfonça contre la banquette en poussant un soupir.

– Essayez toujours, monsieur Prescott ! déclara-t-elle en riant. Vous avez mon autorisation !

Deux heures plus tard, ils étaient arrivés à destination.

– Surtout n'oubliez pas que vous n'êtes plus Nola Dallas mais Diana Eskridge, une femme douce et timorée. Si vous ne restez pas à votre place, je serai obligé de vous y remettre.

Chris le regarda avec des yeux ronds. Au moment où elle s'apprêtait à protester, la porte d'entrée s'ouvrit sur une femme corpulente ceinte d'un tablier, et elle baissa la tête. Elle s'était habillée en fonction de son personnage, avec des vêtements simples en calicot, dans des tons ternes et sans aucune élégance. Ceux d'une femme dont le mari avait ruiné la vie...

– Vous êtes sûrement les Eskridge ! s'exclama la femme bien en chair. Eh bien, dites-moi, vous en avez mis du temps ! Nous finissions par craindre qu'il ne vous soit arrivé quelque chose. Posez donc vos bagages par là, je vais prévenir M. Owen, annonça-t-elle en montant les quelques marches qui menaient au palier. Au fait, je m'appelle Unity, jeta-t-elle par-dessus son épaule.

Chris fit le tour de la pièce du regard. L'entrée ouvrait sur un salon de musique à droite et un bureau avec une salle à manger attenante sur la gauche. Un homme apparut sur le palier et descendit les escaliers à leur rencontre. Il était grand et large d'épaules. Une petite moustache retombait sur des lèvres bien dessinées. Inconsciemment, Chris lui avait prêté tous les traits du scélérat et elle fut si étonnée par son physique avantageux et son sourire chaleureux qu'elle faillit lui avouer la vérité.

– Vous devez être Diana, s'écria-t-il d'une belle voix de basse. Nous finissons enfin par nous rencontrer.

– Oui, enfin ! roucoula-t-elle en lui tendant la main. Puis-je vous présenter mon mari, Whitman ? Nous ne pourrons jamais assez vous remercier de nous recevoir ainsi dans votre ravissante maison.

Le sourire d'Owen s'élargit encore.

– Oh, c'est si naturel ! Je serai heureux d'avoir un peu de compagnie. Mais vous êtes certainement fatigués, je vais vous conduire à votre chambre. Nous déjeunerons dans une heure. D'ici là vous voudrez bien m'excuser, j'ai une montagne de paperasserie à rédiger. Je dois recevoir un acheteur après-demain et il me faut préparer un certain nombre de documents. Faites comme chez vous. Il y a un jardin derrière la maison, si vous avez envie de vous promener. Voilà, nous y sommes.

Il ouvrit une porte et les introduisit dans une vaste pièce où trônait un lit à colonnes avec un cabinet de toilette attenant et un petit bow-window en angle. Chris aperçut avec soulagement une banquette contre un mur. Suivant son regard, Asher lui lança un clin d'œil et elle rougit.

– C'est plus que suffisant, dit Asher. Merci beaucoup.

– Si vous avez besoin de quoi que ce soit, n'hésitez pas à appeler. Nous vivons à la bonne franquette, ici. Unity est en général en bas dans la cuisine et vous avez des chances de me trouver en haut. Je m'y suis installé un billard et un bar. Un de mes grands luxes dans la vie. Je vous retrouverai dans la salle à manger à midi et demi.

Il disparut en fermant la porte derrière lui.

Asher s'assit sur le lit et en testa les ressorts.

– Je vérifie qu'ils ne grincent pas. Beaucoup de mariages sont compromis plus sûrement par une literie bruyante que par tout autre...

– Il n'a pas parlé de Lionel, l'interrompit Chris. Croyez-vous qu'il soit là ? Il ne s'en est pas encore débarrassé, tout de même ?

– Mais si, et il l'a enterré derrière les rosiers ! Cela n'a pas l'air du tout le genre d'Owen. Il n'a rien d'une brute. C'est même rare de voir un homme accueillir avec autant de chaleur des parents sans le sou. Que diriez-vous d'un petit somme avant le déjeuner ?

– Vous me feriez vraiment plaisir en cessant ce petit jeu... Je crois que je vais faire un tour dans le jardin. C'est l'endroit idéal où trouver un garçon de onze ans, non ?

Chris descendit l'escalier jusqu'à la cuisine. Unity n'était pas là mais un délicieux fumet s'échappait de la pièce, et elle s'aperçut qu'elle n'avait pas pris un vrai repas depuis des lustres.

Le jardin était une somptuosité, avec une multitude d'azalées, de plantes sauvages et de bulbes de toutes sortes. Manifestement quelqu'un s'y intéressait de très près, sans doute Hamilton. Elle s'assit sur un banc en pierre à l'ombre d'un sapin et ferma les yeux. Elle s'était rarement sentie aussi nostalgique de sa vie. Sa mère avait une passion pour les jardins. Elle en avait créé un merveilleux autrefois, mais après sa mort son père l'avait laissé à l'abandon et il était envahi par les mauvaises herbes.

– Vous n'avez pas le droit de vous asseoir là, c'est mon banc !

Chris ouvrit les yeux. Un garçon – qui aurait été

le portrait d'Owen sans son air ombrageux – se tenait devant elle.

– C'est sans doute toi, Lionel, dit-elle avec un grand sourire. Je suis...

– Je sais qui vous êtes. Des parents pauvres venus vivre à mes frais. Maintenant, levez-vous et partez.

Chris resta assise à l'observer.

– Je vous ai dit de vous lever, cria Lionel en devenant tout rouge. C'est *mon* siège. *Mon* jardin. *Ma* maison. Dois-je appeler mon oncle pour qu'il vous chasse ?

– Mais oui, c'est une très bonne idée ! acquiesça-t-elle en se demandant comment Owen réagirait s'il devait quitter ses précieux papiers pour exiger qu'un hôte cède son siège à un petit garçon mal élevé.

– Vous devez m'obéir, déclara Lionel en trépignant.

– Et pourquoi donc ?

– Parce que tout m'appartient ici et que vous êtes à ma merci.

Chris réprima un éclat de rire.

– En tout cas, tu n'as pas l'air de posséder beaucoup de bonnes manières. Veux-tu que nous reprenions depuis le début ? Je suis ta cousine, Diana Eskridge.

Lionel se recula, prit une poignée de boue dans une plate-bande et la lança sur le devant de sa robe. Puis il disparut sans lui laisser le temps de protester.

Chris se mit debout et jeta un coup d'œil sur son corsage avant de retourner vers la maison.

Unity sortait un pain de maïs du four. Elle leva les yeux.

– Vous avez fait la connaissance de Lionel, on dirait ! Tenez, asseyez-vous donc, que je nettoie votre robe. Ce garçon nous tuera tous.

– Ce n'est certainement pas mon affaire, déclara Chris en prenant le torchon humide que lui tendait

Unity, mais quelqu'un s'occupe-t-il sérieusement de son éducation ?

– Jusqu'à s'en user les mains. Quand vous atteindrez mon âge, vous aurez appris que les enfants sont aussi différents les uns des autres que le jour de la nuit. Pour certains, il suffit d'un regard, pour d'autres, il faut un fouet. Mais sur Lionel, *rien* n'a d'effet. Croyez-moi, son oncle a tout essayé.

– Et la gentillesse ? interrogea Chris tout en enlevant la boue de sa robe. Il est orphelin, n'est-ce pas ?

– On voit bien que vous venez d'arriver. M. Owen est la gentillesse faite homme. Cela lui brise le cœur quand il doit fouetter ce garçon. Il n'a pas voulu en entendre parler pendant des années. Il désirait que Lionel se sente chez lui ici. Moi, je connais cet enfant depuis qu'il est tout petit.

Diana aurait-elle dû être au courant ? Chris n'en était pas sûre, aussi fit-elle une tentative.

– Vous avez rencontré Lionel avant son oncle ?

– J'oublie toujours que vous ne connaissez pas nos histoires.

– Passez-moi le panier de petits pois, je vais les écosser.

– Non, je ne veux pas que vous m'aidiez aujourd'hui. Mais je vous préviens, ce ne sera pas toujours ainsi. Où en étais-je ? Ah oui ! Je travaillais donc pour le frère de M. Owen et sa belle-sœur. J'étais là la nuit où Mme Laura a accouché. C'était encore le bon temps ! Mais quelques mois plus tard – six exactement – ils périssaient dans cet incendie. Bien sûr, Lionel a hérité de tous leurs biens et M. Owen est son tuteur jusqu'à ses vingt et un ans. Il fait de son mieux, mais ce garçon...

Sa phrase resta en suspens, et Chris n'obtint pas d'autres détails sur le sujet. Unity préféra se lancer dans un panégyrique d'Owen qui était selon elle le plus merveilleux des hommes.

Lionel arriva en retard au déjeuner en affichant un air boudeur. Owen l'accueillit chaleureusement et le présenta à ses cousins, Diana et Whitman, mais Lionel se contenta de leur jeter un coup d'œil maussade avant d'éparpiller sa nourriture dans son assiette.

– Quel sale gamin ! remarqua Asher quand ils eurent regagné leur chambre. Personne ne lui a donc jamais donné de correction ? Et pourquoi d'ailleurs déjeunait-il avec les adultes ?

– Probablement parce que l'endroit lui appartient, dit Chris en accrochant ses quelques robes dans la penderie.

Asher laissa courir son doigt sur la cornière de l'armoire.

– Jamais je n'aurais pensé éprouver un jour de la tendresse pour un meuble. Vous vous souvenez de la première fois où je vous ai vue ? Je ne voulais pas que nous nous cachions dans la chambre d'une dame, mais Tynan a argué que c'était le seul moyen si nous ne voulions pas faire de bruit. Nous pensions que vous dormiez, mais le lit était vide et nous nous sommes précipités dans le placard quand vous êtes rentrée.

– Je ne veux pas entendre un mot sur lui.

– Sur lui ? Sur qui ? Ce n'est pas de ce raté que vous parlez ? Je croyais que c'était fini avec lui. Vous ne comptez tout de même pas le revoir après la manière dont il s'est comporté à ce pique-nique.

– Je n'en ai pas du tout l'intention. Si nous changions de sujet maintenant ? Nous pourrions discuter du meilleur moyen de découvrir ce qui se passe dans cette maison, par exemple ? Ou bien chercher ce qui rend cet enfant aussi odieux ?

– C'est le fait d'être archigâté. Si vous aviez des enfants, vous sauriez cela.

– Parce que vous, vous en avez ? En si grand nombre même que vous êtes devenu une autorité en matière de pédagogie ?

– J'en sais assez pour comprendre ce que je vois. On cède à ses moindres caprices et il veut toujours davantage. Chris, ne nous disputons pas. Profitons plutôt du bonheur d'être ensemble.

Il tendit le bras vers elle, mais elle se recula.

– Je vais dans le jardin. A tout à l'heure ! Essayez donc de voir si vous pouvez vous rendre utile auprès d'Owen et découvrir quelque chose. Nous sommes ici pour faire la lumière sur cette affaire et j'ai bien l'intention de m'y employer.

Sur ces mots, elle quitta la chambre avec un soupir de soulagement. Elle n'avait pas réfléchi à ce que pouvait impliquer la cohabitation avec un homme, et elle commençait à craindre le pire.

Dans l'entrée, elle tomba sur Owen et Unity.

– Retournez donc à votre travail ! protestait Unity. Je vais m'en occuper.

Chris se mordit les lèvres pour ne pas demander ce qu'avait encore fait Lionel et elle proposa aimablement son aide.

– Oh, c'est encore une de ces complications domestiques qu'on ne peut éviter, murmura Owen. Mais avec cet acheteur qui va bientôt arriver, je ne peux pas...

– Si je puis vous être de quelque utilité ? s'écria Chris sans attendre. J'ai tenu la maison de mon père pendant des années. De quoi s'agit-il ?

– Nous ne pouvons pas vous demander... commença Owen, puis il s'interrompit. Diana, je vous serai éternellement reconnaissant si vous m'aidez. Unity ne sait déjà plus où donner de la tête. Mon jardinier vient de m'annoncer qu'il partait prendre soin de sa sœur malade à San Francisco et a engagé un de ses cousins pour le remplacer. Mais je ne le connais pas et cela me prendra des jours pour lui expliquer ce que je veux.

– Laissez-moi faire, dit Chris. Je m'occuperai de tout. Où sont les jardiniers ? L'ancien et le nouveau ? Je prendrai les instructions de l'ancien et les donnerai au nouveau... et je lui demanderai ses références.

Owen l'écoutait, la tête légèrement penchée sur le côté, et Chris eut peur d'avoir commis une bévue. Diana Eskridge avait la réputation d'être une petite souris grise, et non une femme à poigne capable de diriger la domesticité.

– Diana, j'apprécie énormément votre proposition. Je n'ai aucune disposition pour régler ces questions domestiques.

Chris sourit modestement.

– J'aimerais vous aider autant que je le peux.

– Al m'attend avec son cousin dans le jardin. Je vous laisse faire, alors !

Ravie d'avoir trouvé une occupation, Chris se dirigea immédiatement vers le jardin. Peut-être découvrirait-elle du nouveau par ce biais-là ? Et si elle se rendait utile auprès de lui, Owen ne serait-il pas enclin à se confier ?

Chris passait le coin d'une allée quand elle se trouva nez à nez avec le seul homme qu'elle ne voulait surtout pas rencontrer.

– Vous ! s'étrangla-t-elle. Allez-vous-en !

Elle pivota sur elle-même et rebroussa chemin vers la maison.

Tynan lui attrapa le bras.

– Est-ce ainsi que vous traitez le nouveau jardinier ? Auriez-vous l'intention de dissuader Hamilton de m'engager ?

Elle s'arrêta net et le fusilla du regard.

– Je vous ai dit que je ne voulais jamais vous revoir !

– Et moi je vous ai dit que vous resteriez sous ma

responsabilité jusqu'à ce que je vous aie remise entre les mains de votre père ! Je suis aussi entêté que vous, tenez-le-vous pour dit !

– Vous oubliez que je dois auparavant tomber amoureuse d'Asher ! Alors, si vous voulez avoir une chance de remplir cette partie du contrat, vous feriez mieux de nous laisser tranquilles ! C'est dans votre intérêt...

– Merci pour votre sollicitude ! Je suis ravi de cette bonne nouvelle et vous souhaite beaucoup de bonheur à tous les deux. Mais cela n'annule pas *ma* partie du contrat : je dois vous remettre saine et sauve entre les mains de votre père !

– Comme vous voudrez ! Moi, je vais avertir Owen sur-le-champ que vous ne faites pas l'affaire. Je lui expliquerai que vous êtes indigne de confiance et que vous êtes capable de désherber mes plates-bandes à coups de pistolet.

– C'est une très bonne idée ! se moqua-t-il en la suivant. Le jardinage n'est pas du tout dans mes cordes. Je vais de ce pas dévoiler votre identité à Hamilton. Nous pourrons ainsi nous mettre en route dès aujourd'hui, ce qui réduira d'autant le temps qui nous reste à passer ensemble. J'obtiendrai enfin ma liberté pendant que vous épouserez ce cher Prescott et je serai récompensé comme il sied pour avoir rempli mon contrat. Que demander de plus ? Ce programme me convient parfaitement !

Elle s'arrêta brutalement.

– Je veux rester ici et découvrir ce qui se trame contre Lionel. J'ai fait une promesse à une mourante.

– Ah, je vois ! Vous considérez votre promesse à une inconnue comme sacrée mais celle que j'ai faite à votre père ne vaut rien, c'est bien cela ?

– Vous transformez tout ce que je dis ! C'est exaspérant, à la longue ! Vous faites cela par intérêt... Pas moi !

– La belle affaire ! Enflammer le cœur de vos lecteurs avec cette bouleversante histoire ne va pas rehausser le prestige de Nola Dallas, peut-être ? Tout cela me paraît parfaitement désintéressé !

– Allez-vous-en ! s'emporta-t-elle en revenant cependant sur ses pas. Je suis parfaitement en sécurité et n'ai pas du tout l'intention de me précipiter tête baissée dans les ennuis. J'ai écrit une lettre à mon père pour le prévenir que vous aviez rempli vos engagements et lui demander d'honorer les siens. Si vous êtes très impatient d'avoir l'argent, je peux vous l'avancer sur l'héritage de ma mère. Cela vous déciderait-il enfin à partir ?

– En vous abandonnant seule ici ? Si Hamilton est coupable de malversations, croyez-vous qu'il cessera dès votre première injonction ? Vous avez besoin d'être protégée de vous-même.

– Asher peut s'en charger.

Tynan ricana.

– Et qui s'occupera de lui ? Je vous laisse le choix : ou je reste comme jardinier afin de garder un œil sur vous, ou nous partons tous les deux.

Chris serra les poings et les cacha dans les plis de sa jupe.

– Comment avez-vous découvert que j'étais ici ?

Il approcha son visage du sien.

– J'ai crevé trois chevaux et usé deux selles ces derniers jours en essayant de retrouver votre trace. Le shérif a fini par me donner des renseignements.

– Que pouvait-il bien savoir ? demanda Chris avec un regard venimeux.

– Plus que vous ne l'imaginez. Il a entendu parler d'Owen Hamilton. Cet homme gère un empire, il contrôle des fonds énormes. Ce n'est pas un nigaud comme ce malheureux Prescott que vous mettez dans votre poche comme vous voulez.

– Ce n'est pas vrai...

Elle s'interrompit en apercevant une ravissante femme brune s'approcher entre les arbres d'une démarche sensuelle.

– Qui est-ce ?

– Mon garde du corps. Puisque vous avez changé d'identité, j'ai fait de même. Pilar a accepté d'être ma femme pour la durée de cet intermède. Maintenant que vous êtes avec ce brave Prescott et moi avec Pilar, nous n'aurons plus à craindre les mêmes incidents que dans la Forêt des Pluies. Je n'ai aucune intention de retourner en prison.

– Votre femme, souffla Chris. Votre femme ?

Tynan plissa les yeux.

– Oui, le jardinier a une femme. Pilar aidera dans la maison pendant que je m'occuperai du jardin. A deux, nous arriverons peut-être à vous surveiller.

– Où allez-vous habiter ?

– Dans la maison du jardinier, voyons ! Quelle question ! Ecoutez, Chris, si nous devons jouer la comédie jusqu'à ce que vous ayez réuni de quoi écrire votre histoire, nous ferions mieux de nous y mettre tout de suite. Je suppose que vous devez m'indiquer ce que je dois faire ?

– Je serai ravie de vous indiquer ce que vous devez faire, monsieur Tynan ! déclara-t-elle avec un sourire mielleux avant de retourner dans la maison.

– Voulez-vous rencontrer Pilar ? cria-t-il dans son dos avec une intonation moqueuse.

Chris poursuivit son chemin sans lui accorder la moindre attention.

13

– Diana ! jeta Asher sur un ton sec. Votre cousin vous parle, voyons !

Chris leva les yeux de son assiette et regarda Owen Hamilton d'un air déconcerté comme si elle ne savait plus qui il était.

– Vous voyez ce que j'endure avec elle, se plaignit Asher. Elle peut parfois se montrer exaspérante.

– Enfin, euh... murmura Owen d'une voix hésitante. Comment cela s'est-il passé avec le nouveau jardinier, Diana ?

Unity posa un énorme saladier de carottes râpées sur la table.

– Un beau garçon comme lui ne doit pas avoir de mal à mettre les femmes dans sa poche. Je ne suis pas sûre de jamais vouloir revoir cette face de crapaud d'Al.

Owen lui lança un regard de reproche.

– Il a l'air de connaître son métier, murmura Chris. Il a travaillé dans une ferme, je crois.

– Et moi *je* sais que ce n'est pas un fermier, protesta Lionel. C'est un voleur de grand chemin. Il pille les banques et tue les gens.

– On peut tourner plus mal, marmonna Unity avant de quitter la pièce.

Asher observait attentivement Chris tandis qu'elle gardait obstinément les yeux baissés sur son assiette. Une demi-heure plus tard, comme tout le monde quittait la table, il lui attrapa le bras en lui glissant :

– Accompagnez-moi dehors, je veux vous parler.

Et il la traîna pratiquement dans le jardin, hors de portée des oreilles indiscrètes.

– Alors, qui est ce jardinier qui a une tête de voleur ? Serait-ce l'homme auquel je pense ?

– Oui, répondit-elle. Mais je n'avais aucune idée

qu'il nous poursuivrait jusqu'ici. Il estime que je suis toujours sous sa responsabilité tant qu'il ne m'aura pas remise entre les mains de mon père.

– Qu'est-ce qu'il va encore inventer cette fois-ci ? J'espère que vous n'avez pas l'intention de vous laisser de nouveau ridiculiser. Etre surprise à poursuivre le jardinier ne cadrerait pas du tout avec le personnage de la petite Diana, en tout cas !

Chris était heureuse que l'obscurité cachât le rouge qui lui était monté aux joues.

– Mais non ! Je n'ai pas du tout l'intention de me laisser ridiculiser. De toute façon, il est venu avec une femme et ne veut pas plus avoir affaire à moi que moi à lui. Cela apaise-t-il votre jalousie ? Pouvons-nous rentrer, maintenant ? Je suis affreusement fatiguée.

C'est alors qu'Asher aperçut quelque chose pardessus la tête de Chris. Il l'attira aussitôt brutalement à lui et pressa sa bouche contre la sienne. Cela voulait être un baiser, mais n'en avait que l'apparence. Elle n'éprouvait aucune émotion tandis qu'Asher continuait à fixer un point derrière elle. Elle commença à se débattre, mais soudain quelqu'un siffla de la manière la plus exaspérante qui soit, ne lui laissant aucun doute sur son identité... Elle se serra alors contre Asher, s'efforçant de mettre un peu de passion dans leur étreinte. Il parut se prendre au jeu mais Chris ne songeait qu'à la présence de Tynan.

– Ah, les nouveaux mariés ! se moqua Tynan juste au moment où il passait devant eux. C'est si bon de voir des gens amoureux !

Chris repoussa Asher et, pointant son menton en l'air, elle doubla Tynan sans un regard.

Quand Asher regagna leur chambre, elle mettait des draps sur l'étroite banquette.

– Je *déteste* cet homme. Oui, je le déteste, je l'abomine. Cela me donne des boutons, rien que de penser à lui. Je voudrais tant qu'il croupisse derrière des barreaux pour le reste de son existence.

– A vous entendre, on ne croirait pas du tout que vous le détestez, remarqua sèchement Asher. J'ai plutôt l'impression que vous m'avez utilisé pour le rendre jaloux.

– Jaloux ! Il prétendait qu'il ne supporterait pas de me voir entre les bras d'un autre homme, mais cela lui est bien égal. Tout ce qui l'intéresse, c'est son argent.

– Oh, il était peut-être réellement jaloux entre sa sortie de prison et avant de fréquenter... un endroit comme celui que tient Red.

Chris roula des yeux noirs.

– Et surtout avant de s'installer avec la sémillante Pilar.

Elle bourra de coups de poing l'oreiller devant elle.

– Vraiment, je déteste cet homme. Je voudrais ne jamais l'avoir revu. Je voudrais...

Asher l'attrapa par les épaules et la fit pivoter vers lui.

– Chris, vous protestez avec beaucoup trop de véhémence. Je connais un moyen pour vous le faire oublier.

Il se pencha vers elle.

– Il vous obsède parce que vous n'avez personne pour le remplacer, murmura-t-il dans le creux de son oreille. Passez la nuit avec moi. Je vous le ferai oublier. Je vous ferai tout oublier, je vous le promets ! Nous formerons enfin un vrai couple et nous ferons bénir notre union dès que nous rejoindrons votre père.

Chris n'arrivait pas à jouir des baisers qu'il plaquait goulûment sur son cou. C'était un homme séduisant, pourtant, se répétait-elle. Il avait tout pour lui – sauf la faculté de provoquer l'étincelle. Elle étouffa un bâillement.

– Ash, voyons, ne précipitez pas les choses. Je ne... suis pas encore sûre de moi. Je viens de vivre des instants très difficiles et je n'ai aucune envie de me relancer dans une autre aventure tout de suite. Faites donc un effort pour me comprendre.

Il s'écarta d'elle avec un air si offensé qu'une vague de culpabilité la submergea. Mentir était une chose qu'elle détestait et cela lui coûtait particulièrement vis-à-vis d'Asher qui s'était montré si gentil avec elle.

Il recula de quelques pas.

– Comme vous voudrez, acquiesça-t-il. Mais je vous préviens que je ne renonce pas.

– Je l'espère bien, murmura-t-elle avec un sourire.

Il n'y avait pas de paravent dans la pièce, aussi ouvrit-elle la porte de la penderie pour se protéger des regards indiscrets. Elle savait qu'Asher l'observait, étendu sur le lit. Cela la rendait nerveuse mais n'allumait en rien son désir. En revanche, s'il s'était agi de Tynan... Mieux valait ne pas y penser ! songea-t-elle en réprimant un frisson de plaisir à cette perspective.

Elle inspira à plusieurs reprises pour se calmer avant de quitter son abri. Asher avait enfilé une longue chemise de nuit et la jaugeait comme un chat qui guette sa proie. Chris lui souhaita bonsoir avant de souffler la bougie et de s'installer sur le divan. Il était inconfortable, mais cent fois préférable à l'autre possibilité.

Elle se réveilla sous les caresses d'Asher qui dévorait son visage de baisers.

– Enfin, pour l'amour du ciel ! s'exclama-t-elle en le repoussant. Vraiment, monsieur Prescott, il faut apprendre à vous contrôler. Je ne vais pas supporter vos assauts à toute heure du jour.

– Je vous ai prévenue que je tenterais tout pour gagner votre amour.

– Et vous pensez que c'est la bonne méthode ? Et

que vous arriverez à un résultat en me malmenant ainsi ?

Asher se leva. Il portait une robe de chambre sur sa chemise et ses cheveux étaient encore ébouriffés par la nuit.

– Ce sont exactement les termes de ce vaurien : malmener ! remarqua-t-il avant de se détourner. Eh bien, réjouissez-vous, je ne vous imposerai pas ma compagnie aujourd'hui ! Votre cousin a requis mes services pour aller chercher des provisions à une trentaine de kilomètres d'ici. On dirait qu'il a bien l'intention de nous faire travailler comme des bêtes.

– Et alors, cela ne vous semble pas normal ? s'étonna-t-elle. Nous lui avons demandé de nous prendre en charge. Le moins que nous puissions faire est de l'aider !

– Evidemment, j'imagine que cela vous convient parfaitement de traîner dans le jardin toute la journée en compagnie de votre hors-la-loi et loin de mes regards, hein ? C'est ce que vous vouliez, n'est-ce pas ?

– D'abord, il n'est pas à moi ! Et ensuite, j'ai été la première surprise de le retrouver ici. J'avais proposé mon aide avant de connaître l'identité du jardinier. Vous ne pouvez rien me reprocher à ce sujet. Ne pourrions-nous pas nous parler normalement ? Faut-il que vous me demandiez en mariage pour me reprocher l'instant suivant d'essayer de séduire un autre homme ?

Sans lui répondre, Asher commença à s'habiller lui aussi derrière la porte de la penderie. Agissait-il ainsi pour protéger sa pudeur ? A lui ou à elle ? se moqua Chris en son for intérieur. Elle se reprocha ensuite de critiquer tous les faits et gestes d'Asher. Cela ne la mènerait à rien...

Quand il fut habillé, il quitta la pièce.

Elle commença à découvrir un autre Owen au

cours du petit déjeuner. Jusqu'à maintenant, il s'était montré la cordialité même, mais voilà tout à coup qu'il distribuait ses ordres avec l'autorité d'un général en campagne.

– Je veux que la parcelle nord soit entièrement désherbée d'ici ce soir et que ces deux cents bulbes soient plantés. Whit, je vais vous donner une liste de ce que vous devez acheter en ville. Ensuite, vous irez directement à la scierie. Si vous ne traînez pas, vous pourrez tout à fait y arriver dans la journée. Lionel, mange tes œufs, s'il te plaît ! Et vous, Unity, avez-vous donné du travail à la nouvelle employée ? Je veux qu'elle lave le sol du premier étage.

Devant ce flot ininterrompu d'ordres, personne n'osait ouvrir la bouche.

– Vous n'êtes pas obligée de lui obéir, déclara Asher un peu plus tard en escortant Chris dehors. Rappelez-vous que nous pouvons le quitter sur l'heure si vous le désirez. Je déteste l'idée de vous voir travailler comme une ouvrière agricole.

– C'est très gentil de votre part ! Mais moi cela ne me dérange pas du tout.

Asher s'écarta soudain et jeta un ton plus haut :

– Enfin, Diana, vous n'êtes pas stupide à ce point, voyons ! Je suis sûr que vous y arriverez si vous vous y mettez tout de suite.

Chris se retourna et aperçut Owen qui s'approchait en compagnie de Tynan. Même s'il feignait de n'avoir rien entendu, elle était persuadée qu'il n'avait rien perdu de leur conversation, comme Asher s'en était douté.

Owen ajouta quelques mots à l'intention de Tynan et elle tendit l'oreille sans succès, puis il lança un regard appréciateur à Asher.

– Venez avec moi, dit-il, et Asher le suivit, abandonnant Chris auprès de Tynan.

– Vous n'auriez pas pu vous proposer pour aider

à la lessive, plutôt ? railla Tynan. Ou pour vous occuper des chevaux ? Non, il a fallu que ce soit justement du jardin !

Elle se tourna vers lui et lui décocha un regard noir.

– Si j'avais su que vous seriez chargé du jardin, j'aurais préféré mille fois pelleter le charbon. Maintenant, cessons donc de perdre du temps et mettons-nous tout de suite à l'ouvrage. J'ai mieux à faire qu'à écouter vos insultes !

– Question insultes, l'homme que vous présentez comme votre mari a l'air de s'y connaître ! Jamais je n'aurais osé vous traiter comme il vient de le faire.

– Cela fait partie de notre comédie. Diana Eskridge était une femme soumise qui se laissait brutaliser par son mari. Ash joue son rôle, un point c'est tout !

– Vous auriez dû travailler davantage le vôtre alors, vous n'avez jamais eu l'air intimidée... et sûrement pas par votre mari ! Chaque fois qu'il hausse le ton, on vous sent prête à le remettre à sa place. Tenez, prenez cela ! ajouta-t-il en lui tendant une caissette de bulbes. Vous savez comment ils se plantent, au moins ?

– Il aurait quand même pu engager plus d'un jardinier pour ce travail ! Le jardin de mon père est deux fois plus petit et, à l'époque où il était entretenu, il employait bien quatre hommes.

– Bien sûr, mais Hamilton a des parents pauvres sous la main, pourquoi se gênerait-il puisqu'il lui suffit de les nourrir et de les loger ?

– Pourtant il paraît très gentil.

– Les gens ne sont pas forcément ce qu'ils paraissent, déclara Ty sur un ton froid.

– Feriez-vous allusion à quelqu'un que je connais ? s'enquit-elle en posant la caissette de bulbes.

– Non, sauf si vous y tenez absolument. Je croyais

avoir rencontré une chic fille différente des autres, mais je me trompais. Vous étiez seulement excitée par ma réputation de voyou, cela vous amusait, servait votre renommée, en quelque sorte, mais quand le vent a tourné... Pffut ! Vous vous êtes laissé bien facilement retourner comme une girouette ! Ah, vous êtes exactement comme Prescott. Tous les mêmes, va ! Vous faites bien la paire tous les deux.

– Je n'ai jamais pris parti contre vous. C'est vous qui m'avez trahie ! Je vous faisais confiance et voilà que vous avez profité de ce pique-nique pour tirer sur un homme. Savez-vous ce que j'ai ressenti quand ils se sont tous ligués contre moi ? Ils me regardaient comme si j'étais pire que de la vermine. Un homme a même craché à mes pieds dans la rue.

Tynan la considéra un long moment.

– Oh, pour ça oui, je n'ai aucun mal à l'imaginer ! J'ai connu cela toute ma vie. Attendez donc qu'on vous crache au visage et qu'on vous menace avec un revolver !

– C'est ce que Rory Sayers a fait ? souffla Chris.

– Je lui ai tordu le bras pour l'empêcher de tirer sur moi et le coup est parti.

– Alors, pourquoi l'adjoint du shérif vous a-t-il emmené en prison si c'était la faute de Rory ?

La colère étincelait dans ses yeux quand il répondit :

– Pour la même raison que vous m'avez condamné sans connaître les faits. Sur ma réputation. Parce que je n'appartiens pas à la catégorie des gens « bien » comme eux-mêmes – ou comme vous.

Chris prit un plantoir dans le coffre à outils aux pieds de Tynan et creusa un trou pour enfoncer son premier oignon.

– J'ai sans doute eu tort.

– Non, dit-il en s'agenouillant à côté d'elle. Vous aviez raison, nous appartenons à deux planètes différentes. Les gens comme vous et moi ne se fréquentent pas. Vous méritez quelqu'un du genre de Prescott, pas un être obscur et sans nom comme moi.

– Je ne mérite certainement personne après avoir trahi ainsi un ami, chuchota-t-elle pour elle-même. Tynan, pourrez-vous jamais me pardonner d'avoir manqué de confiance en vous ?

Il planta ses yeux dans les siens.

– Non, déclara-t-il sobrement. Je mets parfois du temps à apprendre la leçon, mais une fois qu'elle est entrée dans ma tête... Hum ! Depuis cette affaire, j'ai vraiment décidé de me tenir le plus loin possible de filles comme vous.

Là-dessus il s'en alla, abandonnant Chris à son ouvrage. Le soleil se mit bientôt à taper fort et des gouttelettes apparurent à la racine de ses cheveux. La poussière aidant, elle sentait son corps la démanger de partout, mais elle ne s'en apercevait même pas tant elle était occupée à repasser les derniers événements dans son esprit.

Depuis que Tynan avait jailli de sa garde-robe et l'avait tenue nue dans ses bras, elle n'était plus la même. Cela, c'était sûr et certain ! La journaliste sensée et intelligente s'était transformée en une effroyable amazone qui poursuivait un homme de ses assiduités sans aucune vergogne.

Elle s'assit un instant sur ses talons et essuya la sueur de son front en regardant Tynan nettoyer les broussailles à la faux. Sa chemise était trempée et elle pouvait voir ses muscles jouer sous l'étoffe. Il semblait avoir repris un peu de poids. Elle se souvint des marques à vif sur son dos.

Le mépris dont les habitants l'avaient accablée quand ils l'avaient jugée en faute lui revint en mémoire, et elle n'eut aucun mal à imaginer ce qu'avait dû souffrir Tynan à longueur d'année ! Les gens dits « bien » étaient les pires de tous !

Elle enfonça rageusement son plantoir. Dire qu'elle s'était montrée aussi bornée qu'eux ! Dans un de ses articles, elle avait raconté l'histoire d'ouvrières exploitées dans d'odieuses conditions. Comme elle leur manifestait toute sa sympathie, l'une d'elles avait répliqué : « Vous pouvez vous payer le luxe de la compassion parce que vous n'avez jamais été comme nous. » Sur le moment, elle n'avait pas attaché beaucoup d'importance à cette réflexion, maintenant seulement elle commençait à comprendre ce que cette femme avait voulu dire. C'était toujours facile d'imaginer ce que l'on aurait fait dans une situation donnée tant qu'on ne l'avait pas vécue. Aussi ne fallait-il jamais juger.

Défendre Tynan, se faire passer pour sa petite amie même, devant ce falot d'Asher, c'était facile ! Mais tenir tête à toute une ville et risquer la réputation de Nola Dallas, c'était une autre paire de manches. Et il fallait bien le reconnaître : elle l'avait quitté à la première difficulté...

Jamais elle ne s'était sentie aussi honteuse de sa vie. Elle ne valait guère mieux que cette fille qui aurait laissé pendre Tynan plutôt que d'avouer la vérité.

Maintenant il était trop tard ! Elle l'avait perdu. Les fragiles tentatives d'approche étaient rompues à jamais.

Elle se leva et massa doucement ses reins douloureux, puis elle se dirigea vers la pompe et remplit le seau. Elle approcha ensuite la louche de ses lèvres et, la main en visière au-dessus de ses yeux, chercha Tynan du regard. Il continuait à faucher les broussailles et avait déjà nettoyé un énorme carré.

Elle remit la mesure dans le seau et le lui porta.

– Vous avez soif ? demanda-t-elle.

Il se tourna vers elle d'abord avec un large sourire, puis son visage se ferma et il but sans un mot.

– Il fait une chaleur accablante. Asseyez-vous donc un instant !

– Comparé à ce que j'ai enduré ces dernières années, c'est le paradis !

– Quand vous étiez en prison ?

– Dans cet endroit où ils enferment les méchants comme moi. Reculez, voyons ! Je risque de vous blesser.

Chris obtempéra tout en observant la sueur rouler à grosses gouttes sur son visage et ruisseler dans son cou. Prise d'une impulsion, elle ramassa le seau et lui envoya le contenu sur la nuque.

Le contact de l'eau glacée lui arracha une exclamation, et il se retourna vers elle, blanc de rage.

Chris s'écarta avec un petit gloussement.

– Je... je pensais que cela vous ferait du bien. Vous sembliez avoir besoin de vous rafraîchir.

– Pas dans ces conditions. Je ne veux rien recevoir de vous ! protesta-t-il en avançant droit sur elle.

Chris mit les mains derrière son dos et commença à reculer vers les arbres avec un grand sourire.

– C'était sans mauvaises intentions. Vraiment, Ty, je vous assure.

– C'est là le problème, justement. On se demande ce qui signifie quelque chose pour vous ! Dans la forêt, ça ne signifiait rien non plus, n'est-ce pas ? Mais cela ne vous a pas empêchée de me rendre pratiquement fou !

– Vraiment ? s'enquit-elle d'un air innocent. Pourtant, la nuit dernière, vous ne paraissiez pas contrarié que je sois dans les bras d'un autre homme.

– Un autre homme, ce minus ? Je m'inquiéterai quand je vous verrai avec un *homme*, un vrai !

Une ombre de sourire se joua sur ses lèvres tandis qu'il avançait, la forçant à s'enfoncer plus avant dans la forêt.

Chris buta contre un tronc mais elle ne fit aucune

tentative de fuite quand Tynan s'approcha, se contentant de feindre d'avoir un peu peur.

Il la saisit par la taille et se mit à frotter son visage moite contre le sien. Il ne s'était pas rasé depuis la veille et les poils de sa barbe lui râpaient la peau. Elle essaya de se dégager en poussant de petits cris, mais il la maintenait fermement. Elle réussit enfin à se faufiler contre l'arbre et s'enfuit en courant. Il la rattrapa en deux enjambées et la fit tomber par terre, puis il continua à frotter son visage sur le cou et les joues de Chris.

Elle se remit à pousser des cris, mais de plaisir cette fois-ci. Alors, il s'arrêta brutalement et se leva d'un air sombre.

– Debout ! ordonna-t-il.

Elle lui tendit la main et il l'aida à se relever à contrecœur. Mais il la repoussa quand elle voulut se serrer contre lui. Alors elle lui tourna silencieusement le dos pour qu'il reboutonne sa robe.

– Restez loin de moi, Chris ! maugréa-t-il. Vous jouez avec ma vie et je n'aime pas cela.

Elle pivota vers lui. Les mains de Tynan vinrent peser sur ses épaules.

– J'ai eu tort de partir en vous abandonnant. J'aurais dû rester à vos côtés après le pique-nique. J'ai eu tort et je vous demande de me pardonner.

Il s'écarta brutalement.

– Ecoutez, nous allons arrêter toute cette comédie. Je crois que cela vaut mieux. Je ne sais pas pourquoi, j'ai un mauvais pressentiment. Demain, je vous ramènerai chez votre père. Dès que vous ne serez plus sous ma garde, vous pourrez faire ce que vous voudrez et même revenir ici si cela vous chante. Mais en attendant, c'est moi qui commande. Allez vous débarbouiller et faire vos bagages. Je vais m'occuper du reste.

Sur ces mots, il rebroussa chemin jusqu'à l'endroit où il avait laissé sa faux et se remit à débroussailler.

Chris reprit en silence la direction de la maison.

14

Comme Chris approchait de la maison, elle aperçut Owen qui montait dans une voiture et s'éloignait. Lionel était en train d'attaquer un jeune arbre avec une hache émoussée, Unity étendait du linge avec la voluptueuse Pilar, Asher était parti pour la journée, Chris se retrouvait donc seule dans l'imposante demeure.

Elle se lava et changea de vêtements, tout occupée par la pensée qu'elle passait son dernier jour ici. Il était inutile de chercher à obtenir un délai de Tynan, elle n'essaierait même pas... Après tout, en quoi cela la concernait-il si Owen volait son neveu – pour le moment d'ailleurs rien n'était moins certain !

Comme elle se battait avec les boutons de sa robe, elle se souvint qu'elle était seule dans la maison. Une pareille occasion ne se représenterait peut-être jamais. C'était sans doute sa seule chance de jeter un coup d'œil dans le bureau d'Owen.

Elle se glissa sur le palier et monta à l'étage. Après trois essais infructueux, elle poussa enfin la bonne porte. Le bureau croulait sous les papiers et un grand cartonnier en chêne occupait un angle de la pièce. Elle n'avait aucune idée de ce qu'elle cherchait, mais peut-être le trouverait-elle justement là, ou avec un peu de chance y découvrirait-elle au moins ce qu'Owen savait des Eskridge.

Elle venait d'ouvrir le cartonnier et d'apercevoir un gros dossier sur lequel était inscrit le nom de Diana Eskridge quand elle entendit des voix dans l'escalier – elle reconnut immédiatement celle d'Owen.

Son cœur se mit à battre à coups redoublés tandis qu'elle faisait le tour de la pièce des yeux. Par bonheur, la fenêtre était ouverte. Sans même jeter un coup d'œil dehors, elle en enjamba l'appui au moment même où la porte s'ouvrait. Elle eut juste le temps de serrer ses jupes contre elle afin qu'elles ne trahissent pas sa présence.

L'étroite corniche sur laquelle reposaient ses pieds avait à peine la largeur d'une gouttière et deux étages de vide s'ouvraient au-dessous d'elle. Elle se plaqua contre l'entourage en saillie de la fenêtre mansardée et s'y agrippa de toutes ses forces.

– Ce voyage était particulièrement désagréable, disait une voix inconnue. Etes-vous sûr de vos informations ? C'est bien lui ?

– Sans aucun doute. Quand vous saurez combien cela a été difficile d'obtenir ce renseignement, vous ne mettrez plus mes informations en doute. Son nom est Samuel Dysan, n'est-ce pas ?

Chris se pencha vers la fenêtre. Quelque chose dans leur intonation lui donnait envie d'en savoir davantage.

– Et Lionel ? demanda alors l'inconnu. Avez-vous obtenu que ce sale petit bâtard signe les papiers ?

– Attendez une minute que je ferme cette fenêtre. J'héberge trop de monde ici pour me rappeler leurs allées et venues à tous.

Chris se recula au moment où il fermait la fenêtre. Elle était maintenant coincée sous le toit et ne voyait aucune possibilité de rentrer.

Les deux hommes restèrent enfermés une bonne heure – certainement la plus longue de sa vie. Leurs voix assourdies parvenaient jusqu'à elle sans qu'elle arrive à saisir un traître mot de la conversation. Elle entendait aussi le grincement de tiroirs qu'on ouvrait et fermait, et pendant tout ce temps elle était figée dans la position la plus inconfortable qui soit à retenir sa jupe pour l'empêcher de voler devant la fenêtre.

Dès qu'ils quittèrent enfin le bureau, Chris essaya immédiatement de pousser la fenêtre, mais elle était soigneusement fermée.

– Cette fois-ci, je suis vraiment dans de beaux draps ! murmura-t-elle. Je ne peux tout de même pas prétendre que j'étais là par hasard !

Si Owen découvrait qu'elle s'intéressait de si près à ses affaires, elle risquait gros...

Au moment où elle se détournait de la fenêtre avec un gros soupir, son pied glissa et elle perdit l'équilibre. Elle se rattrapa de justesse à la corniche en s'égratignant la main. Malgré la douleur, elle réussit à se hisser à la force des bras et à regagner son perchoir. Essoufflée, elle se recroquevilla contre le cadre de la croisée.

Elle resta immobile un long moment et était encore trop pétrifiée pour bouger quand elle entendit du bruit au-dessous d'elle. Au bout de quelques minutes, le haut d'une échelle apparut et elle retint sa respiration en attendant d'apercevoir son sauveur qui, vu la façon dont les choses se présentaient, risquait bien de se muer en juge.

L'apparition de Tynan lui procura un immense soulagement.

– Comment avez-vous su ?

Il lui intima le silence d'un doigt sur les lèvres avant de lui tendre la main pour la guider vers l'échelle. Puis il descendit les échelons devant elle, un bras autour de sa taille pour prévenir tout risque de chute.

Une fois sur la terre ferme, elle resta accrochée un bon moment à lui.

– J'ai cru mourir de peur.

– Attendez qu'Hamilton découvre que vous l'espionniez et vous risquez de mourir pour de bon, gronda-t-il en se libérant. Partons d'ici avant qu'il ne nous aperçoive.

Chris se retourna juste à temps pour entrevoir une ombre disparaître à l'angle de la maison.

– Ty ! Quelqu'un nous espionnait.

– Ce n'est que Lionel. C'est grâce à lui que j'ai su où vous étiez. Allons, dépêchons-nous !

Elle emprunta à sa suite un sentier qu'elle remarquait pour la première fois et qui menait à une petite chaumière enfouie au milieu des arbres. Tandis qu'il glissait l'échelle sous l'avancée du toit, elle s'aperçut que sa chemise était maculée de sang.

– Ty ! Vous saignez.

– Non, c'est vous, rectifia-t-il en lui prenant le poignet et en tournant sa paume vers lui. Entrez ! Et pendant que je vous soigne, vous me raconterez ce que vous faisiez sur ce toit.

– Mais voyons, j'espionnais selon mes bonnes vieilles habitudes ! dit-elle comme il la traînait à l'intérieur.

La chaumière se composait d'une seule pièce dont une partie servait de cuisine. L'autre était occupée par un grand lit à deux places.

– Est-ce là que vous vivez avec Pilar ?

– Oui, c'est là, acquiesça-t-il en tenant sa main au-dessus d'une bassine d'eau et en commençant à la nettoyer.

– Vous la connaissez depuis longtemps ?

– Des années !

– Et elle ne vous a jamais trahi ?

– Si elle l'a fait, je ne m'en suis pas aperçu. Nous sommes du même bord, tous les deux. Restez donc tranquille, que j'arrive à vous soigner.

– Du même bord ? répéta Chris en écarquillant les

yeux. Vous voulez dire qu'elle est hors la loi elle aussi ?

– Exactement. Elle peut en remontrer à n'importe qui.

– Vous vous moquez de moi, n'est-ce pas ?

Il la jaugea un moment en penchant la tête sur le côté.

– C'était vraiment stupide de votre part de sortir par la fenêtre ! Si Hamilton vous avait trouvée...

– Stupide peut-être, mais cela en valait la peine en tout cas. J'ai entendu son visiteur s'enquérir de Lionel. Il disait – pardonnez-moi, c'est une citation – : « Est-ce que ce sale petit bâtard a signé les papiers ? » Cela laisse supposer le pire, non ?

Ty attrapa une boîte en fer sur les étagères à côté de la cheminée et en tira des bandages propres.

– Pas vraiment ! Cela laisse juste supposer qu'il a déjà rencontré Lionel. Et il sait de quoi il parle, car cet enfant est effectivement un sale petit bâtard.

– Alors pourquoi vous a-t-il aidé ? Aïe !

– Si vous restiez tranquille, je vous ferais moins mal. Nous nous comprenons, Lionel et moi. Voilà tout !

– Il vous prend pour un voleur de banque.

– Et alors ? C'est la preuve que ce gamin est futé. Asseyez-vous, je vais vous chercher un peu de lait et des biscuits. J'ai grand besoin d'un verre, moi aussi.

– Je vous ai fait une peur bleue, avouez-le ! Pourquoi Lionel ne m'a-t-il pas dénoncée à son oncle ? Pourquoi est-ce qu'il vous a prévenu ? Qui a fait les biscuits ?

– C'est Pilar, dit-il en s'asseyant à la table en face d'elle. Et Lionel se montre la gentillesse et la serviabilité mêmes depuis que je lui ai cassé un fouet sur le dos.

Chris prit un biscuit, puis le reposa sur l'assiette. Elle venait de s'apercevoir que ses mains tremblaient et elle attrapa le verre de whisky de Tynan. En contrepartie, il but son lait et mangea les biscuits.

– Nous rentrons demain, déclara-t-il sans la regarder.

– En abandonnant Lionel à son triste sort, j'imagine ?

– Ce ne sont pas vos affaires !

– Avez-vous déjà entendu parler de Samuel Dysan ?

– Non ! Voulez-vous bien ne pas essayer de détourner la conversation ? Nous partirons demain !

– Et si Asher n'est pas d'accord ? Nous serons deux contre un.

– Prescott peut rester si cela lui chante, mais vous, vous partirez avec moi.

– Juste tous les deux ? demanda-t-elle en faisant courir son doigt sur le bord du verre de whisky.

Il lui prit le verre des mains et le vida.

– Il est temps que vous rentriez. Vous pourrez toujours prétendre vous être coupée sur une pierre et ne plus pouvoir continuer à travailler.

Sans manifester la moindre velléité de bouger, Chris saisit un biscuit. Elle était si bien près de lui qu'elle n'avait aucune envie de le quitter.

– Comment va votre dos ?

– Il est en bonne voie grâce aux soins de Pilar. Chris, partez !

Elle leva sur lui un regard empli de tristesse.

– J'ai eu tort de vous abandonner. J'aurais dû vous accompagner en prison.

– Le monde est plein de « j'aurais dû », dit-il en se levant. Je retourne travailler. Rentrez vite et tâchez d'éviter les situations périlleuses à l'avenir !

– Peut-être devrais-je m'enfermer à double tour dans la chambre avec Asher ?

– Pourquoi pas ? Si vous n'avez pas peur de périr

d'ennui, bien entendu ! dit-il en enfonçant son chapeau sur sa tête avant de sortir.

Chris quitta à contrecœur la chaumière pour se diriger vers la maison. Le soleil avait disparu et le ciel était menaçant.

– Nous allons avoir de l'orage, déclara Unity quand Chris entra dans la cuisine. Qu'est-il arrivé à votre main ?

Chris leva les yeux et croisa le regard noir et velouté de Pilar.

– Je me suis coupée, articula-t-elle avec difficulté au bout d'un moment tout en songeant qu'il n'y avait rien d'étonnant à ce qu'elle plaise à Ty, elle était absolument ravissante.

– Nous venons de faire du thé. En voulez-vous un peu ? proposa Pilar d'une voix douce.

– Non, répondit Chris, agacée par la gentillesse de sa rivale.

– Vous êtes bien pâlichonne, remarqua Unity. J'ai prévenu M. Owen qu'il ne devrait pas vous faire travailler dehors. Vous êtes trop menue pour cela !

Chris ne voyait pas en quoi sa taille limitait son endurance au soleil. Mais c'était le genre de remarque qu'elle avait entendue toute sa vie.

– Après tout, je boirais bien une tasse de thé.

– Et voici des biscuits que Pilar vient de cuire. Servez-vous !

– Merci, je viens d'en prendre, refusa-t-elle sans réfléchir.

Elle croisa alors le regard de Pilar et vit la compréhension qui brillait dans ses yeux.

– Réflexion faite, je crois que je vais m'étendre. On se sent toujours un peu faible après avoir perdu du sang.

Chris quitta la cuisine et au moment où elle montait l'escalier, Owen l'appela :

– Diana, pouvez-vous venir un instant, s'il vous

plaît ? J'aimerais vous présenter quelqu'un, cria-t-il du salon.

C'était certainement l'inconnu dont elle avait entendu la voix tout à l'heure. Elle se réjouissait à l'idée de le rencontrer. Cependant elle s'immobilisa aussitôt qu'elle le vit. Il n'était pas laid pourtant – loin de là, même –, malgré la cicatrice qui barrait un de ses sourcils et son nez cassé. Mais toute sa personne respirait le mal.

– Diana, ne soyez pas timide, voyons, disait Owen. Voici un de mes amis, M. Beynard Dysan. Il va rester quelque temps ici.

– Bon... bonjour ! réussit-elle à articuler en lui tendant la main bien qu'elle éprouvât une véritable répulsion à le toucher.

– Je suis très heureux de faire votre connaissance. Owen m'a appris la mort tragique de votre père. J'en suis désolé.

Elle s'écarta aussitôt de lui et murmura :

– Merci ! Je me suis coupée ce matin, ajouta-t-elle en montrant le bandage autour de sa main, et je me sens un peu faible. Veuillez m'excuser, mais je crois que je vais monter dans ma chambre.

Et elle se sauva sans laisser aux deux hommes le temps de protester.

Une fois chez elle, elle resta un instant appuyée à la porte. Sa rencontre avec Beynard Dysan confirmait tous ses soupçons. Elle avait dorénavant la certitude qu'il se tramait quelque chose d'odieux dans cette maison.

Elle sursauta quand les deux hommes passèrent sur le palier non loin de sa chambre avant de continuer à monter l'escalier. Tendant l'oreille, elle les entendit marcher vers le bureau d'Owen à l'étage au-dessus. Elle entrouvrit alors sa porte.

– J'enfile une culotte de cheval. Je serai prêt dans

une demi-heure, disait Dysan. Ainsi personne ne pourra surprendre notre conversation.

Chris referma la porte. Si elle voulait les percer à jour, elle devait les suivre... surtout maintenant que son départ était fixé au lendemain.

Elle passa son amazone, descendit l'escalier sur la pointe des pieds et quitta la maison par la porte dérobée qui donnait dans le salon de musique. Elle se glissa alors jusqu'aux écuries sans attirer l'attention du palefrenier qui sellait deux chevaux à l'autre bout du bâtiment. Puis choisissant une jument à la robe noire et luisante, elle la sella et réussit à sortir sans attirer l'attention.

Elle se cacha ensuite au milieu des arbres pour attendre Owen et Dysan. Dès qu'elle les aperçut, elle se mit à les suivre en gardant ses distances.

Ils parcoururent quelques kilomètres au petit trot avant de passer un pont au-dessus d'une rivière et disparurent un peu plus loin dans une allée sur la droite. Chris attendit plusieurs minutes à l'embranchement avant de se lancer à leur poursuite. Le taillis était épais et, dans le fouillis de végétation, elle n'avait aucune chance de les apercevoir de loin et risquait de débouler brutalement sur eux. A cette perspective, son cœur se mit à battre à coups redoublés.

Couchée sur l'encolure de sa jument, elle écouta attentivement les bruits de la forêt mais ne perçut rien d'autre que le claquement étouffé des sabots. Un rire frappa soudain ses oreilles et elle pila. Puis elle sauta rapidement à bas de sa monture qu'elle attacha à un tronc et se glissa entre les arbres dans la direction d'où venait le rire.

Au bout de quelques pas, elle s'accroupit. Juste devant elle, Owen et Beynard Dysan bavardaient, debout sur une petite éminence.

– Quand vais-je enfin rencontrer Sam ? demandait Dysan.

– Très bientôt maintenant. Mais je ne veux pas d'histoires à proximité de chez moi, vous entendez !

Beynard ricana.

– Vous en avez assez avec votre neveu, j'imagine. J'ai rarement rencontré un enfant aussi antipathique.

Owen sourit.

– C'est bien vrai ! Et personne ne le regrettera... Vous voyez ces bois tout autour de nous ? Eh bien, l'année prochaine à cette époque, ils m'appartiendront enfin.

– Comment comptez-vous vous y prendre ?

– Je laisserai ce soin à son cousin. Eskridge a déjà détourné des fonds, acculant son beau-père au suicide. Il bat sa femme. C'est le meurtrier idéal.

– Et sa femme ?

Owen et Beynard échangèrent un regard.

– Elle a certainement sa petite idée en tête ! Vous voyez d'autres questions ? J'aimerais rentrer avant que l'orage n'éclate.

A la stupéfaction de Chris, les deux hommes se retournèrent et se dirigèrent droit sur elle. Exactement comme s'ils savaient où elle était. C'était impossible, bien sûr, et elle se fit toute petite tandis qu'ils continuaient à marcher dans sa direction.

Un sifflement joyeux retentit brusquement et ils s'immobilisèrent à moins d'un mètre d'elle.

– Bonjour ! lança une voix reconnaissable entre toutes, et Chris sentit des larmes de soulagement lui brûler les yeux. Ces chevaux vous appartiennent, j'imagine, monsieur Hamilton ?

– Que faites-vous là ? aboya Owen.

Chris leva imperceptiblement la tête et aperçut Tynan, un couple de lapins jetés en travers de son épaule.

– Unity m'a envoyé tirer des lapins.

Chris chassa d'un revers de main les premières gouttes de pluie sur son visage.

– Je vous avais demandé de travailler au jardin, tempêta Owen. J'espère que vous allez y retourner au plus vite.

– Pour affronter le courroux d'Unity ? se moqua Tynan en plissant les paupières à cause de la pluie qui commençait à tomber dru. Non, merci bien ! Je préfère rester ici encore quelque temps et rapporter les trois lapins que je suis venu chercher.

Il se tut comme un éclair illuminait la vallée au-dessus.

– Vous allez mouiller vos vêtements si vous vous attardez encore, mes beaux messieurs, remarqua-t-il d'une voix traînante.

Chris retint sa respiration. On sentait les trois hommes prêts à s'entre-tuer sans qu'elle comprenne pourquoi.

Dysan recula le premier.

– Allons-y ! s'écria-t-il, et Owen le suivit sans se presser.

Chris s'aplatit par terre dans l'espoir d'échapper à Tynan, mais c'était mal le connaître. Hamilton et Dysan à peine partis, Tynan lui attrapait le bras et la forçait à se lever.

– Vous méritez une bonne fessée. Savez-vous que vous auriez pu vous faire tuer !

La pluie qui dégoulinait de son chapeau mouillait le visage de Chris.

– Comment avez-vous su où j'étais ?

– Pilar vous a vue partir et m'a prévenu, fit-il en lui serrant le bras à lui faire mal. Venez avec moi maintenant.

– Mais mon cheval...

– Vous croyez qu'ils l'ont laissé, peut-être ?

Il redescendit la colline sur le versant opposé à

celui qu'elle avait emprunté pour venir en la traînant derrière lui.

Elle gardait la tête baissée à cause de la pluie battante et marchait à sa suite en trébuchant.

– Où allons-nous ?

– Nous rentrons chez votre père ! Vous venez de me faire prendre dix ans... Si cela continue, je ne ferai pas de vieux os !

– Et Asher ? Ils vont tuer Lionel et lui mettre le crime sur le dos.

– C'est son problème. Vous êtes le mien.

Il s'immobilisa auprès d'un cheval sellé, aida Chris à monter et se hissa derrière elle.

– Nous pouvons rentrer par ce chemin ?

– Non, nous ne rentrons pas, nous allons chez votre père.

– Tynan, fit-elle en pivotant sur la selle et en refermant ses bras derrière son dos musclé, nous ne pouvons pas abandonner Asher ici. Nous devons retourner le prévenir. Je vous en prie, insista-t-elle en levant un regard implorant vers lui.

Il l'étudia attentivement pendant un moment.

– D'accord, sapristi ! Nous le préviendrons mais ensuite nous partirons.

– Oui, Tynan, dit-elle en continuant à s'accrocher à lui, car son torse formait un rempart contre le martèlement de la pluie et le fracas des éclairs.

Le cheval fit soudain un écart si violent que Tynan dut maintenir Chris sur la selle.

– Nom d'un chien ! jeta-t-il sur un ton confondu.

Chris se retourna. La foudre venait de démolir le pont et le courant était bien trop violent pour traverser à cheval.

– Nous allons être obligés de rebrousser chemin et de passer par l'autre côté, remarqua Chris en le regardant.

– L'autre pont a certainement été emporté lui aussi.

Il tenait solidement les rênes du cheval et restait immobile sous la pluie qui tombait à verse.

– Ne vaudrait-il pas mieux partir ? interrogea Chris en chassant l'eau qui dégoulinait dans ses yeux. L'orage redouble de violence.

– Partir pour où ? demanda Tynan. Nous sommes coupés de la route et au nord la forêt s'étend à perte de vue.

– Ty ! Il fait de plus en plus noir. Nous ne pouvons pas rester là toute la nuit. Vous ne connaissez aucun abri dans le coin ? La pluie va diminuer quand la tempête sera passée.

Tynan ne répondit rien, les yeux toujours fixés sur le flot tumultueux du torrent.

– Tynan ! cria Chris. Retournons sous les arbres. Peut-être trouverons-nous une grotte ou un autre abri ?

– Il y a une cabane de bûcherons non loin d'ici.

– Qu'attendons-nous alors ?

Le cheval piaffait nerveusement et la pluie n'avait jamais été si forte, mais Ty ne bougeait pas.

– Mais enfin, quel est votre problème ? cria-t-elle.

– Mon problème, c'est vous ! lui hurla-t-il en retour, puis il fit faire demi-tour au cheval et prit la direction du nord.

15

La cabane avait été construite à l'origine pour une équipe de bûcherons et depuis lors quelqu'un l'avait entretenue, Owen, sans doute, puisqu'elle se trouvait sur ses terres. A l'intérieur, il y avait une seule petite pièce, vide et nue, avec un gros tas de bûches empilées à côté de la cheminée. A peine arrivé, Ty alluma un feu, dépouilla et vida les lapins et les mit à rôtir. Puis il jeta la selle et les sacs de couchage à l'intérieur de la cabane pour que Chris puisse les dérouler pendant qu'il installait le cheval dans un appentis à l'arrière.

Chris découvrit avec plaisir que les couvertures étaient relativement sèches. Tout en les secouant, elle commençait à comprendre pourquoi Tynan manifestait autant de réticences à s'installer dans la cabane. Avec la pluie qui crépitait sur le toit, les bûches qui flambaient joyeusement dans la cheminée et la perspective d'ôter ses vêtements et de s'envelopper nue dans un plaid, elle avait une petite idée de la suite logique des événements.

La couverture enroulée autour d'elle, elle s'assit sur la selle avec un soupir et se mit à retourner les lapins sur le feu en essayant de considérer calmement la situation. L'idée de séduire un homme ne lui était jamais venue à l'esprit auparavant. Bien au contraire, elle n'avait cessé de la combattre comme sa mère le lui avait appris dès sa plus tendre enfance. Après s'être si bien entraînée à dire non, comment se déciderait-elle à dire oui aujourd'hui ? Et, point crucial : comment pourrait-elle répondre oui à une question qu'on ne lui posait pas ?

Elle se leva et regarda fixement le feu. D'ailleurs, si Tynan résistait si bien à ses avances, c'est qu'il n'avait manifestement aucune attirance pour elle. La voluptueuse Pilar lui donnait certainement toute satisfaction... !

Elle frissonna dans ses vêtements mouillés et commença à les retirer en fixant toujours le feu. Qu'allait-elle faire ? Et surtout fallait-il le faire, sapristi ? se répétait-elle quand Tynan entra dans la pièce.

Elle remonta instinctivement la couverture autour de ses épaules.

Après un rapide coup d'œil dans sa direction, Tynan se détourna pour suspendre la bride à un clou près de la porte, puis il retira son chapeau et le secoua pour chasser l'eau du large bord.

– La pluie risque bien de durer toute la nuit, annonça-t-il d'un air sinistre. Les lapins sont prêts ?

Chris serra la couverture autour d'elle et s'approcha de la cheminée pour en tester la cuisson.

– On dirait bien, mais je n'en suis pas tout à fait sûre.

Levant les yeux, elle croisa le regard interloqué de Tynan et devina que la couverture devait bâiller. Elle se dépêcha de pencher la tête pour cacher son sourire et regarda avec application les lapins. Elle avait fini par marquer un point... C'était peu de chose, mais tout de même elle avait retenu son attention.

– Je vais m'en occuper, déclara Tynan.

Elle lui coula un regard entre ses cils.

– Reculez ! s'écria-t-il avec détermination. Allez vous mettre là-bas contre le mur. Non ! Pas ici, de l'autre côté. Et restez-y pendant que je vérifie la cuisson des lapins.

– Tynan ! protesta-t-elle sur un ton exaspéré. Vous vous conduisez comme si j'étais atteinte d'une maladie contagieuse. Je suis en parfaite santé, je peux vous l'assurer.

– Bof ! grogna-t-il en détachant soigneusement une patte cuite à point.

Ses vêtements mouillés collaient à sa peau, dessinant chaque muscle de son dos. Elle arrivait même à discerner les cicatrices laissées par le fouet.

– Vous êtes bien pire qu'une maladie... Vous êtes un poison violent !

– C'était si dur que cela en prison ? s'enquit-elle d'une voix douce.

– Mes souvenirs commencent à s'estomper. Tenez, prenez-les, dit-il en retirant les lapins de la broche. Réflexion faite, je les pose ici et vous viendrez vous servir.

– Pour l'amour du ciel, Tynan ! Je ne vais pas vous faire mal. Vous vous comportez comme si je vous menaçais avec un fusil.

Il l'inspecta rapidement de la tête aux pieds.

– Je préférerais être confronté à une vingtaine de fusils. Prenez un morceau de lapin et ensuite vous vous étendrez là-bas pour dormir. Nous partirons très tôt demain. Aussitôt que nous aurons prévenu Prescott, je vous ramènerai chez votre père. Plus vite nous quitterons Hamilton, mieux cela vaudra.

Chris s'étendit à même le sol recouvert d'un plancher grossier. Elle mastiquait sa viande tout en essayant sans succès de trouver une position confortable. La couverture était définitivement trop petite : soit elle laissait ses mollets découverts, soit c'étaient ses épaules qu'elle exposait aux courants d'air !

– Allez-vous rester tranquille enfin ! s'emporta soudain Tynan qui, assis sur la selle, mangeait un morceau de lapin en observant le feu.

Elle le regarda avec surprise.

– Ecoutez, je cherche juste à m'installer le plus confortablement possible sans pour autant mourir de froid.

– C'est vous qui avez voulu venir ici. Alors maintenant débrouillez-vous comme vous pouvez et cessez de gémir – et surtout dormez !

– Comment voulez-vous que je dorme quand je claque des dents ? Et d'ailleurs, pourquoi n'avez-vous pas enlevé vos vêtements mouillés ? s'écria-t-elle à brûle-pourpoint en se redressant. Regardez-vous ! Vous êtes transi. Auriez-vous aperçu quelque chose qui ressemble à un pot à café quelque part ?

Tynan continuait à contempler les flammes en mastiquant sa viande en silence. Chris alla s'asseoir en face de lui et, comme il observait toujours le feu au-dessus de sa tête sans un mot, elle prit ses mains entre les siennes.

– Qu'est-ce qui ne va pas ? La cabane vous rappelle-t-elle de mauvais souvenirs ? Un des gangs de hors-la-loi auquel vous avez appartenu, peut-être ? Ou votre ami qui a été pendu ?

Tynan la regarda comme si elle avait perdu l'esprit. Ses mains étaient glacées. Elle souffla dessus à plusieurs reprises pour les réchauffer, puis elle les frictionna vigoureusement entre les siennes.

– Chris, murmura-t-il d'une voix enrouée. Si vous continuez, je ne réponds plus de moi. Aussi je vous demande de vous installer là-bas et de vous tenir tranquille. Je vous en prie, surtout ne vous occupez plus de moi !

– Vous ne vous réchaufferez jamais si vous gardez vos vêtements mouillés sur vous. Vous feriez mieux de les enlever.

Elle posa sur lui un regard qui criait tout son amour, mais il fit comme s'il n'avait rien remarqué et resta assis à la considérer avec une immense tristesse.

Elle était sur le point d'ajouter quelque chose quand il l'attira brutalement dans ses bras et plaqua ses lèvres sur les siennes. Si Tynan se montrait habile avec les boutons, il l'était encore davantage avec les couvertures. Chris sursauta quand les habits humides de Tynan touchèrent sa peau nue, mais elle n'en referma pas moins ses mains derrière sa nuque, le serrant de toutes ses forces contre elle.

– Tynan, chuchota-t-elle comme il embrassait avidement son cou tandis que ses mains descendaient et remontaient le long de son dos, s'attardant sur la courbe de ses hanches.

Il prit son visage entre ses mains et la scruta du regard.

– Chris, souffla-t-il, je n'ai jamais désiré personne autant que je vous désire en ce moment. C'est votre dernière chance de dire non, après il sera trop tard, je ne pourrai plus m'arrêter.

Leurs nez se touchaient, aussi dut-elle se tourner légèrement pour lui donner un rapide baiser.

– Mais je ne veux pas dire non, s'écria-t-elle joyeusement. C'est oui et oui et oui, chantonna-t-elle en ponctuant chaque mot d'un baiser.

Un sourire si chaleureux éclaira ses lèvres qu'un long frisson la parcourut tout entière. Elle découvrait enfin l'autre visage de Tynan, celui de l'amant.

Il ébouriffa les cheveux humides de Chris et se mit à mordiller sa lèvre inférieure. Elle fut prise au dépourvu. On lui avait bien donné quelques indications sur ce qui se passait entre un homme et une femme, mais elle était loin d'imaginer cela.

– Approchez, petite polissonne, dit-il en la faisant remonter contre lui et il couvrit son visage d'une multitude de baisers, puis il lui grignota l'oreille, descendit le long de son cou, et attaqua enfin son bras.

– C'est délicieux, murmura-t-elle les yeux mi-clos.

Les mains de Tynan allaient et venaient maintenant le long de son dos, effleuraient ses cuisses, ses mollets et descendaient jusqu'à la pointe des pieds, la réchauffant tout entière.

Au bout d'un moment, elle ne sentit plus ses vêtements mouillés, mais seulement ses mains brûlantes sur sa peau nue, ses lèvres avides qui couraient sur son corps. Elle gémit doucement quand il agaça la pointe de ses seins.

A la lumière rougeoyante du feu, le profil de Tynan ressemblait à un masque de dieu grec. Jamais il ne lui avait paru plus beau. C'était comme si Apollon en personne était descendu de son Olympe pour la tenir dans ses bras.

Elle enfouit ses mains dans ses cheveux de jais et attira sa tête à elle afin de pouvoir l'embrasser tout son soûl.

– Je vous aime, Tynan, murmura-t-elle en le serrant très fort.

Elle ne fut pas surprise en s'apercevant qu'il n'avait plus sa chemise. Sans doute était-il aussi habile à se dévêtir lui-même qu'il l'était avec les femmes !

Les mains de Tynan continuaient leurs caresses érotiques, l'emportant dans un monde de sensations si violentes qu'elle en avait le souffle court. Elle aimait la texture de son corps sous ses doigts, ses larges épaules, les muscles qui jouaient sur son torse, ses hanches qui ondulaient contre les siennes.

Chris se sentit bientôt défaillir et une boule se forma dans sa gorge quand il se mit à effleurer lascivement l'intérieur de ses cuisses.

– Ty, chuchota-t-elle. Mon merveilleux Ty.

Tynan resta silencieux, mais ses lèvres amorcèrent une lente descente et Chris renversa la tête en arrière. Sa bouche chaude et humide errait maintenant sur son ventre, allumant un brasier sur son passage, et ses mains poursuivaient leurs ravages toujours plus bas.

Quand il bascula sur elle, elle s'accrocha à lui, refermant instinctivement ses jambes derrière lui. Il les dénoua gentiment et les posa de chaque côté.

Chris laissa échapper un hoquet de surprise quand il la pénétra. Il s'immobilisa aussitôt en lui souriant.

Si de grosses gouttes de sueur n'avaient pas perlé à son front, rien n'aurait dénoncé la torture qu'il s'infligeait.

Elle ne ressentit aucune douleur comme elle s'y était attendue, mais juste une certaine surprise. Elle battit à plusieurs reprises des paupières, puis souleva ses hanches à sa rencontre. Ty ferma alors les yeux et rejeta la tête en arrière en intensifiant sa poussée.

Chris crut que son cœur allait s'arrêter de battre tandis qu'il se mettait à bouger en elle. D'abord lentement, puis de plus en plus vite.

– Tynan ? murmura-t-elle, et une légère crainte vibrait dans sa voix car elle ignorait tout des émois de l'amour.

Le plaisir montait en elle avec une violence insoupçonnée. La tête de Chris roula de droite à gauche et de petites plaintes s'échappèrent de sa gorge. Puis elle noua ses chevilles derrière son dos tandis qu'il accélérait son rythme jusqu'à l'apothéose finale.

Un peu plus tard, alors qu'elle était étendue contre lui, elle murmura d'une voix alanguie :

– Vous n'avez pas de handicap, n'est-ce pas ?

Un rire étouffé lui répondit.

– C'était merveilleux, dit-elle en s'étirant. Et vous, vous n'êtes pas déçu ?

– Non, murmura-t-il.

– Vous n'allez pas vous endormir, tout de même ?

– Pas si vous continuez à jacasser ainsi ! Nous devons nous lever tôt demain, Chris. La journée a été dure, aussi j'aimerais bien dormir un peu.

– Dormir ?

Elle se souleva sur un coude pour le regarder.

– Mais je meurs de faim, moi ! Et nous avons une multitude de choses à discuter. Je veux savoir comment vous avez découvert que je suivais Owen et quand nous allons nous marier ! Et ce que nous allons faire au sujet de Lionel ! Quand Pilar va partir et...

– Attendez une minute ! s'écria-t-il en ouvrant brusquement les yeux. Nous marier ? Qui a parlé de mariage ?

– Mais je pensais... Je veux dire, après ce qui s'est passé entre nous...

Il roula sur le côté et enfila son pantalon.

Elle l'observa en serrant la couverture autour d'elle tandis qu'il faisait repartir le feu et remettait les lapins sur la grille pour les réchauffer. Il lui tendit bientôt un morceau de viande et marcha jusqu'à la porte.

– Je ne voulais pas que cela arrive, dit-il en se tournant vers elle. J'étais fermement décidé à ne pas vous toucher comme votre père me l'a demandé.

– Si vous vous inquiétez au sujet de cette histoire d'amnistie, dit-elle la bouche pleine, ce n'est pas la peine. Je vous promets de l'obtenir. Soyez tranquille, mon père ne vous renverra pas en prison !

– Le bon sens vous ferait-il complètement défaut ? demanda-t-il sur un ton irrité. Mais voyons, le problème n'est pas là ! Avez-vous déjà vu un vilain canard épouser une princesse si ce n'est dans les contes de fées ? Et de toute façon, je ne *veux* pas me marier.

Chris s'arrêta de mastiquer.

– C'est fou ce que vous avez une mauvaise opinion de vous, Tynan !

– Que vous êtes prête à partager dès que rien ne va plus.

Elle manqua s'étouffer avec une bouchée de viande.

– J'ai fait une erreur et je m'en excuse. Je ne recommencerai pas, je vous le promets. Surtout quand vous serez mon mari.

– Mais il n'en est pas question ! protesta-t-il en

s'écartant de la porte. Si *j'épousais* toutes les femmes que...

– Il y a un commencement à tout ! Pourquoi vous montrez-vous si odieux, Tynan ? Je vous aime, moi !

– Vous vous croyez amoureuse de ce que vous voyez. Chris, j'essaie de me montrer gentil avec vous. Quand un homme et une femme passent la nuit tout seuls dans une cabane, il est rare que ce genre de choses n'arrive pas. Ce qui s'est produit ce soir était inévitable.

Chris jeta l'os dans le feu, puis se leva en serrant la couverture autour d'elle.

– Peut-être était-ce inévitable dans votre monde, mais pas dans le mien. Au cours de mon enquête sur le gouvernement au Mexique, j'ai passé trois nuits seule avec un garde mexicain et il ne m'a jamais touchée.

– Combien de fusils braquiez-vous sur lui ?

– Un tout petit pistolet de rien du tout ! s'exclama-t-elle avec un sourire. Tynan, je...

– Il n'y a rien à ajouter. Dormez maintenant et oubliez ce qui s'est passé ce soir.

– Oublier, mais...

– Qu'attendez-vous de moi au juste ? Il vous faut vraiment la *vérité* ? Eh bien, la voilà votre *vérité* ! Oui ! Vous êtes un morceau de choix et j'ai fini par me servir. Mais vous ne représentez pour moi qu'un moyen d'obtenir ma liberté. Vous m'avez apporté plus d'ennuis qu'une escouade de shérifs lancés à mes trousses et il faut bien reconnaître que votre obstination à vouloir sauver la terre entière n'a rien de particulièrement distrayant. Alors, tout ce que je désire, c'est vous remettre entre les mains de votre père et prendre ensuite mes distances au plus vite. Je ne veux plus rien avoir à faire avec vous ! Me suis-je montré suffisamment clair ?

Chris se redressa de toute sa taille.

– Parfaitement clair, articula-t-elle avec difficulté tant sa gorge était nouée. Et comptez sur moi, je veillerai à ce que vous obteniez votre liberté définitive.

Elle se retourna afin de ne pas lui montrer combien elle était bouleversée et, lâchant la couverture, elle enfila sa lingerie encore humide.

– Mais qu'est-ce qui vous prend ?

– Rien qui risque de vous empêcher d'obtenir votre liberté !

– Chris ! Attendez...

– J'ai écouté votre petit discours jusqu'au bout et maintenant je n'ai plus du tout envie d'en entendre davantage, que cela vous plaise ou non ! Je vous rends votre couverture. Je ne voudrais surtout pas vous infliger d'autres désagréments et je vais rester dans ce coin là-bas jusqu'à demain pour me faire oublier. Dormez bien !

Et sans le regarder, elle se laissa glisser le long du mur jusqu'à terre.

16

Le matin arriva bien trop vite. Chris, qui avait très peu dormi, se réveilla avec les paupières gonflées et la tête douloureuse. Tynan tenta deux fois de suite de lui parler, mais elle se détourna. La pluie avait cessé et ils quittèrent la cabane en silence. Tynan lui tendit la main pour l'aider à monter en selle mais elle le repoussa et se hissa toute seule derrière lui.

Ils durent aller très loin chercher un gué pour traverser la rivière et, pendant tout ce temps, Chris n'ouvrit pas la bouche et fit de son mieux pour éviter le moindre contact avec Tynan.

Elle fut heureuse comme rarement elle l'avait été quand ils atteignirent le manoir d'Owen Hamilton.

– Nous repartons dans une heure, annonça Tynan, mais elle ne lui adressa même pas un regard et il la retint par le bras quand elle fit mine de s'écarter. Vous m'avez entendu ? Je vous ramène chez votre père.

Chris se dégagea d'une secousse.

– Je n'ai pas perdu un mot de votre petit discours ! Surtout ne vous inquiétez pas ! dit-elle en se détournant, et elle se dirigea vers la maison.

Elle hésita un instant aux abords du jardin, se demandant quel genre d'accueil on lui réserverait : est-ce qu'Owen savait où elle avait été ? Etait-on parti à sa recherche ? Autant de questions dont elle ignorait la réponse. Elle cueillit paresseusement une marguerite et la fit tourner entre ses doigts avant de se remettre en route vers la maison. Alors qu'elle pénétrait dans le jardin, elle aperçut Owen en conversation avec Asher.

Owen se tut et ses yeux s'agrandirent d'étonnement. Asher se retourna aussitôt et, dès qu'il la vit, il se précipita vers elle les bras tendus. Dans sa joie de la revoir, il la souleva de terre et la fit tournoyer autour de lui.

– Chris, murmura-t-il, le visage enfoui contre son cou. J'étais terriblement inquiet. Vous allez bien ? Vous n'êtes pas blessée ?

Elle l'étreignit à son tour avec enthousiasme. C'était si bon de se sentir désirée.

– Non, murmura-t-elle en luttant contre les larmes.

L'instant suivant, un coup de feu éclatait et elle sentit un courant d'air chaud sur le passage de la balle comme elle frôlait la nuque d'Asher. Elle baissa les yeux sur la fleur décapitée dans sa main, puis elle regarda Tynan à quelques mètres, un revolver fumant à la main.

Unity sortit en courant de la maison.

– Qu'est-il arrivé ? s'écria-t-elle. J'ai entendu un coup de feu.

Tynan fixait Chris qui le fusillait du regard, toujours pendue au bras d'Asher.

– J'arrachais juste quelques mauvaises herbes, m'dame, dit-il d'une voix nonchalante avant de s'éloigner.

– Enfin, que se passe-t-il donc ? demanda Asher.

Chris jeta la fleur sans tête comme si c'était du poison.

– Rien. Rien du tout, murmura-t-elle, et elle se tourna vers Owen qui venait vers eux.

– Diana, nous nous faisions un sang d'encre. Personne ne savait où vous étiez. Nous avons passé la nuit à vous chercher.

Chris se rendit soudain compte combien les deux hommes paraissaient fatigués avec leurs traits tirés et leurs visages mal rasés.

– J'ai sellé mon cheval en partant, marmonna-t-elle, et nous avons trouvé un abri contre la pluie. Pourrais-je vous voir un instant ? s'enquit-elle en se tournant vers l'homme qui se faisait passer pour son mari.

– Mais bien sûr, ma chérie, vous devez être épuisée ! s'empressa d'acquiescer Asher.

Il l'escorta avec sollicitude jusqu'à la maison et monta l'escalier à ses côtés.

– Maintenant, dit-il dès qu'ils furent seuls, je veux savoir où vous étiez et à quel jeu vous jouiez tout à l'heure avec cet homme. Que vous a-t-il fait ?

– Rien que je ne lui aie demandé ! Retournez-vous, voulez-vous, que je me change. J'ai suivi Owen et cet homme épouvantable, Beynard Dysan, dans la forêt.

– En quoi est-il épouvantable ? Il vous a cherchée avec autant d'acharnement que nous tous ici.

– Continuez à regarder par la fenêtre si cela ne vous ennuie pas. J'ignore pourquoi il m'a déplu ainsi, mais après ce que j'ai entendu, je sais maintenant que j'avais raison. Il projette d'assassiner Lionel avec Owen et de vous faire accuser à leur place.

– Moi ? Mais qu'ai-je à voir avec ce gamin ?

– Ce n'est pas de vous qu'il s'agit, bien sûr, mais de Whitman Eskridge, l'homme qui a détourné des fonds, qui bat sa femme et...

– Il bat sa femme ? répéta Asher avec une intonation ravie. Je l'ignorais.

– Bon, eh bien continuez à faire comme si vous ne le saviez pas ! fulmina-t-elle. J'étais donc là-bas, cachée dans les broussailles à espionner Owen et cet homme.

– Vous les avez suivis à cheval sans qu'ils vous remarquent ?

Elle revit la courte scène où ils s'étaient dirigés droit sur elle, juste avant l'intervention de Tynan, comme s'ils connaissaient sa présence. Voyons, tout cela était ridicule... C'était sûrement un effet de son imagination.

– L'orage venait d'éclater et ils ne pouvaient pas m'entendre avec la pluie et le tonnerre. Le problème est que cet... enfin Tynan insiste pour que nous partions tout de suite. Il ne voulait même pas que nous repassions par ici pour vous prévenir.

– Comment Tynan vous a-t-il retrouvée ? s'enquit Asher en la fixant.

– Je ne sais pas. Il m'a suivie, j'imagine.

Asher posa ses mains sur les épaules de Chris.

– Ty a raison, Chris. Vous devriez être déjà partie à l'heure qu'il est. Si vous n'étiez pas revenue ici, je vous aurais recherchée encore un jour ou deux, puis je serais allé rejoindre votre père moi aussi. Ainsi aucun de nous n'aurait couru de risques. Ce n'était pas prudent de votre part de repasser par ici avec un meurtrier potentiel entre ces murs.

Elle s'écarta de lui.

– Et Lionel alors ? Personne ne se soucie de lui ! C'est sa vie qui est en jeu !

– Tout ce que nous pouvons faire, c'est alerter le shérif. S'il interroge Hamilton, cela mettra Dysan sur ses gardes.

– Et ainsi il se débarrassera de Lionel d'une manière détournée. Je suis sûre qu'il fera passer cela pour un accident et Owen bien entendu ne sera pas dans les parages ce jour-là.

– Ce ne sont pas mes affaires. En ce moment, la seule chose qui me préoccupe, c'est vous ! Et je crois que nous devrions partir le plus vite possible. Aujourd'hui même.

Il alla à la penderie et sortit le sac de Chris.

– Je veux que vous prépariez vos affaires sur-le-champ. Je dirai à Owen que cet endroit n'est pas fait pour vous et que je vous ramène dans l'Est.

– Je ne partirai pas, s'emporta-t-elle en le défiant du regard.

– Alors je lui dirai qui vous êtes et, à mon avis, il ne tiendra plus du tout à nous garder sous son toit. Préparez vos bagages, reposez-vous, je serai de retour d'ici une heure. Je veux d'abord parler avec Tynan.

– Ce n'est pas la peine de parler avec lui ! s'écria Chris sur un ton belliqueux. Tout ce qu'il veut, c'est se débarrasser de moi !

Asher s'arrêta devant la porte.

– Vous m'expliquerez ce qui s'est passé la nuit dernière sur le chemin du retour. Mais pour le moment, et afin de vous dissuader d'entreprendre encore une de ces choses folles dont vous avez le secret, je regrette de devoir fermer la porte à clé. A tout à l'heure !

Sans laisser à Chris le temps de protester, il referma la porte sur lui et elle entendit la clé tourner dans la serrure. Elle s'appuya un instant contre le battant en maudissant tous les hommes en bloc, puis elle jeta un coup d'œil sur le lit et soudain une irrésistible envie de dormir la submergea. A peine étendue, elle plongea dans un lourd sommeil.

Le soleil entrait à flots dans la pièce, et Chris était profondément endormie quand une main se plaqua sur sa bouche. Elle ouvrit des yeux effrayés.

– Si vous vous taisez, on ne vous fera pas de mal, dit un homme qui portait une cagoule noire. Vous allez nous accompagner pour une petite promenade.

Elle ne reconnut ni la voix ni la silhouette. Elle tenta de se débattre mais l'homme la maîtrisa aisément, le temps de lui mettre un bâillon sur la bouche et de lui lier les poignets derrière le dos. Et quand elle voulut lui donner des coups de pied, il immobilisa sans aucun mal ses chevilles avec ses grandes mains larges comme des battoirs.

Il la ligota étroitement avec des mètres et des mètres d'une sorte de filin qui s'enfonçait profondément dans la peau chaque fois qu'elle faisait un mouvement. Quand il eut terminé, même ses cheveux qui d'habitude tombaient librement dans son dos étaient ficelés contre son corps.

Puis il la souleva toujours avec la même facilité, la jeta sur son épaule, alla jusqu'à la fenêtre où était posée une échelle et descendit dans le jardin.

Chris voulut tourner la tête pour voir si elle n'apercevait personne mais ses liens rendaient tout mouvement impossible. Un cheval les attendait sous les arbres. L'homme l'installa en travers de la selle et monta derrière elle, puis il fit avancer sa monture au pas afin que personne ne les entende. C'était bien sa chance ! songea-t-elle. Elle se faisait repérer partout où elle passait et pour une fois qu'elle avait besoin d'aide, il n'y avait pas âme qui vive !

Elle n'eut bientôt plus le cœur à penser, car au fur et à mesure que le cheval prenait de la vitesse, la selle lui rentrait dans les côtes et pendant les heures qui suivirent elle dut mobiliser toute son énergie pour lutter contre la nausée.

La nuit tombait quand elle s'aperçut de la présence d'un deuxième homme. Lorsqu'ils s'arrêtèrent enfin, elle les entendit parler.

– T'a-t-elle donné du mal ?

– Non, et la tienne ?

– Non, aucun. Détache-la alors. Elles ne feront pas long feu dans ces conditions.

Son ravisseur attrapa Chris et la posa par terre. Du coin de l'œil, elle vit l'autre homme l'imiter et placer quelqu'un d'aussi bien ficelé qu'elle juste à côté, mais elle n'arrivait pas à tourner la tête pour l'identifier. Ce fut seulement lorsqu'il défit partiellement ses liens qu'elle reconnut la victime et poussa une exclamation.

C'était Pilar et elle paraissait tout aussi surprise de sa présence.

Le géant lui enleva son bâillon.

– Que faites-vous ici ? articula Chris avec difficulté. Que se passe-t-il ?

– Allez-vous vous taire ? maugréa le plus corpulent des deux. Je ne veux pas vous entendre. Vous voulez de l'eau, oui ou non ?

Chris prit avidement le gobelet sale de ses mains tremblantes.

– Qui êtes-vous ? demanda-t-elle. Et que nous voulez-vous ?

– Vous avez vraiment envie que je resserre vos liens ?

Chris fut sur le point de répliquer mais elle sentit

la main de Pilar sur son bras et se ravisa. Quelques minutes plus tard, le géant la remit sur ses pieds et la jeta sur la selle.

– Je n'aime pas les femmes bavardes, lui glissa-t-il à l'oreille. Ou vous fermez votre clapet et tout ira bien. Ou vous continuez à ergoter et ça risque de vous coûter cher. Compris ?

Elle le vit lancer sa cagoule à terre mais ne chercha même pas à se retourner pour voir son visage, trop occupée à essayer de rester en selle et à esquiver les mains de l'homme qui commençaient à se promener sur elle.

– Chris et moi partons dans moins d'une heure, annonça Tynan à Asher d'un ton sec.

– Hé ! Une minute, je veux vous parler.

– Je n'ai pas le temps, répondit Tynan en s'éloignant. Venez ou ne venez pas, c'est votre problème.

Asher le retint par le bras.

– Je veux savoir où vous avez passé la nuit, tous les deux. Qu'est-ce qui vous a pris tout à l'heure de faire siffler cette balle à mes oreilles ? Vous auriez pu...

– Quoi, Prescott ? J'aurais pu quoi ?

Asher recula d'un pas.

– Ecoutez, je suis embarqué dans cette affaire au même titre que vous. Mathison vous a engagé pour lui ramener Chris et vous deviez aussi m'aider à conquérir sa main. Depuis le début, vous la gardez pour vous. Et maintenant vous passez la nuit avec elle en faisant Dieu seul sait quoi.

– C'est exact, Dieu seul sait quoi, car ce n'est pas moi qui vous le dirai. Maintenant, je vous le répète : Chris et moi partons dans une heure, vous pouvez nous accompagner ou rester, à votre guise.

– Oh, mais je tiens à venir avec vous ! répondit Asher.

Et, retenant sa colère, il se détourna et s'éloigna d'un pas rageur. Pour qui cet homme se prenait-il donc ? Le diable l'emporte ! Il était sûrement utile sur le terrain, mais il y avait des moments où il dépassait les bornes !

Il se recomposa un visage avant d'affronter Chris. Ce n'était pas de gaieté de cœur qu'il l'avait enfermée mais il ne voyait pas d'autre solution pour l'empêcher d'agir de manière stupide.

Il déverrouilla la porte. Vraiment elle avait *intérêt* à l'épouser après tous les ennuis qu'elle lui avait causés ! Il s'aperçut tout de suite qu'elle n'était pas là et en conclut qu'elle s'était enfuie par la fenêtre. Mais un coup d'œil sur la corniche minuscule lui fit abandonner cette hypothèse.

Aussitôt, sans réfléchir à la querelle qui venait de l'opposer à Tynan, il se rua dans l'escalier et traversa le jardin en courant jusqu'à la maisonnette du jardinier. Tynan retirait des outils d'un abri à l'arrière.

– Elle n'est pas là ! J'avais peur qu'elle ne se lance encore dans une entreprise idiote, aussi l'avais-je enfermée, mais elle a disparu. Elle s'inquiétait beaucoup pour cet enfant.

Asher n'avait pas fini de parler que Tynan se précipitait déjà vers la maison, prenant juste le temps d'attraper son fusil au passage. Il grimpa l'escalier quatre à quatre.

– Ah, si seulement elle cessait de faire des choses aussi insensées ! se plaignait Asher. Comme si cela ne lui suffisait pas de passer toute la nuit avec un...

Il s'interrompit brusquement, comprenant soudain ce qu'il était en train de dire. Tynan examinait le rebord de la fenêtre.

– Vous remarquez quelque chose ? Comment a-t-elle pu s'enfuir par là ?

– Oh, croyez-moi, c'est tout à fait possible. On a

posé une échelle récemment ici. Regardez ces écailles de peinture !

Il retourna auprès du lit et regarda pensivement les couvertures. Les draps étaient déchirés et le couvre-lit jeté par terre.

– Où est Hamilton ? demanda-t-il.

– Je crois qu'il est en haut, mais je n'en suis pas sûr. Vous pensez qu'il a vu Chris ? J'aurais juré pourtant qu'elle était la dernière personne qu'il désirait rencontrer, marmonna-t-il en suivant Ty hors de la pièce. Vous a-t-elle rapporté les propos qu'elle a surpris ? Selon elle, Hamilton voudrait tuer son neveu ! Ce n'est pas que je la croie... je l'ai juste accompagnée pour jouer le rôle du mari. Il faut savoir tirer profit des occasions qui se présentent.

Tynan s'arrêta au milieu de l'escalier et se tourna vers Asher.

– Si vous continuez à me casser les oreilles, je risque de perdre patience... Méfiez-vous, je suis un peu nerveux ces temps-ci.

Puis il se remit à monter.

Owen Hamilton était assis devant son bureau et feuilletait des papiers. Tynan ferma la porte derrière lui, la verrouilla, puis traversa lentement la pièce avant de jeter la clé par la fenêtre.

Plaqué contre la porte, Asher retenait sa respiration. Quant à Owen, il se contenta de lever les yeux en fronçant les sourcils.

– Qu'est-ce qui me vaut cette comédie absurde ? Les pucerons vous sont montés à la tête, on dirait !

– Où est-elle ? interrogea Tynan d'une voix sourde.

– Je ne sais pas de qui vous parlez, répondit Owen avec une expression de parfaite indifférence tout en remuant dans les papiers devant lui. Si vous croyez que votre femme et moi...

Les mots moururent dans sa bouche car Tynan

venait de l'attraper au collet et lui faisait contourner le bureau à la force du poignet.

– Je veux savoir où elle est, tonna-t-il. Et je n'ai pas l'intention de me prêter à vos petits jeux. Ou vous me le dites tout de suite, ou je vous débite en petits morceaux.

– Mais enfin, de qui parlez-vous ?

– Mais de Chris, voyons ! intervint Asher. Enfin, je veux dire Diana, où est-elle ? Elle a disparu de sa chambre.

– Qui est Chris ? demanda Owen.

Tynan le frappa au visage.

– J'ignore ce que vous savez exactement, mais certainement beaucoup plus que vous ne voulez le montrer. J'ai déjà transmis les registres que vous cachiez à un ami comptable. Il va pouvoir faire le décompte de ce que vous avez volé à votre neveu.

– Des registres, quels registres ?

Tynan le frappa de nouveau, et cette fois du sang coula de sa lèvre supérieure.

– Je suis fatigué de vos mensonges. Si vos malversations au sein de votre famille m'importent peu, cette jeune femme est sous ma responsabilité et je veux savoir où elle est.

– Qui est-ce ? Diana Eskridge a été tuée.

Tynan resserra l'étau autour de la gorge d'Owen.

– Par vos soins, sans aucun doute ! Mais je laisse cette affaire à la justice. Où est Chris ?

Comme Hamilton ne répondait pas, Ty le frappa de nouveau et sortit un revolver qu'il braqua contre sa tempe.

– Par quoi est-ce que je commence ? Préférez-vous perdre une main ou un pied ? Je me fais fort de vous maintenir en vie jusqu'à ce que vous ayez parlé. Maintenant, pour la dernière fois, où est-elle ?

– Dysan l'a emmenée.

Tynan fut si surpris qu'il relâcha sa pression sur Owen.

– Qu'est-ce que Dysan lui veut ?

– Je n'en sais rien. Il est venu ici à cause d'un de ses cousins, dit-il en évitant le regard de Tynan. Et il a décidé d'emmener cette personne qui se faisait passer pour Diana. Il a aussi fait enlever votre femme.

– Pilar ? interrogea Ty. Qui est cet homme ?

Tynan avait si bien desserré son étreinte qu'Owen put se libérer. Il en profita pour masser son cou douloureux et appliquer un mouchoir sur sa lèvre qui saignait.

– Je ne sais pas grand-chose de lui. Il est très mystérieux sur ses affaires et sa vie privée. J'ignore même où il habite. Il vient ici une fois par an pour m'acheter du bois de charpente et des chevaux, puis il disparaît. Je n'ai jamais osé l'interroger.

– Et il a emmené Chris ? remarqua Asher. Croyez-vous qu'il ait l'intention de demander une rançon ?

– Une rançon ? s'étonna Hamilton. Mais qui estelle donc ?

– La fille de Del Mathison, répondit Tynan à mivoix.

– Ô Seigneur ! bredouilla Owen en se laissant tomber lourdement sur une chaise. Je croyais que c'était une petite actrice de rien du tout.

Puis il leva les yeux sur Tynan et s'enquit :

– Comment avez-vous trouvé mes registres ?

Tynan ne prit même pas la peine de répondre.

– Dites-moi tout ce que vous savez sur ce Dysan. Et d'abord où peut-on le trouver ?

– Mais je l'ignore, je viens de vous le dire ! Il apparaît puis disparaît, c'est tout. Il voulait ces deux femmes et moi, cela m'était bien égal. Vous me preniez tous pour un imbécile de toute façon, à me suivre, à fouiller mon bureau, à prétendre m'être apparentés et je ne sais quoi encore. S'il les voulait, grand bien lui fasse ! Je ne pouvais pas penser que c'était la fille de Mathison. S'il le découvre...

Il laissa sa phrase en suspens.

– Ouvrez votre coffre, ordonna Tynan. Nous allons nous lancer à sa poursuite et nous aurons besoin d'argent.

– Je n'ai pas l'intention de participer à ce vol, intervint Asher.

– Personne ne vous le demande. Si j'étais vous, Hamilton, je ne mettrais pas ma patience à l'épreuve. Allez, sortez l'argent !

Owen ne se le fit pas répéter une deuxième fois et ouvrit un petit coffre-fort caché derrière un tableau au-dessus de son bureau.

– Vous n'arriverez jamais à lui mettre la main dessus. Vous n'êtes pas du même calibre que lui. Des petits gangsters comme vous, il n'en fait qu'une bouchée chaque matin à son petit déjeuner.

Tynan s'empara d'une liasse de billets.

– Alors il risque d'attraper la plus belle indigestion de sa vie. Maintenant, enlevez votre ceinture.

Tynan prit le mouchoir de Hamilton posé sur le bureau et le bâillonna soigneusement. Puis il lui lia les mains avec sa ceinture dont il fixa le dernier œilleton à un crochet enfoncé dans le plafond.

– Cela vous retiendra pendant quelques heures. Mon ami comptable fera son rapport aux avoués chargés des affaires de Lionel. J'ai comme l'idée que les registres que vous leur montriez ne sont pas ceux que j'ai trouvés. Et puis, il y a aussi cette petite affaire du meurtre des Eskridge.

Owen se débattit mais ses pieds touchaient à peine le sol.

– Unity doit emmener le garçon chez Mathison jusqu'à ce que l'affaire soit éclaircie. Je pensais l'accompagner, mais cela me semble difficile maintenant.

J'espère pour vous qu'on ne tardera pas à vous libérer, car sinon vous risquez de passer un mauvais moment.

Asher s'écarta pour laisser passer Tynan et il eut la surprise de voir celui-ci sortir une clé de sa poche et déverrouiller la porte. Il la referma aussitôt à double tour dès qu'ils furent tous les deux sur le palier.

– Mais je croyais que...

– Il ne faut pas toujours croire ce que l'on voit et ce que l'on entend, décréta Tynan en dévalant l'escalier jusqu'à la cuisine.

Unity était assise dans la pièce, le visage tiré par la peur, et Lionel se tenait debout à ses côtés.

– Je ne veux pas venir, affirma Lionel. C'est ma maison ici, et je veux y rester. Vous ne pouvez pas me forcer à la quitter.

Sans un mot, Ty attrapa le garçon par la taille et le porta dehors où les attendait un chariot attelé de deux chevaux.

– Je ne te demande pas ton avis et en plus je compte sur toi pour aider Unity. Prescott va vous accompagner et veiller sur votre sécurité à tous les deux. Je suis désolé mais je ne peux pas venir.

Asher saisit Tynan par le bras.

– Je veux aller avec vous.

– Merci bien ! Je ne veux pas avoir en permanence un type de votre genre sur le dos ! Vous ne connaissez rien à rien et vous ne cessez de trancher sur tout. Je suis persuadé que vous ne savez même pas quel bout d'une arme on pointe sur la cible, ajouta-t-il avec mépris.

– Puis-je vous l'emprunter ? s'enquit Asher en désignant le fusil de Tynan d'un signe de tête.

Tynan le lui tendit.

Asher prit l'arme, se retourna et vida le chargeur sur une petite branche qu'il coupa en minuscules morceaux. Puis il la rendit à Tynan.

– Vous voyez que Mathison avait quelques raisons de m'engager ! Je suis capable de manier n'importe quelle arme à feu. Je n'ai peut-être pas l'expérience que vous avez, mais je sais tirer.

Tynan rechargea calmement son arme puis se tourna vers Unity. Lionel, immobile sur la banquette, regardait Asher, la bouche ouverte.

– Prescott m'accompagne. Voyez-vous quelqu'un qui pourrait venir avec vous ?

– Je... je ne sais plus à qui je peux faire confiance, dit-elle au bord des larmes. Mais mon frère habite seulement à quelques kilomètres d'ici. Peut-être qu'il...

Elle s'arrêta comme Tynan tirait une liasse de billets de sa poche.

– Très bien, emmenez-le avec vous. Voici de quoi payer ses services. Quand vous serez arrivés chez Mathison, racontez-lui tout ce qui s'est passé. S'il veut renvoyer quelqu'un ici, c'est à lui de décider. Prévenez-le que je suis parti à la recherche de sa fille. Si je ne la lui ramène pas, c'est que j'aurai été tué – rien d'autre ne pourra m'arrêter. Et dites-lui bien qu'il a du souci à se faire, beaucoup de souci...

Il regarda Lionel.

– Et si j'entends la moindre plainte contre toi, cela ira mal, je te préviens ! Quand tu seras chez Mathison, tu pourras faire ce que tu voudras. Mais en attendant, tiens-toi tranquille. Maintenant, en route ! déclara-t-il en frappant l'un des deux chevaux sur la croupe.

L'attelage s'ébranla.

Ty se tourna alors vers Asher en secouant la tête.

– J'espère que je ne fais pas une bêtise. Si vous avez une arme, allez la chercher. Je vous retrouve devant l'écurie avec deux des meilleurs chevaux de Hamilton.

17

Pendant trois jours les deux hommes traînèrent Chris et Pilar à travers le pays sans leur laisser aucun moment d'intimité et sans pratiquement les nourrir. La nuit, ils les attachaient à un arbre les mains liées au-dessus de la tête de sorte qu'elles ne pouvaient prendre aucun repos. Il leur était interdit de communiquer. Et chaque matin, ils se remettaient en route vers le nord-ouest, après les avoir solidement ficelées sur la même monture qu'un des deux hommes avait apportée un beau jour d'on ne sait où...

Malgré son épuisement, Chris essayait d'enregistrer la direction qu'ils prenaient. Mais un homme lui banda les yeux dès le deuxième jour, laissant à Pilar le soin de la maintenir en selle si le cheval faisait un écart. Puis le lendemain, ils inversèrent les rôles.

Au début, Chris ne cachait pas son hostilité à Pilar, refusait son aide et s'irritait même de sa présence. Pilar semblait comprendre cette attitude et laissa la jeune femme tranquille jusqu'au jour où Chris faillit tomber de cheval.

– Cela vaudrait beaucoup mieux si nous étions amies, murmura Pilar qui reçut un coup en pleine figure pour la punir d'avoir osé parler.

A partir de ce jour, l'hostilité de Chris se dissipa. Pourquoi serait-elle fâchée contre Pilar ? songeait-elle d'ailleurs. Tynan était leur seul lien et s'il avait choisi Pilar, il en avait le droit après tout.

Il était tard cette troisième nuit quand les hommes les aidèrent à descendre de cheval et leur firent passer le seuil d'une maison plongée dans les ténèbres. Ils les traînèrent sans ménagement dans l'escalier et poussèrent encore plus brutalement Pilar quand son bras heurta la rampe.

– Nous pouvons marcher ! intervint Chris, tendant la main à Pilar pour l'aider.

Son ravisseur la fit grimper sans un mot jusqu'au troisième étage. Là, l'autre homme s'empara d'un trousseau de clés pendu au mur, ouvrit une lourde porte de chêne et poussa les deux femmes à l'intérieur.

Il faisait noir comme dans un four, mais les yeux de Chris finirent par s'habituer à l'obscurité. Elle commença à discerner les contours d'un grand lit au milieu de la pièce.

Elle laissa échapper un soupir et se traîna jusque-là avec des larmes pleins les yeux. Pilar la suivait. Elles tombèrent sur le lit ensemble et s'endormirent sur-le-champ.

Le soleil déclinait à l'horizon quand Chris se réveilla le lendemain. Elle resta un moment immobile à regarder par la minuscule fenêtre en s'étirant prudemment, testant chaque muscle. Elle souleva légèrement les bras et constata qu'ils étaient couverts d'égratignures et de piqûres de moustiques.

Pilar dormait encore, étendue sur le ventre, et Chris se demanda si elle-même avait aussi piteuse mine : des cernes violets soulignaient ses yeux et ses habits étaient sales et déchirés.

Pilar ouvrit les yeux.

– Allez-vous-en ! marmonna-t-elle en se détournant.

Chris resta allongée sans bouger.

– Ce n'est pas possible, bredouilla Pilar après quelques instants en se retournant vers Chris. Ce n'était donc pas un mauvais rêve...

Pilar essaya de se soulever sur les avant-bras, mais poussa aussitôt un gémissement de douleur et se laissa retomber sur le lit.

– Où sommes-nous ? Et surtout, *pourquoi* sommes-nous là ? Avez-vous remarqué une cuvette quelque part, ou un pot de chambre ?

Chris se redressa légèrement sur ses avant-bras.

– Sûrement derrière ce paravent, là-bas dans le coin.

Chris fit des petits cercles de la tête pour essayer de décontracter ses muscles.

– Je vais aller jeter un coup d'œil, déclara Pilar.

Elle posa ses pieds par terre et se leva le plus doucement possible. Chris l'imita, tanguant quelques instants avant de retrouver son équilibre.

La chambre était ronde avec trois fenêtres en face du lit, une porte à droite et le paravent sur la gauche.

– Je ne serai plus jamais la même, murmura-t-elle en se traînant péniblement jusqu'à une fenêtre.

La forêt s'étendait à perte de vue devant elle, impénétrable. En se penchant, elle constata qu'elles étaient au moins au troisième étage.

– S'échapper ne va pas être une partie de plaisir, remarqua Pilar avec une grimace en rejoignant Chris devant la fenêtre.

– Hou ! Est-ce que j'ai aussi mauvaise mine que vous ?

– Deux fois pire, répondit Chris tout à fait sérieusement.

Pilar regagna le lit avec un soupir et s'allongea en calant un coussin sous sa tête.

– Auriez-vous une idée de ce que l'on nous veut ?

– Pas la moindre, lança Chris de derrière le paravent. J'espérais que vous saviez quelque chose. Ils n'ont rien dit en vous enlevant ?

– Vous en savez certainement plus que moi, répondit Pilar quand Chris eut regagné le centre de la pièce. J'ignore même pourquoi Tynan s'est embauché comme jardinier chez Hamilton. Il avait sûrement ses raisons, mais lesquelles ? Mystère et boule de gomme !

– Vraiment ! Il suffit qu'il bouge le bout du petit doigt et vous accourez sans même savoir ce qu'il veut ?

– Oh, je lui dois bien cela... Ecoutez, voulez-vous jouer au chat et à la souris ou êtes-vous prête à vous entendre avec moi pour éclaircir cette affaire ? Si tout ce qui vous intéresse c'est de batailler pour un homme, dites-le-moi, que je puisse parer les coups.

– Tynan ne m'intéresse absolument pas ! Je vous le laisse volontiers. Je suis journaliste, vous savez, poursuivit-elle en ignorant la moue ironique de Pilar, et j'écris sous le nom de Nola Dallas. J'ai été...

– Nola Dallas ? Celle qui se met dans des situations impossibles afin de pouvoir les raconter ?

– J'en ai bien peur.

– Oh, je suis heureuse de vous rencontrer ! s'exclama Pilar en lui serrant chaleureusement la main. Alors, nous allons bientôt voir apparaître notre chevalier sauveur ?

– Hum ! Je ferais mieux de tout vous avouer, annonça Chris avec un pâle sourire, et elle n'épargna à Pilar aucun des détails relatifs aux Eskridge et à Owen Hamilton.

Pilar se redressa et remonta ses genoux sous son menton.

– Je crois bien que Ty a découvert quelque chose. Il sortait régulièrement au milieu de la nuit et il est revenu une fois avec un gros livre qu'il a épluché toute la nuit. Le lendemain, le livre avait disparu et je ne l'ai jamais revu.

– Un livre ? Quel genre de livre ?

– Avec des colonnes de chiffres, un peu comme ceux de Red.

– Red ! s'enquit Chris. La patronne de la...

– De la maison close, oui ! termina Pilar à sa place. J'ai travaillé chez elle autrefois.

– Oh... ! bafouilla Chris en songeant que c'était

bien évidemment le genre de femmes que Tynan appréciait. Ce registre serait alors pour quelque chose dans notre enlèvement ? reprit-elle, revenant à ses moutons. Ou peut-être... Avez-vous déjà entendu parler de Del Mathison ?

Pilar ébaucha un sourire.

– J'étais trop jeune à cette époque mais j'ai entendu beaucoup d'histoires à son sujet ! Un bordel a même décrété férié le jour de son mariage...

La bouche de Chris n'était plus qu'une ligne mince.

– Il s'agit de mon père.

– Désolée ! s'excusa alors Pilar du bout des lèvres, et elle rejeta la tête en arrière. Mais si vous êtes la fille de Mathison, vous êtes riche, alors. Et ils veulent peut-être une rançon ?

– C'est ce que j'ai pensé ! Mon père a toujours eu la terreur que je me fasse enlever. Et de mon côté, je me prépare depuis longtemps à cette éventualité.

– Mais alors, qu'est-ce que je fais là, moi ? Vous croyez qu'ils m'auraient emmenée pour vous servir de soubrette ? intervint Pilar.

– Comment savoir ? J'espère en tout cas que ces brutes n'ont pas l'intention de nous laisser mourir de faim.

– Et qu'ils vont aussi nous apporter de l'eau chaude pour nous débarbouiller.

A peine Pilar terminait-elle sa phrase que la lourde porte s'ébranlait, livrant passage à leurs ravisseurs. L'air terrorisé, deux femmes les suivaient, portant chacune un plateau à la main. Les hommes firent signe à Chris et à Pilar de s'écarter pendant qu'elles les déposaient sur le sol. Elles apportèrent ensuite des brocs d'eau chaude, puis deux robes et une trousse de couture.

– Voici vos toilettes pour ce soir, annonça une des femmes en reculant contre le chambranle de la porte.

Vous n'avez qu'à les retoucher si elles ne vous vont pas.

Tout le monde se retira alors et la porte se referma avec un bruit sourd, puis la clé tourna dans la serrure.

– Vous préférez manger ou vous laver d'abord ?

– Les deux à la fois ! répondit Pilar en joignant le geste à la parole, immédiatement imitée par Chris.

– Notre ravisseur ne sait peut-être pas qui je suis, déclara Chris la bouche pleine en se rinçant le bras gauche. Dans ce cas, il me prend sans doute pour Diana Eskridge et je dérange les plans d'Owen Hamilton au sujet de Lionel.

– Cela n'explique toujours pas ce que je fais ici, dit Pilar. Je ne suis pas au courant de cette affaire, moi !

– Mais notre agresseur l'ignore. Si Tynan dérobait des documents la nuit, il peut imaginer que vous partagiez ses secrets aussi bien que son lit, expliqua Chris en butant sur la dernière phrase.

– Si vous voyez juste, déclara pensivement Pilar, ils ont dû enlever Tynan aussi. Croyez-vous qu'il soit là avec votre ami ?

– Asher ? J'imagine mal pourquoi on l'aurait enlevé. Il m'a seulement accompagnée parce que j'avais besoin d'un mari.

– J'avoue que je n'y comprends rien. On vous a enlevée contre une rançon, je ne vois que ça. Mais alors qu'est-ce que je fais ici... ? Je ne possède rien qu'on puisse désirer...

Si, songea Chris avec une pointe de jalousie. Sa beauté ! Ses longs cheveux noirs dénoués sur les épaules, Pilar était à moitié dévêtue devant le baquet d'eau. Ainsi nimbée par les derniers rayons du soleil, elle aurait suscité le désir de n'importe quel homme...

– Mon ravisseur est tombé amoureux de vous et

c'est pour cela qu'il vous a emmenée, suggéra-t-elle à mi-voix.

Pilar continua à se laver sans répondre.

Quand elles furent rassasiées et enfin propres, elles examinèrent les robes étalées sur le lit.

– Ce n'est pas vraiment mon style, remarqua Chris en en tenant une devant elle. Cela manque un peu de tissu sur les épaules.

Pilar poussa un soupir.

– Je n'ai pas porté ce genre de tenue depuis une éternité. La vôtre semble un peu longue et aussi trop large à certains endroits. Mettons-nous tout de suite au travail.

Chris acquiesça.

– Nous en avons pour des heures rien qu'avec le bustier, marmonna-t-elle.

Elles restèrent à coudre jusqu'à la tombée de la nuit et se changèrent ensuite au clair de lune. Elles n'avaient ni bougie pour s'éclairer, ni peigne pour se coiffer, ni bijoux pour se parer et aucune idée de l'endroit où elles se trouvaient.

Quand la porte de chêne s'ouvrit, elles s'étaient préparées de leur mieux. Chris ne se rendait pas compte qu'elle tremblait jusqu'à ce que Pilar lui serre la main pour lui redonner confiance.

– Comment pouvez-vous savoir la direction qu'il faut prendre ? s'égosillait Asher en suivant Tynan au grand galop.

Tynan ne prit pas la peine de répondre tout en continuant à foncer vers le sud-est jusqu'à ce qu'il tombe sur une sorte de campement qui ne payait pas de mine. Les sabots de leurs chevaux s'enfonçaient dans la boue tandis qu'ils chevauchaient entre les tentes. Devant l'une d'elles, deux hommes se battaient en se roulant dans la fange. La monture d'Asher fit un écart comme les deux combattants déboulaient devant lui. Il mit un moment à reprendre le contrôle de l'animal et eut juste le temps d'apercevoir Tynan disparaître dans une des plus grandes tentes. Il sauta alors dans la boue et le suivit.

Tynan était au bar, appuyé nonchalamment sur le comptoir comme s'il avait eu toute la vie devant lui. De nombreux joueurs étaient attablés autour de lui. Tynan remarqua l'un d'eux qui, avec sa veste brodée de motifs dorés et la crosse en nacre de ses deux revolvers, semblait plus présentable que les autres.

Asher commanda une bière et venait d'en boire une bonne rasade quand la partie s'arrêta. L'homme en question leva immédiatement les yeux vers Tynan.

– Je te croyais en prison pour je ne sais quelle raison encore.

– J'en suis sorti pour la même raison, figure-toi, dit Tynan. Et je viens te voir pour recouvrer une créance.

Le joueur acquiesça d'un signe de tête et rejoignit Tynan au comptoir.

– Deux whiskies, commanda-t-il avant d'ajouter un ton plus bas : Qu'est-ce que tu veux ?

– Un renseignement.

– Cela peut revenir cher.

– J'ai déjà payé, répondit Tynan. As-tu entendu parler d'un certain Beynard Dysan ?

L'homme avala son whisky de travers. Après s'être raclé la gorge, il regarda Tynan droit dans les yeux.

– Tiens-toi à l'écart de lui. C'est un très sale type.

– Il m'a pris quelque chose que je veux récupérer. Où puis-je le trouver ?

– Ecoute, tu ferais mieux de le lui laisser. Quoi que ce soit, cela n'en vaut pas le prix. Si tu n'avais que ta vie à perdre, cela irait encore, mais cet homme peut te prendre bien davantage. Garde donc tes distances !

Tynan resta un moment silencieux.

– Cesse de prendre ce ton larmoyant et réponds-moi !

– Tu es un chic type, Tynan. Compte alors sur moi pour fleurir ta tombe. Je ne sais pas grand-chose sur lui en dehors des rumeurs qui courent. Il habite quelque part au nord d'ici, près d'un bled du nom de Sequona. Quelqu'un pourra certainement te renseigner là-bas. Mais méfie-toi en posant tes questions, tu risques de recevoir une balle dans le dos. Il n'est pas du genre à apprécier qu'on mette le nez dans ses affaires.

Le joueur finit son verre.

– Que t'a-t-il pris ?

– La fille de Mathison.

L'homme émit un petit sifflement.

– La puissance de Mathison contre celle de Dysan. Cela risque de déclencher une guerre d'enfer. Surveille tes arrières, Tynan ! C'est un conseil d'ami. Dysan est impliqué dans bon nombre d'affaires louches et il engage des hommes de main pour se débarrasser de ceux qui se mettent en travers de son chemin. Tu devrais laisser Mathison récupérer sa fille tout seul.

– Ecoute, c'est pour cela qu'il m'a embauché. Merci, Frank. Considère que ta dette est réglée.

Sur ces mots, Tynan fit demi-tour et quitta la tente. Asher but une dernière gorgée de bière avant de le suivre.

– Vous avez entendu ce que Frank a dit, déclara Tynan une fois dehors sans regarder Asher. Il est encore temps de faire marche arrière. Si vous n'y laissez pas votre vie, vous perdrez certainement des plumes !

– Cela vaut mieux que de perdre la fille de Mathison ! s'écria Asher.

Juste à ce moment, une balle siffla aux oreilles de Tynan. Il se jeta dans la boue, entraînant Asher à sa suite. Pris par surprise, celui-ci tomba la face contre terre. Il se redressa en crachouillant, mais une autre détonation claqua et il se laissa retomber. Les balles avaient traversé la tente derrière eux et on entendait un grand remue-ménage de tables renversées et de hurlements à l'intérieur.

Asher regarda Tynan. Etendu un pistolet à la main, il maintenait son visage à quelques centimètres de la boue.

– Je parie que c'est un coup de Dysan ! lança une voix derrière eux.

Asher se retourna. Frank se tenait dans l'ouverture de la tente, un revolver à la main.

– Juste une minute ! Je vais voir ce qui se passe !

Un instant plus tard, Asher l'entendit s'égosiller de l'autre côté de la rue :

– Ils viennent d'amener un chargement de prostituées. Rien que des vierges !

Tynan lui hurla de rouler sur le côté et Asher se félicita d'avoir obéi sans attendre car tous les hommes se précipitèrent hors de la tente.

– On y va ! s'écria Tynan.

Asher pataugea pour se relever sans savoir très bien ce qu'il devait faire ensuite, mais Tynan apparut avec leurs chevaux et lui ordonna de sauter en selle.

Ils piquèrent alors des deux, laissant l'émeute derrière eux. Tynan prit la direction du nord, galopant si fort que la boue qui commençait à sécher s'effritait au fur et à mesure et volait autour d'eux. Dans l'après-midi, il bifurqua vers un sentier au milieu des arbres et grimpa à flanc de colline. La pluie se mit à tomber et les deux hommes abaissèrent leur chapeau sur leur visage.

Il faisait presque nuit quand Tynan fit halte et sauta à terre.

– Il y a une sorte de grotte là-bas. Nous y passerons la nuit, cria-t-il, essayant de dominer le bruit de l'orage.

Quelques minutes plus tard, il avait allumé un petit feu et mis du café et des haricots à chauffer.

– Vous espérez toujours la retrouver ? demanda Asher en attisant le feu avec un bâton.

– J'y compte bien, répondit Tynan.

Il était appuyé contre sa selle et son chapeau cachait son visage.

– Si c'est de l'argent que Dysan veut, il ne fera pas de mal à Chris, n'est-ce pas ?

– Non, je ne pense pas, ni à Pilar non plus.

– Je me souviens de l'avoir entr'aperçue dans la cuisine. Elle aidait au ménage, c'est cela ? s'enquit Asher.

Tynan repoussa son chapeau et attrapa la boîte de haricots qu'il partagea en deux, puis il tendit une gamelle à Asher avec une tasse de café.

– Vous avez déjà établi votre plan, j'espère ? Il faut absolument trouver un moyen de sauver Chris ! Son père serait furieux si quelque chose lui arrivait.

– Et son argent risque de vous passer sous le nez, c'est cela ? termina ironiquement Tynan.

– Chris est très attirante, peut-être un peu têtue parfois, mais charmante. Je ne vois pas quel mal il y aurait à ce que je prenne la direction des affaires de son père. Il n'a pas de fils et Chris ne semble pas pressée de lui donner un successeur. Vous n'avez pas l'intention de l'épouser au moins, n'est-ce pas ? ajouta-t-il avec un coup d'œil acéré en direction de Tynan. L'argent de Mathison serait vraiment un...

– Si vous gardiez vos opinions pour vous-même, tout le monde s'en porterait mieux ! Et maintenant éteignez le feu et dormez ! Nous repartirons tôt demain matin.

Ce n'était pourtant pas le matin – loin de là – quand Tynan réveilla Asher en mettant sa main devant sa bouche. Une lueur d'avertissement brillait dans ses yeux alors qu'il lui faisait signe de sortir de la grotte sans bruit. Tenant leurs selles d'une main et guidant les chevaux de l'autre, ils descendirent le plus silencieusement possible au pied de la colline sous la pluie fine qui continuait à tomber.

– Quelle heure peut-il bien être ? s'enquit Asher en bâillant à se décrocher la mâchoire.

– L'heure de notre mort si nous ne nous dépêchons pas. Il y avait quelqu'un tout près de la grotte.

– Je n'ai rien entendu.

– Si vous préférez rester ici, c'est votre affaire. Moi, je m'en vais !

Asher jeta un rapide coup d'œil sur la forêt enténébrée avant de sauter en selle et de suivre Tynan.

Ils chevauchèrent toute la journée et la nuit suivante. Asher somnolait en se retenant au pommeau de sa selle quand Tynan s'arrêta enfin.

– Dessellez votre cheval ! ordonna Tynan. A moins que vous n'ayez l'intention de rester planté dans cette écurie toute la nuit.

Asher obéit comme un automate, puis lui emboîta le pas à l'aveuglette dans la nuit et monta à sa suite une échelle dressée à l'arrière d'une maison. Il ne posa même pas de questions quand Tynan se hissa sur le toit, le traversa à croupetons et sauta sur celui d'à côté. Asher n'avait aucune idée de la hauteur où il se trouvait à cause de l'obscurité et il s'en réjouissait. Ils franchirent successivement trois toitures, puis Tynan sortit une clé, ouvrit une trappe et descendit par une échelle dans un grenier. De là, il gagna un long corridor et ouvrit la troisième porte sur la gauche.

Une jeune femme se tourna dans son lit et leva les yeux d'un air ensommeillé.

– Alice, voici Asher. Il a besoin d'un endroit pour dormir.

La jeune femme se détourna, remonta ses couvertures et replongea dans le sommeil. Tynan poussa Asher dans la pièce et ressortit en fermant le battant derrière lui. Il s'arrêta deux portes plus loin et entra.

Red venait de sortir de son lit et passait sa robe de chambre.

– J'ai cru entendre du bruit.

– Pourquoi est-ce si calme ? demanda Ty en se versant un whisky.

– Quatre hommes sont arrivés tout à l'heure et ont bouclé la ville. Ils étaient à ta poursuite, Ty.

Il siffla son whisky d'un trait.

– Cela fait deux jours qu'ils me suivent. Tu as quelque chose à manger ?

Red ouvrit un placard et en sortit du pain et du fromage.

– J'étais sûre que tu viendrais... Mais tu ne peux pas rester, dit-elle en s'asseyant sur le sofa. Oh, Ty ! Qu'est-ce que tu as encore fait ? Je croyais que tu attendrais un moment avant de t'attirer de nouveaux ennuis.

– Ils ne s'intéressent pas à moi. Ils veulent juste m'empêcher de retrouver Chris, expliqua-t-il la bouche pleine.

– Chris ! s'écria Red en redressant la tête d'un geste brusque. Cette petite menteuse de rien du tout ? Je lui faisais confiance et voilà qu'elle est partie en te laissant pourrir en prison alors que tu étais innocent.

– Peu importe ce qu'elle a fait ! Je dois de toute façon la ramener à son père.

– Au risque de ta vie ?

Tynan continua à avaler le contenu de son assiette sans lui répondre.

– Aurais-tu un lit pour moi ? J'ai installé Prescott chez Alice, déclara-t-il au bout d'un moment.

– Tu peux prendre le mien, proposa Red. Je ne me

rendormirai plus maintenant de toute façon. Qui veux-tu ? On dirait que Leora t'a plu la dernière fois, hein ?

– Pas de femmes, s'il te plaît ! Je veux juste dormir, dit Ty en remplissant son verre.

Red le fixa un moment d'un air stupéfait avant de murmurer :

– Très bien ! Donne-moi tes vêtements, que je les fasse laver.

Elle resta silencieuse pendant qu'il se déshabillait avant de se glisser dans le lit en sous-vêtements. Puis elle s'assit à côté de lui et repoussa tendrement une mèche de cheveux de son front. Quand il fut endormi, elle sortit sur la pointe des pieds.

– Tynan ! appela Red en se ruant dans la chambre. Ils sont venus te chercher.

Tynan repoussa ses couvertures et posa son pied par terre.

– Où diable est mon pantalon ?

– Il est mouillé. Tu n'as dormi que trois heures, mais il est temps que tu files. Il y a une demi-douzaine d'hommes qui te cherchent en bas.

Tynan passa la main dans ses cheveux.

– Trois heures, hein ? On peut dire que Dysan remue ciel et terre.

– Dysan ? répéta Red. Tu cherches Beynard Dysan ?

– Je n'ai pas besoin d'être materné, juste d'une paire de pantalons. Trouve-moi quelque chose à me mettre, Red, s'il te plaît !

– Je devrais refuser et appeler le shérif, qu'il t'enferme en prison. C'est le meilleur moyen de te sauver la peau !

Avant que Ty puisse répondre, une femme fit irruption dans la pièce.

– Il est mort, annonça-t-elle avec une intonation

méprisante. Je vous l'avais bien dit qu'il ne pourrait pas s'occuper de nous trois en même temps. Tynan ? bredouilla-t-elle, stupéfaite. Je ne savais pas que tu étais là.

– Il n'est plus là pour longtemps, déclara Red en poussant la femme dehors. Maintenant plus personne n'ignore ta présence ici et... Reste là et surtout ne bouge pas, s'écria-t-elle soudain avec une mine de conspiratrice. J'ai une idée !

Et elle quitta la pièce en coup de vent pendant que Tynan cherchait toujours de quoi se vêtir.

Quelques minutes plus tard, Red revenait avec une pile de vêtements en cuir blanc frangés aux coutures.

– Ce type qui vient de mourir était la vedette d'un show. Et cela ne peut plus lui servir à grand-chose !

Elle lui tendit le costume le plus voyant, le plus criard qu'il eût jamais vu. Une frange ornée de perles pendait de l'épaule au poignet. Le pantalon assorti était agrémenté de pièces d'argent et le chapeau d'un ruban de faux diamants aussi gros qu'un penny.

Tynan le regarda à peine.

– Si tu ne m'apportes pas un pantalon, je...

– Mais enfin, tu en as un là ! insista Red en lui jetant la tenue de cuir.

– Certainement pas ! se récria Tynan sans même chercher à rattraper le costume qui tomba par terre. J'ai besoin de...

– Une minute, Ty ! Ils sont six contre toi et il y en a peut-être d'autres sur le toit. Rachel a cru apercevoir un fusil qui dépassait tout à l'heure. Si tu sors d'ici, ils vont te trouer la peau... sauf si tu as l'apparence d'un pauvre clown !

Tynan s'assit sur le lit.

– Je ne mettrai jamais un truc pareil.

– Tu préfères mourir que de porter ce costume ? suffoqua Red.

– Je préfère mourir avec mes bottes et mon pantalon. Tu imagines si on m'enterrait là-dedans ?

Red leva les yeux au plafond.

– De toutes les stupidités que j'ai entendues, celle-là est vraiment la meilleure. Enfin, Ty, mon cœur, comment vas-tu sauver cette fille quand tu seras mort ? Et c'est ce qui t'attend si tu continues à t'entêter. Voyons ! Si tu portes ce costume, personne ne fera attention à ton visage. Tout le monde sera ébloui par les diamants. Et tu n'as pas tout vu ! Il y a aussi des bottes blanches, une paire de revolvers en argent, jusqu'aux balles qui sont aussi argentées !

Tynan serra les dents.

– Tu te fais tuer devant ma porte et je te promets que tu seras enterré dans ce costume, le menaça Red.

Tynan secoua la tête.

– J'espère que Mathison appréciera à sa valeur les tourments que j'endure pour lui ramener sa fille.

– Allons, dépêchons-nous ! Il faut te confectionner un rembourrage, sinon tu auras l'air de flotter dedans.

Une heure plus tard, Tynan était entouré d'une cour de femmes gloussantes. Asher fumait un énorme cigare en tenant Alice sur ses genoux.

– Cela te va à merveille, Tynan. Vraiment, c'est superbe !

Red vérifia les cheveux de Tynan qu'elle avait blanchis avec du talc.

Les femmes avaient matelassé les caleçons longs du défunt afin que Tynan puisse remplir le costume. Et à présent, son estomac saillait au-dessus de la ceinture à boucle d'argent et l'entrejambe du pantalon lui arrivait à mi-cuisse.

– Ça y est, tu es parfait ! déclara Red. Maintenant, tu dois te mettre dans la peau du personnage. Ce type est arrivé en faisant tournoyer ses pistolets, il faut que tu restes dans le même style. Vous êtes prêt, monsieur Prescott ?

– Quand vous voudrez.

– Alors aidez donc Tynan à sortir, car tu es trop soûl pour mettre un pied devant l'autre, Ty ! Tu as compris, hein ?

Tynan acquiesça d'un signe de tête.

– Le cheval est là ? s'enquit Red.

– Quel cheval ? demanda Ty.

– Tu verras bien, s'esclaffa Asher. Crois-moi, il ne passe pas inaperçu.

Red serra Tynan contre elle.

– Ecoute ! Je tiens à te revoir, moi, et je ne vois pas d'autre moyen que celui-là. Maintenant, embrasse-moi et file !

Ty l'étreignit un instant et l'embrassa sur la joue avant de quitter la pièce en faisant claquer ses éperons ouvragés sur le plancher. Il s'arrêta en haut des escaliers, sortit ses deux pistolets en argent et tira dans le plafond. Une minute plus tard, il était au rez-de-chaussée et toutes les femmes avaient les yeux braqués sur lui.

– Je suis plus méchant qu'un serpent et deux fois plus rapide, tonna-t-il en titubant.

Puis il attrapa une femme et lui plaqua un baiser sur la bouche tout en envoyant une balle se ficher dans le plafond et une autre en direction d'une table de consommateurs. Il brisa deux verres net et manqua de peu un cow-boy corpulent.

L'homme se leva et se dirigea vers Tynan, mais Asher s'interposa.

– Il est soûl, s'empressa-t-il de déclarer. C'est un accident !

– Je vous conseille de le faire sortir alors, menaça l'homme d'une voix traînante en restant debout, la main sur son revolver.

– Je suis aussi fort qu'un grizzli et j'ai des yeux aussi perçants qu'un aigle, hurla Tynan.

– Viens donc, mon vieux, sortons ! déclara Asher en entraînant Tynan vers la porte.

– Je peux courir plus vite que n'importe qui, tirer plus vite, tr...

Voyant que Tynan visait de nouveau la tablée de cow-boys – sans doute les hommes de Dysan –, Asher dévia le tir et la balle alla s'encastrer au-dessus du bar.

– Je suis plus grand qu'un sapin et aussi laid qu'un mulet, mais je plais aux filles parce que je suis aussi dur et fort qu'une rame de bateau, hurla Tynan tandis qu'Asher le poussait dehors.

– Montez donc sur ce cheval avant que vous ne nous fassiez descendre tous les deux.

Un étalon blanc piaffait devant le saloon. Tynan sauta sans hésiter sur la selle en cuir blanc ouvragé, enroula les rênes autour du pommeau, et sortit un fusil du fourreau accroché à la selle. Puis il se dressa sur ses étriers, les franges de sa veste flottant au vent alors que son cheval galopait hors de la ville, et se mit à tirer à hauteur des toits. Plusieurs des hommes qui y étaient à l'affût se redressèrent pour voir ce qui se passait et Ty s'amusa à les frôler de ses balles.

Asher était aussi blanc que la selle de Tynan, mais les hommes embusqués sur les toitures semblaient ravis du spectacle et certains même tiraient des coups de feu en l'air pour manifester leur approbation.

Asher commença seulement à respirer une fois qu'ils furent à plusieurs kilomètres de la ville. Tynan disparut alors brutalement derrière des arbres. Quand Asher le rejoignit, il fouillait frénétiquement dans ses sacoches.

– Que se passe-t-il ? demanda Asher en sautant à terre.

– J'espérais trouver d'autres vêtements là-dedans. Mais Red ne m'en a donné aucun, sapristi !

– Ceux-là vous conviennent parfaitement. Vous rendez-vous compte que vous avez failli tuer l'un des hommes de Dysan ?

– J'en ai compté onze en tout. Combien en avez-vous dénombré ?

– Combien de quoi ?

– Pourquoi croyez-vous que j'ai fait autant de bruit ? Je voulais qu'ils viennent voir quelle était la cause de tout ce vacarme. Il y en avait quatre à l'intérieur, cinq sur les toits et deux sont arrivés de derrière les bâtiments. Je leur donne deux heures pour s'apercevoir que je me cachais sous ces oripeaux. Il nous reste le même temps pour m'équiper de neuf.

Il regarda le cheval albinos aux yeux rouges avec incrédulité.

– Autant cacher une montagne dans une maison de poupée. Si nous pouvions persuader quelqu'un de porter ces vêtements, les hommes de Dysan se mettraient à sa poursuite et nous bénéficierions d'un peu de temps supplémentaire.

– Voilà qui est bien réfléchi ! Et où comptez-vous dénicher cet oiseau rare ? s'enquit Asher en émettant un ricanement. Même moyennant une petite fortune, je vois mal une personne sensée accepter de mettre ces horreurs ! Et si nous les donnons à quelqu'un, nous éveillerons sa suspicion. Non ! Le mieux, c'est de brûler tout cela. Jamais personne n'en voudra !

– Qui sait ? dit Ty en sautant en selle. Le monde est plein de toutes sortes de gens.

18

Tynan s'était plaqué contre le mur blanc comme s'il espérait s'y fondre. Vraiment, Asher prenait tout son temps pour lui trouver d'autres vêtements ! Tynan avait eu peur quelques instants auparavant d'être incapable de se maîtriser tellement Asher lui portait sur les nerfs. Puis il avait réussi à le persuader que – dans son propre intérêt – il ferait mieux de collaborer et de l'aider à s'équiper de neuf.

Tynan passa prudemment la tête au coin du bâtiment et regarda si personne ne venait. Quand il fut sûr que la voie était libre, il franchit les quelques mètres qui le séparaient de l'abreuvoir et plongea la tête dedans, car Asher avait fait une multitude de commentaires sur le talc parfumé utilisé par Red pour blanchir ses cheveux.

Comme il se redressait, il sentit le canon froid d'un revolver sur sa nuque.

– Dis tes prières, jeta l'homme. Ta dernière heure est arrivée.

– Lester Chanry, identifia immédiatement Tynan en se reculant pour le regarder.

C'était une grande perche avec des cheveux roux qui tombaient sur ses épaules décharnées. Seules les taches de rousseur donnaient un peu de couleur à son visage pâle aux sourcils et aux cils pratiquement invisibles. Il portait une chemise rouge vif avec une large bande de perles indiennes cousues sur chaque épaule.

– Lester, c'est formidable de te revoir. Je parlais justement de toi l'autre jour.

– Pour ça, je n'en doute pas. Tu racontais sans doute comment tu as tué mon frère ?

– C'était un accident.

Lester poussa Tynan contre le mur.

– Tu l'as tué et maintenant tu vas le payer.

– Ce n'était pas moi et tu le sais.

– C'était toi que le shérif poursuivait et tu aurais aussi bien pu tuer mon frère toi-même. Maintenant, tu vas payer. Es-tu prêt à mourir ?

– A condition que tu m'enterres dans mon nouveau costume.

Lester remarqua soudain la tenue voyante que portait Tynan.

– Tu me promets que tu m'enterreras dedans, n'est-ce pas, Lester ? insista Tynan en l'observant. C'est mon dernier vœu et cela porte malheur de ne pas respecter le dernier vœu d'un mort.

– Où as-tu déniché un habit pareil ? demanda Lester avec un certain respect dans la voix.

– Il a coûté la vie à un malheureux, répondit Tynan. J'ai ta promesse, hein ?

– Eh bien... peut-être pourrais-tu me le vendre. Il me plaît vraiment beaucoup.

– Te le vendre ? Et à quoi me servira l'argent si je suis mort ? Je te propose plutôt un marché : je te le donne si tu me laisses partir.

Lester repoussa Tynan contre le mur.

– C'est ridicule, voyons ! Il me suffit de te tuer et de le prendre.

– Je te préviens, je saigne comme un porc. Quand je me coupe en me rasant, je mets du sang partout. Je risque de tacher définitivement ce costume et personne ne pourra plus le porter. Est-ce que je t'ai parlé du cheval qui va avec ?

– Un cheval qui va avec ? répéta Lester. Tu racontes des bobards, Tynan ! Fais bien attention, car je...

– Voyons, Lester, mais je défends ma peau, moi ! Tu m'épargnes et je te donne ce costume avec un superbe cheval blanc équipé d'une selle blanche.

– Une selle blanche ? se récria Lester. Je n'ai

encore jamais vu de selle blanche. Tynan, si tu te moques de moi, je...

– Ecarte donc ce pistolet et je vais t'emmener auprès de cette merveille : un vrai cheval blanc ! Ensuite je te donnerai un reçu. Ainsi tout sera en règle. Mais si tu me tues, tu auras un costume maculé de sang – et tu sais comme le sang rend le cuir dur – et tu peux faire une croix sur le cheval. Tu ne le trouveras jamais ! T'ai-je dit qu'il y avait des incrustations en argent sur la bride ?

Tandis que Lester réfléchissait, Tynan se mit à agiter la frange de son habit sous son nez.

– Très bien, c'est d'accord. Mais si tu essaies de me jouer un tour, je...

– Jouer un tour à l'un des frères Chanry ? Ecoute, Lester, j'ai passé l'âge des folies. Allons, viens ! Plus nous irons vite, mieux cela vaudra, déclara Tynan avec un soupir.

Tout en descendant l'escalier, Chris essayait de remonter le bustier de sa robe, mais le tissu manquait pour couvrir ce qui aurait dû l'être.

Les deux hommes s'arrêtèrent au pied de l'escalier et abandonnèrent sans un mot leurs prisonnières dans une pièce au sol carrelé, meublée de quelques sièges et d'une table.

Il y avait une porte juste à côté de la fenêtre et Chris se précipita pour essayer de l'ouvrir, mais en vain.

– Toutes les issues sont verrouillées, miss Eskridge, jeta une voix facilement identifiable derrière elle au moment où elle se dirigeait vers la fenêtre.

– Vous ! s'exclama-t-elle stupéfaite et elle pivota sur elle-même.

– Je croyais que vous aviez deviné depuis longtemps, remarqua Beynard Dysan. Après m'avoir suivi comme vous l'avez fait dans la forêt, vous auriez dû comprendre que c'était moi qui vous avais enlevée.

– Je suivais Owen, répliqua-t-elle dans un murmure. Pas vous !

– Je ne pouvais pas le savoir ! Me feriez-vous le plaisir de dîner avec moi, mesdames ?

Chris ne put retenir un mouvement de recul.

– Nous serons enchantées, dit Pilar, et elle prit Chris par la main tout en passant l'autre sous le bras de Dysan. Nous mourons de faim !

Chris laissa Pilar faire la conversation pendant que Dysan les menait vers la salle à manger, tout occupée qu'elle était à surmonter sa répulsion instinctive pour cet homme. Quand il tira une chaise à son intention, elle avait retrouvé assez de calme pour résister à l'envie de s'enfuir.

Une fois qu'ils furent installés et qu'on leur eut apporté les plats, il regarda Chris à l'autre bout de la table et demanda :

– Qu'est-ce que toute cette histoire autour de Hamilton ? Que cherchez-vous ?

Chris prit son temps pour répondre. Elle ne voulait pas en dire trop avant de découvrir ce qu'il savait.

– Mon père... commença-t-elle en prenant une bouchée qu'elle mâcha lentement.

– En effet, dit Dysan, je sais que votre père s'est suicidé. Votre mari a sa part de responsabilité là-dedans, n'est-ce pas ?

Chris, maintenant persuadée que Dysan ne savait pas qui elle était vraiment et la prenait pour Diana Eskridge, murmura :

– Whit et moi avons...

Elle baissa les yeux sur son assiette en chassant une larme.

– Je l'aime vraiment, mais mon père...

Elle regarda Dysan entre ses cils mouillés. Il paraissait exaspéré et une moue de dégoût plissait ses lèvres. Parfait ! songea-t-elle. Laissons-le imaginer que je suis une pauvre petite poltronne ! Pilar lui jeta un coup d'œil incrédule avant de se détourner.

– Qu'espériez-vous trouver chez Hamilton ? insista Dysan sans cacher son agacement.

– Mon cousin, Lionel, était en danger. Je voulais seulement l'aider. Où sommes-nous ? Que comptez-vous faire de nous ? Je cherchais juste à aider Lionel et Pilar n'a rien à voir là-dedans.

Dysan commença à dîner.

– Considérez-vous comme mes hôtes, dit-il au bout d'un moment. J'ai peur de ne pouvoir vous laisser une liberté totale dans ma maison, mais en tout cas je vous promets de rendre votre séjour ici tout à fait confortable.

– Mais enfin *pourquoi* sommes-nous ici ? interrogea Chris en se penchant en avant.

Dysan se contenta de la regarder sans rien ajouter.

– Ils vont se lancer à notre recherche, vous savez, assura Pilar dans le silence qui suivit.

– Ils ? Qui ? Votre mari ? Vous êtes persuadée qu'il viendra ? Ah-ah, il va me menacer avec son râteau, sans doute ?

– Avec un... commença Chris mais elle se reprit. De toute façon quelqu'un viendra à notre rescousse. Lui ou un autre !

Dysan posa sa fourchette et se carra contre le dossier de sa chaise.

– J'ai envoyé une centaine d'hommes patrouiller entre ici et le manoir de Hamilton. Ils ont pour ordre de tuer toute personne qui posera seulement des questions sur vous ou sur moi. Alors, je peux vous assurer que personne n'arrivera jusqu'ici.

– Vous voulez une rançon, c'est cela ? demanda Chris sans réfléchir.

– Une rançon ? Et qui s'en acquitterait ? demanda-t-il, vivement intéressé. Qui paierait pour vous ?

– Personne ! Personne ne donnera d'argent, répondit Pilar d'une voix calme. Mais peut-être quelqu'un donnera-t-il sa vie pour nous. On nous retrouvera, en tout cas.

Dysan observa Pilar un long moment, laissant son regard courir de haut en bas d'une manière insultante.

– Peut-être avez-vous raison, nous verrons bien... Maintenant, j'ai malheureusement peur de ne pas pouvoir vous consacrer davantage de temps. Je vais vous faire reconduire à votre chambre et vous attendrez là-haut.

– Qu'est-ce que nous attendrons ? s'enquit Chris.

– Que je décide ce que je vais faire de vous, déclara Dysan en se levant, et il quitta la pièce.

Chris enveloppa rapidement quelques tranches de rôti dans une serviette et les glissa dans sa poche. Quelques secondes plus tard, leurs deux geôliers se présentaient pour les escorter jusqu'à leur chambre.

– Eh bien, nous voilà bien avancées ! Qu'avons-nous découvert sinon que, si nous l'irritions, nous risquions de ne pas finir notre repas ? déclara Pilar quand elles furent seules. A votre avis, a-t-il vraiment envoyé une centaine d'hommes pour brouiller notre piste ou se vantait-il ?

Chris regardait par la fenêtre, essayant d'estimer la distance au sol.

– Cet homme est capable de n'importe quoi ! Et d'abord, *pourquoi* sommes-nous ici ? s'écria-t-elle. Il ne sait visiblement pas qui est mon père et ne veut pas davantage de rançon. Quand on nous a envoyé ces robes, j'ai cru un instant qu'il s'intéressait – physiquement, j'entends – à l'une de nous. Mais cela n'a pas l'air d'être le cas non plus. Alors que veut-il ?

– Sauriez-vous quelque chose qu'il ignore et qu'il aimerait connaître ?

– Bien entendu ! se moqua Chris. Je peux le mener

les yeux fermés à l'endroit où est caché le trésor des Incas. S'il voulait savoir quelque chose, pourquoi ne nous a-t-il rien demandé ?

– Tout ce qui l'intéressait était de savoir si Tynan se mettrait à notre poursuite, déclara songeusement Pilar. Croyez-vous qu'il cherche Ty ?

Chris pinça les lèvres.

– Jusqu'à maintenant, il n'y a jamais eu que des shérifs pour s'intéresser à lui.

Pilar observa Chris un moment.

– On dirait que vous lui en voulez ? Que vous a-t-il donc fait ?

– Oh ! Il m'a juste ridiculisée... maugréa-t-elle en s'asseyant sur le lit. Cela m'étonnerait que Dysan cherche Tynan. Pourquoi élaborer un plan aussi compliqué quand il aurait été si simple d'emmener Tynan faire un tour pour en découdre avec lui ? A mon avis, Dysan sait qui est mon père et veut nous échanger contre une rançon. Du coup, on comprend pourquoi il a mobilisé autant d'hommes ! Il a peur que quelqu'un n'interfère...

– Nous ? releva Pilar. Je n'arrive toujours pas à comprendre pourquoi je suis ici.

– Qui sait ? Si nous attachons les draps ensemble, Pilar, croyez-vous que nous atteindrons le sol ?

– Avez-vous perdu la tête ? s'emporta Pilar en s'approchant de la fenêtre. Vous n'avez pas remarqué tous ces hommes armés jusqu'aux dents ? Vous imaginez peut-être qu'ils vont se contenter de vous saluer d'un signe de la main amical quand ils vous verront descendre le long du mur ?

– Si je descends la nuit, personne ne remarquera rien !

– Chris ! suffoqua Pilar qui avait toute les peines du monde à garder son calme. Que diriez-vous d'attendre ici que votre père paie la rançon ? Ensuite nous serons libres.

Chris regarda la jeune femme un long moment.

– Libres d'identifier notre ravisseur ? Libres d'aller déposer plainte ? Non, même si Dysan obtient une rançon, il ne peut prendre le risque de nous libérer.

Elle planta ses yeux dans ceux de Pilar avant de poursuivre :

– Il a l'intention de nous tuer dès qu'il recevra la rançon. Il nous a épargnées jusqu'ici au cas où mon père demanderait des preuves que je suis encore en vie.

Pilar retourna s'asseoir sur le lit.

– Alors combien de temps nous reste-t-il, à votre avis ?

– Mon père remuera ciel et terre pour trouver la somme que Dysan exige et...

Elle se tut, et les larmes lui montèrent aux yeux. Peut-être ne reverrait-elle jamais son père, ni rien d'autre que cette pièce...

– Il enverra le plus rapide de ses coursiers porter l'argent ici, reprit-elle. Si Dysan a expédié sa demande de rançon pendant qu'on nous traînait vers le nord, il nous reste sans doute encore deux jours avant qu'il ne la reçoive.

– Deux jours ? répéta Pilar en levant la tête. Mais alors Tynan pourrait être ici dès ce soir.

– Vous voyez bien que nous ne devons pas laisser passer cette chance, dit Chris en posant sa main sur celle de Pilar. Voulez-vous m'accompagner ou rester ici en attendant que je revienne avec des renforts ?

– Ce que je veux, c'est que nous restions ici toutes les deux, maugréa Pilar avant de pousser un soupir à fendre l'âme. D'accord, je vous attendrai ici, acquiesça-t-elle. Peut-être arriverai-je même à dissimuler votre absence pendant quelque temps !

– Si Dysan découvre que je suis partie, faites-lui croire que vous êtes Christiana Mathison. Il n'osera pas vous faire de mal jusqu'à ce qu'il touche l'argent.

Est-ce que vous voulez bien m'aider à attacher les draps ensemble, maintenant ?

En bordure du gros bourg de Sequona, Tynan fit un signe de la main pour arrêter Asher.

– Je veux que vous entriez dans la ville le premier. Allez dans ce saloon là-bas et installez-vous à une table d'angle. Commandez une bière et attendez-moi. Et surtout, ne parlez à personne ! Vous avez compris ?

– Ne vous inquiétez pas pour moi, je suis assez grand pour savoir ce que je dois faire.

– Sortez votre pistolet et mettez-le sous votre chapeau. Je veux que vous soyez prêt quand la bagarre commencera.

– La bagarre ? souffla Asher. Comment pouvez-vous être sûr qu'il y en aura une ?

– Voyons, à votre âge... Comment pouvez-vous ne pas en être sûr ! Vous êtes prêt ?

Asher se contenta d'incliner la tête en poussant son cheval en avant dans la rue poussiéreuse. Il s'arrêta devant le saloon. Comme il s'apprêtait à y pénétrer, un consommateur fut projeté dehors et atterrit au milieu de la rue.

– Et ne t'avise pas de revenir ! jeta un homme en tablier, ses énormes bras encore fléchis.

Asher attendit que le passage fût libre, puis il entra. Il resta au bar un moment jusqu'à ce qu'une table se libère sur le côté. Alors il prit sa bière et s'assit. Puis, aussi discrètement que possible, il sortit son revolver de son étui et le posa sur la table, recouvert de son chapeau.

Il se balançait sur sa chaise, les yeux mi-clos, quand Tynan entra. Immédiatement tous les regards convergèrent vers lui. Tynan n'avait donc pas tort en supposant qu'on les attendait.

Tynan commanda un double whisky et aussitôt une

femme se glissa près de lui et passa un bras autour de sa taille.

– Que dirais-tu de me payer un verre ?

Asher se redressa et se mit à observer les hommes autour de lui en feignant le plus grand intérêt pour sa bière. Non loin de lui, un cow-boy gras et sale avançait sa main vers son arme.

Tynan s'écarta légèrement de la femme.

– J'aimerais partager avec toi bien davantage qu'un verre, ma belle. Tu peux m'arranger cela ? susurra-t-il, et la femme sourit jusqu'aux oreilles. Pourquoi ne vas-tu pas m'attendre en haut ? poursuivit-il. Le temps de m'humecter le gosier et j'arrive.

Alors, dans ses habits défraîchis, elle se mit à monter l'escalier après avoir lancé un regard de triomphe à ses compagnes. Quand elle fut à mi-chemin, Tynan se tourna vers le barman et déclara tout haut :

– En fait, j'ai besoin de quelques informations. Sais-tu où habite Beynard Dysan ?

La question fut saluée d'un coup de feu. Tynan, qui observait manifestement la pièce par le truchement du miroir au-dessus du bar, s'accroupit en pivotant sur ses talons, et tira dans la bedaine du gros cow-boy de l'autre côté d'Asher. Sautant sur ses pieds, Asher saisit son revolver et visa un homme penché sur le balcon qui surplombait la salle. Comme une balle lui frôlait l'oreille, Asher se précipita par terre et, renversant la table, il se glissa derrière.

Tout en tirant, il cherchait Tynan du coin de l'œil afin de le protéger. Ce dernier recula vers une porte latérale tout en esquivant les balles. A l'instant où Tynan atteignait le battant, Asher vit un homme apparaître à une fenêtre sur la gauche de Tynan. Il se redressa et hurla :

– Ty !

Tynan se retourna et fit feu, l'homme à la fenêtre bascula en arrière. Au moment où Tynan quittait le saloon, Asher ressentit une douleur violente à la jambe et eut juste le temps de regagner l'abri de la table.

Asher était maintenant tout seul dans la salle, les canons luisants des revolvers braqués sur lui. Il s'était assis pour recharger son arme, tout en regardant le sang couler de sa jambe, quand il entendit un coup de fusil claquer. Il leva les yeux. La haute silhouette de Tynan se découpait dans l'encadrement des doubles portes, son arme pointée vers le bar.

– Que personne ne bouge ! cria-t-il sur un ton menaçant. Allez, venez, Prescott !

Au moment où Asher se levait, Tynan tira sur un homme dans le coin le plus reculé de la pièce et on entendit son pistolet tomber sur le sol.

– Je cherche Beynard Dysan et je veux savoir où il habite ! Surveillez mes arrières, glissa-t-il tout bas à Asher.

Il n'y avait plus que quatre hommes dans la salle – et cinq cadavres. Les autres s'étaient enfuis au moment où la bagarre avait commencé.

– Hé, vous, là-bas ! lança-t-il à un homme plutôt grand avec une cicatrice au-dessus de l'œil. Si vous ne m'avez pas dit où habite Dysan d'ici deux secondes, je vais vous enlever quelques centimètres de votre pied gauche.

Tynan ajusta son tir.

– Il a une maison à une quinzaine de kilomètres au nord d'ici. Mais elle est soigneusement gardée et c'est quasiment impossible d'y pénétrer sans son accord.

– Ça, c'est mon problème !

Tynan commença à reculer tandis qu'Asher, dans son dos, surveillait la foule qui s'était rassemblée dans la rue. Leurs chevaux sellés les attendaient devant le saloon.

– Plus vite, plus vite ! cria Tynan à Asher comme ils fonçaient à bride abattue vers le nord de la ville.

Puis ils galopèrent en direction de la forêt. Au bout d'un moment, Tynan bifurqua soudain et s'enfonça sous les arbres, Asher le suivit avec une confiance aveugle, mais bientôt il s'aperçut que Tynan semblait chercher sa direction.

– Mais vous ne connaissez pas l'endroit ? s'inquiéta-t-il.

– Si je le connaissais, j'aurais su où habitait Dysan. Ah ! Descendez de cheval, je crois qu'on y est.

– Où ? Où sommes-nous ?

– Nous devons rencontrer quelqu'un ici.

– Qui ? interrogea Asher, mais il ne reçut pas de réponse.

Tynan attrapa ses sacoches de selle avant de sauter à terre. Asher suivit son exemple en grimaçant de douleur.

– Laissez-moi jeter un coup d'œil sur cette jambe, dit Tynan tandis qu'Asher s'asseyait par terre.

Après un examen rapide mais minutieux, Tynan sortit une bouteille de whisky de son sac.

– Cela risque de piquer, mais c'est un désinfectant formidable. Vous avez de la chance, la blessure est superficielle. Juste une éraflure ! D'ici peu, vous ne sentirez plus rien.

Asher faillit hurler quand Tynan versa l'alcool sur la chair à vif, mais il réussit à se contrôler.

– Votre première blessure par balle, on dirait ? railla Tynan amusé.

– La première de la semaine du moins, répondit Asher en tentant de reprendre sa respiration.

Une heure plus tard, les deux hommes étaient étendus sous les arbres quand Asher entendit un bruit derrière Tynan. Il regarda Tynan et vit une lueur d'avertissement briller dans ses yeux. Alors, tout en faisant semblant de dormir, il observa avec fascination la femme encore jeune qui se faufilait entre les arbres.

Juste au moment où elle arrivait à sa hauteur, Tynan qui, lui aussi, avait l'air de dormir avec son chapeau sur les yeux l'attrapa brusquement et la fit basculer sur lui.

– Lâche-moi ! hurla-t-elle.

– Voyons, Belle, tu m'en veux toujours ?

– Je te planterais avec plaisir un couteau entre les deux omoplates si je le pouvais.

Tynan maintenait fermement les mains de Belle qui essayait de toutes ses forces de le griffer.

– Je n'ai jamais eu l'intention de te faire du mal, tu le sais bien, mais cette fille avait tout juste treize ans. Je ne pouvais pas te la laisser vendre à ce vieil homme.

– Tu n'avais pas besoin de déclencher une fusillade chez moi pour la sauver. J'ai perdu tout ce que j'avais. Et par ta faute, j'ai dû retourner sur le trottoir.

Tynan nicha sa tête contre le cou de Belle.

– Je suis sûr que tu as fait fortune.

– Non ! s'emporta-t-elle, puis elle se détendit. Après tout, cela ne s'est pas si mal passé. Que fais-tu ici ? A demander des renseignements sur Dysan en plus ! As-tu perdu la tête ou veux-tu en finir avec la vie ?

– Il faut absolument que je le trouve. Tu sais quelque chose sur lui ?

– Je n'ai aucune envie de risquer ma vie, moi ! Que t'a-t-il fait ?

– Il a enlevé Chris Mathison, dit Asher. Permettez-moi de me présenter : Asher Prescott, madame, pour vous servir, annonça-t-il en ôtant son chapeau.

La femme se raidit soudain dans les bras de Tynan.

– Chris ? C'est une femme ? Tynan, si tu m'as fait

venir ici pour t'aider à retrouver une autre femme, je ne réponds plus de moi. Je...

Tynan l'embrassa pour la faire tenir tranquille.

– Son père m'a engagé pour la lui ramener et Dysan la retient ! Tu vois, il s'agit uniquement d'affaires !

– Alors je te conseille de la lui laisser. Elle ne sera plus bonne à grand-chose quand elle sortira de chez lui.

Un pli barra le front de Tynan.

– Tiens-tu ces renseignements de première main ? Quelqu'un que tu connais ?

– J'ai vu une fille après qu'il en eut fini avec elle... Il n'aime pas les femmes ; il n'aime personne d'ailleurs. Il possède une maison dans les environs mais il n'y va pratiquement jamais. Il préfère les endroits plus civilisés, et qui le lui reprocherait ? Je n'ai d'ailleurs jamais compris pourquoi il s'était installé dans ce trou perdu alors qu'il a assez d'argent pour vivre où il veut.

Tynan lui relâcha les mains, mais elle resta sur ses genoux.

– J'ai entendu dire qu'il avait des affaires ici.

– Pour ça, oui ! On prétend qu'il est impliqué dans toutes les sales histoires du coin, mais personne n'a jamais rien pu prouver. Et la justice tremble devant lui.

Tynan resta un moment silencieux.

– Tu disais que sa maison était gardée ? Bien gardée ?

– Il en remontrerait à l'armée ! Des hommes ne cessent de patrouiller autour de la maison – et la nuit ils ont des chiens en laisse. Si quelqu'un approche de trop près, on lâche les chiens. De vrais molosses, à ce qu'on dit !

– Personne n'a jamais réussi à pénétrer à l'intérieur, alors ? s'enquit Asher.

– Qui serait assez stupide pour essayer ? demanda-t-elle tandis que son regard passait de l'un à l'autre des deux hommes.

– Belle, connaîtrais-tu quelqu'un qui serait déjà rentré dans la maison ? Quelqu'un que nous pourrions interroger ?

Belle baissa les yeux sur ses mains.

– Si tu veux la vérité, j'ai été là-bas l'année dernière. J'y suis allée avec d'autres filles et... Tynan, je n'aime pas me souvenir de ce qui s'est passé cette nuit-là.

Tynan attira la femme contre lui, enfouissant son visage contre son épaule.

– Dysan retient une jeune femme et nous avons l'intention, Prescott et moi, de la tirer de là. Si tu te rappelais comment on entre à l'intérieur, par exemple, ou le plan de la maison, ou n'importe quoi d'autre, ce serait formidable... la moindre information peut m'être utile !

Belle s'écarta de son épaule.

– Tu ne mérites pas mon aide, pas après la manière dont tu as mis ma maison à sac, mais je vais faire ce que je peux pour toi. Je le ferai en mémoire de l'époque de San Antonio, ajouta-t-elle avec un regard séducteur. Tu t'en souviens ?

– Si je m'en souviens ! Comment aurais-je pu oublier ! s'écria Tynan tout sourires. Prescott, vous avez un morceau de papier ? Belle va nous faire un plan des lieux.

Tynan écarta légèrement Belle tandis qu'Asher clopinait jusqu'à son cheval. Quelques minutes plus tard, ils étaient tous les trois penchés sur le croquis que Belle traçait et moins d'une heure après les deux hommes enfourchaient leurs montures.

Belle leva les yeux vers Tynan.

– A propos, Ty, il y avait un type qui te cherchait en ville hier.

– A quoi ressemblait-il ?

– Grand, maigre, les cheveux roux. Il avait un bras en écharpe et boitait bas. Il semblait vraiment anxieux de te trouver.

Tynan se pencha et l'embrassa.

– Dis-lui que tu m'as vu à une cinquantaine de kilomètres au sud d'ici.

Elle sourit.

– J'y réfléchirai... A condition que tu repasses par ici en rentrant et fasses amende honorable au sujet de mon saloon.

– Pourquoi pas ! acquiesça Tynan avec un clin d'œil.

Là-dessus il éperonna son cheval et prit la direction du nord, Asher sur les talons.

19

Pilar était assise par terre, appuyée contre le bois du lit. Elle s'était endormie malgré ses bonnes intentions et n'entendit pas quelqu'un se glisser furtivement à l'intérieur. Une main se plaqua sur sa bouche, et elle se réveilla en sursaut.

– Tynan ? interrogea-t-elle incrédule. C'est toi ?

– Où est Chris ? demanda-t-il immédiatement.

– Je l'ignore, répondit-elle en se redressant. Cela fait des heures qu'elle est partie. J'ai entendu les chiens aboyer, puis des hommes crier et ensuite plus rien. Ty, je me fais du souci pour elle.

L'expression de Tynan en disait long sur ce qu'il pensait de la conduite de Chris.

– Comment est-elle sortie ?

Pilar commença à se lever péniblement.

– Nous avons déchiré les draps en bandes et elle

est passée par la fenêtre. Ty ! Tu es blessé. Viens t'asseoir ici.

– Je n'ai pas le temps. Il faut absolument que je la trouve, et vite. De toute façon, ce n'est rien. Juste un coup de dents. Pourquoi diable l'as-tu laissée partir ? Je n'attendais d'elle aucune manifestation de bon sens, mais de toi, Pilar, quand même ! Je t'avais demandé de la surveiller.

– Et comment aurais-je pu l'en dissuader ? Dysan s'est vanté d'avoir envoyé une centaine d'hommes patrouiller afin d'empêcher qu'on nous retrouve. Tu aurais très bien pu être tué. Chris est persuadée que Dysan ne nous relâchera pas, car nous risquerions de le dénoncer par la suite. Nous constituons une menace pour lui.

– A-t-il déjà contacté Mathison ?

– C'est ce qui est curieux, Ty. Je ne suis pas sûre que Dysan sache qui est Chris. Il a parlé du suicide de son père et de son mari comme d'un escroc. S'il ignore que Chris est riche, alors pourquoi nous a-t-il enlevées ?

– Je m'inquiéterai des intentions de cet homme plus tard. Pour le moment, ses fusils me tracassent beaucoup plus. As-tu vu ce que Chris faisait en atteignant le sol ? A-t-elle essayé de s'enfuir ou est-elle retournée dans la maison ? Elle adore fouiner dans les papiers des gens.

– Je n'ai rien vu car je remontais la corde. Mais à mon avis, elle a dû rentrer dans la maison car à peine avait-elle touché le sol que les chiens se précipitaient. Elle avait enveloppé ses chaussures dans un bout de drap frotté avec de la graisse qu'elle avait l'intention de jeter à la lisière de la forêt.

– Cela n'a pas l'air d'avoir marché car je ne l'ai aperçue nulle part dehors. Maintenant, écoute-moi bien : Prescott, tu sais, le soi-disant mari de Chris, sera là dans une minute. Il va t'aider à sortir d'ici par le toit, suis-le !

– Et toi, où seras-tu pendant ce temps ?

– En train de chercher Chris.

Là-dessus, il retourna à la fenêtre et regagna le toit à l'aide d'une corde. Pilar l'entendit marcher doucement au-dessus de sa tête, puis le silence retomba.

Tynan fit alors le signe convenu à Asher qui attendait accroupi derrière une lucarne. Il attacha ensuite sa corde autour d'une cheminée et se laissa descendre. Grâce à Belle, il connaissait à peu près la topographie des lieux et il avait décidé de visiter en premier le bureau de Dysan. C'était par là que Chris aurait commencé, il en était sûr.

La pièce était sombre et il n'y avait aucun signe d'une quelconque activité – pas de papiers, ni de registres avec leurs chiffres compromettants ni aucune jolie blonde en train de fureter dans les coins.

Tynan sortit prudemment sur le palier, l'oreille aux aguets. Des voix montaient d'en bas, mais elles ne trahissaient aucune indignation. Chris ne s'était donc pas laissé surprendre en flagrant délit d'indiscrétion. Il commença à descendre, le dos plaqué contre le mur, en s'arrêtant régulièrement pour épier les moindres bruits.

D'après Belle, la maison était très grande et Tynan ne savait pas très bien par où continuer son inspection, mais la bibliothèque lui parut une bonne idée. C'était une pièce qui aurait sûrement intéressé Chris.

Il s'immobilisa deux fois au pied de l'escalier en tendant l'oreille, mais il n'entendit rien. Alors il traversa aussi silencieusement qu'un chat la salle à manger déserte jusqu'au hall. Ensuite, il poussa la première porte sur la droite et entra dans la bibliothèque.

Une fois à l'intérieur, il s'arrêta, le dos collé contre la porte, et attendit. Sans savoir pourquoi, il sentait que quelque chose clochait. Il demeura si immobile et silencieux qu'il finit par se fondre dans le décor.

Le craquement d'une allumette lui fit tourner la tête et il vit Beynard Dysan qui, assis sur un siège juste devant lui, allumait son cigare.

– Bravo ! s'écria Dysan. Vous avez accompli une véritable performance !

Il se pencha pour allumer la lampe posée sur la table devant lui.

Tynan aperçut alors Chris sur une chaise à côté de Dysan. Elle avait les mains et les pieds liés et portait un bâillon sur la bouche. Ses yeux étaient exorbités comme si elle venait d'assister à un spectacle horrible.

– A votre place, je n'essaierais pas, dit Dysan comme Tynan avançait d'un pas. Mon revolver est dirigé sur elle et je n'hésiterai pas à tirer.

Tynan s'immobilisa. Pas un muscle de son visage ne bougeait tandis qu'il regardait autour de lui.

Dysan sourit.

– Je peux vous assurer qu'il n'y a aucune issue. Si vous êtes entré, c'est parce que je le voulais bien.

Il retira son cigare de sa bouche et en fixa le bout incandescent.

– Je me demandais laquelle des deux vous rechercheriez en premier.

Il se leva et se plaça derrière Chris, appuyant son arme contre sa tempe d'une main et laissant l'autre remonter le long de son cou pour ramener sa tête en arrière.

– Pourquoi ai-je l'impression qu'elle n'est pas ce qu'elle paraît ? Hamilton me l'a présentée comme sa cousine, une pauvre petite chose qui se laisse battre par son mari, et voilà qu'elle s'échappe du troisième étage par l'extérieur. Etrange, non ?

– Que voulez-vous ? Si c'est de l'argent, vous serez payé. Il vous suffit de la relâcher.

– De l'argent ? répéta Dysan qui semblait sincère dans son étonnement. Vous avez de l'argent pour sa rançon ?

– Je peux l'obtenir.

Dysan s'écarta de Chris tout en restant assez près pour dissuader Tynan d'entreprendre quoi que ce soit.

– Qu'avez-vous donc à vendre ? Certaines de vos amies prostituées auraient-elles de l'argent ? Vendraient-elles leurs pauvres corps pour votre bénéfice ? Votre malheureux mineur aurait-il fini par trouver un filon ?

Tynan le regarda sans un mot.

– Ha, ha, le vaillant sauveteur ne veut pas dire ce qu'il sait ! Que pourrais-je faire pour vous délier la langue ? Couper cette petite dame en morceaux ?

Tynan ne bougeait toujours pas. Alors Dysan s'approcha de Chris et se mit à lui caresser les bras.

– Cela vous dérange-t-il qu'un autre homme la touche ?

– Je me fiche bien de ce que vous faites avec elle, dit Tynan. Elle n'a d'intérêt pour moi que dans la mesure où son père m'a engagé pour la lui ramener.

– Et qui donc est ce père prêt à payer pour la récupérer ?

Tynan prit son temps pour répondre.

– Del Mathison, annonça-t-il enfin.

Dysan resta impassible. Seule la main qui tenait le cigare trembla imperceptiblement et le silence s'éternisa tandis qu'il fixait Tynan.

– Je vous ai sous-estimé, finit-il par déclarer. Je pensais que vous ne vous intéressiez qu'aux prostituées.

– C'est exact. Je ne veux rien avoir à faire avec des filles comme elle. Elle ne m'a apporté que des ennuis. Aussi, si c'est à moi que vous en voulez, vous feriez mieux de la laisser en dehors de tout cela.

Dysan fit courir sa main le long du cou de Chris.

– Et si je faisais un test pour vérifier vos dires ?

– Mathison risque de ne pas apprécier que vous maltraitiez sa fille et j'ai peur que vous ne soyez pas de taille à vous mesurer avec lui.

Dysan parut réfléchir à la question mais au bout d'un moment il se dirigea vers la porte, son pistolet toujours braqué sur Chris, et l'ouvrit. Immédiatement, deux hommes apparurent.

Tynan se recula pendant qu'ils détachaient Chris. Elle tomba en avant, et l'un des hommes lui attrapa brutalement le bras et la remit sur pied. Ensuite on l'entraîna hors de la pièce.

Tynan les suivit sans protester, et un homme armé d'un fusil leur emboîta le pas.

On les conduisit dans les sous-sols. L'homme qui le précédait prit une clé accrochée au mur, ouvrit une petite porte sur le côté et jeta Chris dans une pièce noire et humide. Tynan entra de son plein gré et resta près de la porte jusqu'à ce qu'elle soit verrouillée. Il traversa alors la cave, cherchant Chris à tâtons dans l'obscurité.

– Chris, Chris, murmura-t-il plusieurs fois de suite en la palpant comme s'il voulait s'assurer qu'elle était intacte. Vous souffrez ?

Chris s'accrocha à lui comme une noyée.

– C'est un homme épouvantable, hoqueta-t-elle en éclatant en sanglots. Il m'a parlé des trois dernières femmes qui sont passées ici. Les sévices qu'il...

– Chut ! chuchota Tynan en lui caressant le dos. C'est fini !

– La femme est morte, articula Chris avec difficulté. Il l'a tuée. Il m'a raconté tous les détails et comment il a forcé l'autre à regarder et...

– Chris, arrêtez de pleurer. Il ne vous fera plus rien maintenant.

– Comment un être humain peut-il se comporter ainsi ? Et en plus, il n'avait aucune mauvaise conscience. Pourquoi n'a-t-il jamais été puni ?

– Je n'en sais rien. Mais du moment qu'il ne vous a pas blessée...

Chris mit un long moment à se contrôler.

– Qu'est-ce que cela peut bien vous faire de toute façon ? demanda-t-elle en se reculant contre la cloison. Je suis en assez bon état pour retourner chez mon père si c'est ce qui vous préoccupe, renifla-t-elle.

Tynan la lâcha, et sa voix prit une intonation résignée :

– Je vais voir si je trouve de quoi nous éclairer.

Elle se laissa glisser contre le mur en l'écoutant fouiller dans la pièce. Elle avait des élancements dans les tempes, ses poignets et ses chevilles étaient à vif et ses oreilles tintaient encore des horribles histoires de Dysan comme des mots si durs de Tynan à son égard pendant l'interrogatoire.

Elle le regarda craquer une allumette et enflammer la mèche d'une chandelle. C'était une pièce minuscule et lugubre qui ressemblait à un cachot avec une porte massive qui occupait tout un côté. Contre un des murs sales, un buffet défoncé, dont le vantail bâillait, exposait sur ses étagères quelques bocaux ébréchés et des bougies à moitié brûlées.

– Laissez-moi vous regarder, dit Tynan d'une voix neutre.

Chris se jeta sur le côté pour l'éviter.

– Ne me touchez pas. Je vais très bien, assura-t-elle. Ne vous inquiétez pas de moi.

Tynan s'accroupit sur ses talons.

– Cela irait beaucoup mieux si nous collaborions ensemble. Nous n'arriverons à rien tant que vous me combattrez.

– Tout ce qui vous intéresse, c'est de me ramener à mon père pour toucher votre argent, n'est-ce pas ? Dysan va sans doute vous relâcher maintenant que vous lui avez dit qui je suis... Vous pourrez partager tous les deux l'argent de mon père !

– De toutes les ingrates... Je devrais vous abandonner ici !

– Mais faites donc. La porte est là.

Tynan ouvrit la bouche, puis la referma sans un mot et il marcha jusqu'au battant pour l'inspecter.

– Vous avez encore de nouveaux vêtements, remarqua Chris au bout d'un moment.

Tynan poursuivit son inspection sans lui répondre. Chris essaya alors de se relever en s'aidant du mur.

– J'imagine que Pilar est en sécurité.

– Comme vous le seriez vous aussi si vous étiez restée dans votre chambre.

– Il a su à quel moment vous êtes entré à l'intérieur de la maison. Alors comment pouvez-vous imaginer qu'il aurait ignoré votre présence au dernier étage ?

Sans se retourner, Tynan continua à examiner la pièce, inspectant la voûte qui suintait et le sol en terre battue.

– Dysan a envoyé une centaine de ses sbires pour ratisser les alentours. Comment êtes-vous arrivé jusqu'ici ?

– L'argent de votre père a sur moi un effet irrésistible. A cause de lui, je suis passé au travers des coups de feu !

Chris s'adossa au mur humide et fléchit ses chevilles endolories.

– D'accord, j'ai peut-être été un peu loin et je m'en excuse. Je vous remercie d'être venu me chercher et je suis désolée d'être la cause de votre... enfin de ce qui risque de nous arriver.

Il se retourna vers elle.

– Découvrir que vous êtes la fille de Mathison va certainement obliger Dysan à modifier ses plans. Maintenant, je vous suggère de vous installer le plus confortablement possible et d'essayer de dormir.

Chris s'assit sur le sol et resta un moment silencieuse.

– Vous auriez pu vous enfuir. Vous auriez pu renverser ces deux hommes. Pourquoi n'avez-vous rien fait ?

Tynan s'allongea, le dos contre la porte, les yeux mi-clos.

– Et vous, pourquoi ne dormez-vous pas un peu ? Il vaudrait mieux que vous soyez en pleine forme demain. Je ne serais pas étonné qu'une course de fond soit au programme !

Chris n'arrivait pas à trouver le sommeil et elle s'assit pour regarder Tynan. Depuis cette horrible nuit dans la cabane, elle avait fait tout son possible pour l'oublier, mais maintenant qu'il était en face d'elle, comment empêcher les souvenirs d'affluer ?

Elle rougit en se remémorant tous les détails de cette soirée. Il la considérait comme une amourette parmi d'autres alors qu'elle s'était donnée à lui pour le meilleur et pour le pire ! Comme elle s'était montrée puérile, immature !

Mais n'était-elle pas encore puérile en ce moment ? Elle s'était sentie trahie alors qu'il ne lui avait jamais menti, ni rien promis d'autre que du bon temps.

Chris l'observait encore quand il ouvrit les yeux, et elle dut se retenir de se jeter dans ses bras.

– Voulez-vous que je vous montre ma dernière trouvaille ? demanda-t-elle.

Il acquiesça d'un signe de tête en continuant à la fixer de ses yeux brûlants.

« Puisque nous avons fait l'amour une fois, nous pouvons recommencer... C'est ce qu'il pense ! Eh bien, il se trompe et je ne me gênerai pas pour le lui dire ! » songea-t-elle.

Elle se détourna, déboutonna sa blouse et en sortit une ceinture étroite et longue en fils d'argent.

– Elle est à moi, annonça-t-elle, et elle caressa la ceinture, prenant tout son temps avant de la lui tendre.

– Elle semble bien usée. Où était-elle ? Dans votre sac ?

– Non, bien sûr que non ! protesta-t-elle en la reprenant. Je l'ai trouvée ici en fouillant dans les affaires de Dysan. Il avait plusieurs trésors dans un petit meuble. J'ai eu l'impression qu'ils provenaient d'un sauvetage en mer. Mais j'ai tout de suite su qu'elle était à moi et je l'ai prise.

Tynan la regarda d'un air interdit.

– Vous n'avez jamais vu cette chose auparavant, mais vous êtes persuadée qu'elle vous appartient. C'est bien cela ?

Elle leva les yeux avec une expression butée.

– Serait-ce encore votre fameux don de double vue qui vous joue des tours ? suggéra-t-il en retenant un rire.

Vexée, Chris remit la ceinture dans son corsage d'un air détaché avant de lancer d'un ton sec :

– Je crois que je vais dormir maintenant.

– Je n'avais pas l'intention de... commença Tynan, mais il laissa sa phrase en suspens. Voulez-vous que je vous raconte pourquoi je porte encore de nouveaux habits ? proposa-t-il au bout d'un moment.

Chris aurait voulu retenir sa curiosité mais son tempérament de journaliste prit le dessus et elle acquiesça à contrecœur.

Il commença son récit au moment où il se faufilait chez Red et rapporta sa répugnance à enfiler le costume de scène en cuir blanc pour tromper les hommes qui l'attendaient dehors.

Chris retenait sa respiration en l'écoutant, dans la crainte de ce qu'il lui cachait : c'est-à-dire combien il lui avait été difficile d'arriver jusqu'à elle. Elle rit seulement quand il lui parla de Chanry et combien il avait aimé son costume.

– Mais ainsi vêtu, ils ont dû le prendre pour vous et se précipiter à sa poursuite.

– C'était tout le but de l'opération ! déclara Tynan avec un large sourire.

– Oh, Ty ! Mais c'est épouvantable. Vous n'avez pas réfléchi qu'il pouvait se faire tuer.

– Vous auriez sans doute préféré que je garde le costume et reçoive les balles ?

– Ce n'est pas ce que je veux dire, vous le savez bien.

– Eh bien, vous serez contente d'apprendre que Chanry en a réchappé, un peu abîmé certes, mais en vie !

– Et à vos trousses, j'imagine !

– Je suis très populaire ces derniers temps, on dirait !

– Pourquoi Dysan s'intéresse-t-il autant à vous ? Vous voyez une raison ?

– Je doute qu'il s'intéresse à moi. Il désirait juste tester son système de défense. Chris, c'est peut-être notre dernière nuit, aimeriez-vous...

Elle ne le laissa pas finir.

– De toutes les choses cyniques et écœurantes que j'aie jamais entendues, celle-là est la pire. Après tout ce que vous m'avez dit ! Comment osez-vous me proposer cela ? Quelle sorte de femme croyez-vous donc que je sois ?

– Mais dans la cabane...

– Dans la cabane, j'étais amoureuse et je croyais que vous alliez m'épouser. C'était avant que je ne découvre quel sale type vous étiez et que votre intérêt pour moi se limitait à la satisfaction de vos besoins du moment. Mais je peux vous jurer que jamais plus vous ne m'extorquerez quoi que ce soit !

– Il m'a semblé que je devais vous le demander, déclara-t-il avec un soupçon de rire dans la voix. Et maintenant, que diriez-vous d'un petit somme ?

Chris n'ajouta rien mais elle ne s'endormit pas pour autant. Son sang bouillait dans ses veines. Comment avait-il osé ? *Comment* avait-il osé ?

Elle ruminait encore sa colère quand la porte s'ouvrit.

20

Une brute s'empara du bras de Chris et la poussa sans ménagement vers l'escalier.

– Tu seras à nous quand il en aura fini avec toi, souffla-t-il dans son oreille tandis qu'elle trébuchait sur les marches. Et quand il aura zigouillé ton petit ami, ajouta-t-il en regardant Tynan qui les suivait.

Un homme armé d'un fusil fermait la marche derrière eux.

Au sommet de l'escalier, on les introduisit dans la salle à manger où les attendait Dysan, puis les gardiens quittèrent la pièce après avoir attaché Tynan sur une chaise devant la fenêtre.

Dysan alluma un cigare en regardant Chris debout à l'autre bout de la table.

– Cela fait longtemps que j'attends ce moment, dit-il enfin. J'ai passé des années à mettre ce plan au point, à imaginer ce que je ferai, comment je le ferai. Je n'avais aucune idée que vous m'apporteriez la solution sur un plateau.

Tout en parlant, Dysan observait Tynan, comme si Chris n'était pas là, mais elle avait cependant la nette impression qu'elle était cette solution à laquelle il faisait allusion. C'était elle qu'il comptait utiliser pour atteindre son but auprès de Tynan.

– Avant que... nous mourions, dit Chris, vous ne pourriez pas nous dire pourquoi ? Et ce que nous avons fait ?

Dysan inhala une longue bouffée de son cigare.

– Je n'ai pas du tout l'intention de vous éclairer. Demain, cette maison ne sera plus qu'un tas de cendres. Et au milieu des cendres, bien malin qui pourra identifier vos deux corps ! Votre malheureux père ne saura jamais ce qui est arrivé à sa chère petite fille.

– Et le reste du monde ? Ne voudra-t-il pas savoir ce qui est arrivé à Nola Dallas ?

Dysan demeura un moment silencieux.

– Vous réservez décidément bien des surprises.

Il se tourna vers Tynan, toujours muet et immobile sur sa chaise, et ajouta :

– Et vous de même. Ce n'est pas du tout le genre de vos amies habituelles !

– Qu'avez-vous donc contre Tynan ? D'ailleurs, si vous croyez qu'il s'intéresse à moi, vous vous trompez. Je ne suis rien pour lui, mais rien du tout.

Dysan ébaucha un sourire ravi.

– Bien entendu que vous n'êtes rien pour lui ! Maintenant, venez ici !

Chris se raidit.

– Non, je refuse de venir.

– Chaque fois que vous me désobéirez, je lui retirerai une heure de vie. Vous savez ce qu'il vous reste à faire, si vous voulez qu'il vive le plus longtemps possible.

– Je... je ne peux... commença-t-elle mais elle s'arrêta devant l'expression de Dysan.

Elle évita de regarder Tynan car son attitude commençait à faire monter sa colère. Pourquoi ne réagissait-il pas ? Tenait-il si peu à elle qu'il se désintéressait totalement de son sort ?

Chris tenta de faire le point. Tynan ne l'aiderait pas, aussi devait-elle se débrouiller toute seule pour décourager Dysan.

Elle inspecta la pièce du regard le plus discrètement possible, et remarqua deux écrins à argenterie posés sur le buffet. Dans l'un d'eux devaient normalement se trouver des couteaux de table. Si elle arrivait à entraîner Dysan de ce côté-là... Elle se dirigea lentement vers lui.

– Qu'est-ce qui vous fait croire que je tiens à lui ? C'est juste un vulgaire cow-boy que mon père a embauché pour me faire traverser la Forêt des Pluies. Saviez-vous qu'il avait fait de la prison ? Mon père a dû l'en sortir pour cette expédition. Vous voyez, ce n'est pas du tout mon genre ! Mais pas du tout !

Dysan l'observait, et Chris fut ravie de remarquer qu'il baissait à plusieurs reprises les yeux sur ses hanches. Vu la manière dont elle ondulait, il lui eût été difficile de les ignorer.

– J'aime les hommes puissants.

Elle se tenait tout près de lui maintenant, juste devant le buffet.

– Avez-vous une idée de la richesse de mon père ? Pouvez-vous seulement imaginer l'empire que vous posséderiez si vous réunissiez votre royaume et le sien ?

Dysan avait l'air amusé.

– Voilà que vous essayez de me séduire maintenant ? Vous vous croyez de taille à me faire oublier ce que je veux vraiment ? Mais vous n'êtes qu'un malheureux spectateur égaré dans un champ de tir !

Chris était à quelques centimètres de lui.

– Je tente de sauver ma peau. Imaginez seulement la puissance que nous formerions si nous unissions nos forces. Mais si vous me tuez, mon père ne vous le pardonnera jamais. Et il saura transformer votre vie en enfer.

– Et lui... Que faire de lui ?

– Laissez-le donc partir. Nous nous passerons très bien de ses services !

– Je salue cette tentative courageuse, princesse, mais elle est inutile. Vous mourrez tous les deux. Car Mathison ne laissera jamais un homme qui a menacé sa chère petite fille entrer dans son royaume.

Il attrapa soudain Chris par la taille et l'attira à lui, écrasant sa bouche contre la sienne et introduisant sa langue à l'intérieur. Quand il la relâcha, la répulsion de Chris était si évidente qu'il la repoussa brutalement.

– Et vous aviez la prétention de me faire croire que vous me *désiriez* ? dit-il en desserrant à peine les lèvres. Je déteste qu'on me prenne pour un imbécile. Maintenant, venez ici !

Chris commençait à avoir vraiment peur de lui. Il ne se laisserait prendre à aucun de ses pièges... Il allait la torturer devant Tynan et ensuite le tuer, lui aussi, d'une manière atroce – et tout cela, sans même qu'elle sache pourquoi !

Elle se dirigea vers lui avec hésitation et leva lentement les bras pour les passer derrière sa nuque. Puis elle posa ses lèvres sur son cou et remonta vers sa bouche, essayant d'éveiller et de retenir toute son attention – et pendant ce temps, elle tentait d'atteindre la boîte sur le buffet derrière lui.

Feignant la passion quand il força de nouveau sa bouche, elle réussit à ouvrir l'écrin. Il y avait six couteaux à l'intérieur, le manche tourné vers elle. Si seulement elle pouvait en attraper un ! Elle avait presque réussi quand Dysan se tourna brutalement et lui immobilisa la main.

– Prête à me poignarder dans le dos, ma chère ? se moqua-t-il avant de la frapper en plein visage.

Chris tomba par terre en portant la main au coin de sa bouche qui saignait.

Dysan avança vers elle, et Chris se traîna en arrière.

Au moment où Dysan levait la main pour la frapper de nouveau, Tynan jaillit de sa chaise, le serra au collet et appuya la pointe de son canif sur sa gorge.

– Il est temps que vous vous mesuriez avec un adversaire de votre taille, déclara-t-il.

Sur ces mots, il fit pivoter Dysan sur lui-même et lui envoya un direct du droit. Dysan alla s'écraser par terre juste à côté de Chris. Tynan ne lui laissa pas le temps de reprendre sa respiration.

– Espèce de lâche ! cria-t-il en le soulevant pour le bourrer de coups de poing.

Chris se leva. Il fallait empêcher Tynan de tuer cet affreux bonhomme, mais il était si en colère qu'il ne voulait rien entendre. Elle gardait un œil sur la porte de peur de voir surgir l'un des gardiens pour les ramener au sous-sol. Ils devaient à tout prix saisir cette occasion inespérée de fuir. Elle sauta sur le dos de Tynan, espérant que son poids aurait quelque effet sur lui.

Mais Tynan s'ébroua et l'envoya rouler par terre. Il mit un long moment avant de réaliser ce qui venait de se passer. Il lâcha alors Dysan qui glissa le long du mur jusqu'au sol où il s'effondra et se précipita vers Chris.

– C'était la dernière chose à faire ! s'exclama-t-il en la relevant.

Chris secoua la tête pour s'éclaircir les idées.

– Venez ! Il faut sortir tant que nous le pouvons. Pourquoi avez-vous mis tout ce temps à vous libérer ?

– Avez-vous déjà essayé de couper une corde de plusieurs centimètres d'épaisseur avec un canif ? Et puis, vous n'aviez pas l'air bien malheureuse... Peut-être préférez-vous rester avec Dysan plutôt que de m'accompagner ? Vous avez encore une chance de réunir vos empires une fois que vous serez débarrassés du cow-boy !

– Vous ne pourriez pas attendre un peu pour votre scène de jalousie ? Je voudrais bien sortir d'ici d'abord. D'autant plus que nous allons encore devoir affronter les gardes dehors et leurs chiens.

Tynan retourna auprès de Dysan et le mit debout sans ménagement.

– Vous venez avec nous et si les chiens s'approchent trop près, je vous jette en pâture. Chris, passez-moi ce morceau de corde.

Pendant que Tynan attachait Dysan, Chris regardait par la fenêtre.

– Quelles sont nos chances, à votre avis ? Les gardes ne manquent pas.

– J'espère que Pilar et Prescott ont filé.

– Oh ! non ! ils sont dans la cave maintenant, annonça Dysan avant que Tynan ne tire un mouchoir de sa poche pour le bâillonner.

– Allons les chercher tout de suite, déclara Chris en se dirigeant vers la porte qui ouvrait sur l'escalier.

Tynan poussa Dysan contre le mur et attrapa Chris par le bras.

– Enfin, Chris, pourquoi le croyez-vous ? De toute façon, s'ils sont enfermés, je reviendrai les délivrer une fois que vous serez en sécurité. Vous comprenez ?

– Vous avez peur de retourner en prison si j'ai un problème, c'est cela ? Pilar et Asher ne valent pas cher pour vous !

Tynan ferma un instant les yeux avant de se retourner vers Dysan et de le fouiller, retirant un petit browning de la poche de son gilet.

– Très bien, allons-y. Je sortirai d'abord par la

fenêtre avec lui, Chris ! Et je veux que vous nous suiviez ensuite si la voie est libre.

Il marqua une pause, emprisonnant son regard.

– Je veux que vous me juriez de ne pas faire de bêtises ! Pas de retour intempestif pour aller chercher les autres, hein ?

Chris acquiesça d'un signe de tête, mais l'idée que Pilar et Asher étaient enfermés dans la cave ne lui laissait pas de répit. Ne vaudrait-il pas mieux qu'ils essaient ensemble de les libérer ? Cela éviterait à Tynan de revenir tout seul...

– Chris ! appela Tynan qui venait de franchir la fenêtre.

Et comme Dysan tentait de lui fausser compagnie, il le frappa sur la tempe d'un revers de la main.

Un mur de brique peu élevé limitait le jardin potager à l'arrière de la maison. Ty s'accroupit derrière le mur, obligeant Dysan à faire de même devant lui. Il ne cessait de se retourner pour vérifier la présence de Chris comme s'il craignait qu'elle ne disparaisse sans crier gare.

Quand ils eurent atteint l'autre extrémité du mur, Tynan s'arrêta et jeta un coup d'œil. La forêt était encore à plusieurs mètres et Chris pouvait entendre les gardes parler entre eux de l'autre côté du mur. Ils n'iraient pas loin, c'était sûr !

Tynan s'accroupit de nouveau et vérifia si son arme était bien chargée.

– Chris, je veux que vous restiez derrière nous. Je vais utiliser Dysan comme bouclier jusqu'à la forêt. Vous croyez que vous y arriverez ? Surtout pas d'imprudence ! Ne retournez pas en arrière !

Visiblement, il n'avait pas pris ses promesses au sérieux...

Tynan jaugea la distance jusqu'aux arbres, puis il se retourna vers Dysan.

– Vous me créez le moindre ennui et je vous fais

sauter la cervelle, c'est compris ? Bon, eh bien, allons-y ! ajouta-t-il en attrapant Dysan et en le soulevant.

Ils quittèrent l'abri du mur et s'aventurèrent à découvert. A leur grande surprise, personne ne leur prêta attention et ils s'immobilisèrent, stupéfaits. Ils pouvaient pourtant apercevoir une douzaine de gardes, certains avec des chiens en laisse, mais ils fixaient tous quelque chose de l'autre côté de la maison.

Chris entendit un son de clochettes dans le lointain.

– En arrière ! lança Tynan à Chris en repoussant Dysan vers le mur.

– Que se passe-t-il ? demanda Chris.

– On dirait une roulotte de colporteurs, répondit Tynan. Pilar a travaillé dans un de ces chariots autrefois. Si ce sont eux, nous ferions mieux de les rejoindre. Les chiens ne mettront pas longtemps à trouver notre piste dans la forêt.

– Vous savez comment vous y prendre pour les rejoindre ? Cela me paraît difficile de marcher tranquillement jusqu'à leur voiture ! Et que comptez-vous faire de lui ?

– Il va rester ici pendant que nous regagnerons la maison. Et ce faisant, nous réfléchirons à un moyen d'attirer l'attention de Prescott.

Chris regarda Tynan attacher une des chevilles de Dysan à un anneau au sommet du mur, laissant la corde juste assez longue pour qu'il touche le sol, mais dans une position très inconfortable.

– Quelque chose me souffle que je devrais vous tuer maintenant que j'en ai la possibilité, dit-il à mi-voix. Je regretterai sûrement un jour de ne pas avoir saisi ma chance.

Puis il leva la tête vers Chris et demanda :

– Vous êtes prête ?

– Ty, êtes-vous sûr que ce sont Asher et Pilar ? S'ils étaient toujours dans la cave et qu'il s'agisse vraiment de colporteurs ?

Sans répondre, Ty lui prit le bras et l'entraîna vers la maison. Après avoir vérifié par la fenêtre que la pièce était vide, il se hissa à l'intérieur et aida Chris à l'imiter.

Elle le suivit à travers la maison en prenant soin de plaquer son dos contre le mur comme il le lui avait ordonné. Tynan vérifiait chaque pièce au passage. Il rentra une seule fois dans l'une d'elles et Chris crut entendre le son étouffé d'un corps qui heurtait le sol. Puis il retourna dans le hall et lui fit signe de lui emboîter le pas.

Chris lui faisait confiance sans chercher à savoir comment il connaissait si bien la topographie des lieux. Il s'arrêta à l'autre bout de la maison.

– C'est bien Pilar, dit Tynan après avoir jeté un coup d'œil par la fenêtre. Elle est sur la roulotte et elle danse pendant que Prescott conduit. J'ignore combien de temps les gardes mettront avant de se lasser du spectacle. Mais vu la tenue de Pilar, nous avons des chances qu'elle les maintienne en haleine jusqu'à la fin de la semaine !

Il se retourna vers Chris.

– Est-ce que vous courez vite ?

– Je... je ne sais pas. Si on me poursuit, j'imagine que je peux aller relativement vite.

– Je vais créer une diversion, vous en profiterez pour passer par la fenêtre et filer jusqu'à la roulotte. Vous y arriverez ?

– Et vous, comment nous rejoindrez-vous ? Je refuse de partir en vous abandonnant.

– Si j'en juge par la manière dont vous avez embrassé Dysan, mon sort ne doit pas vous préoccuper beaucoup !

– Dysan ? répéta-t-elle stupéfaite. Mais voyons,

j'essayais d'attraper un couteau dans l'écrin derrière lui. Il me fallait bien détourner son attention. Seriez-vous jaloux par hasard ?

– Sûrement pas ! Et maintenant allez-vous vous décider à sortir ou préférez-vous nous faire tous tuer en gaspillant un temps précieux ?

Elle opina de la tête, mais le plan de Tynan était loin de lui plaire. Pourvu qu'il ne prenne pas de risques inconsidérés ! S'il se laissait attraper, Dysan le lui ferait payer cher.

– Bonne chance ! dit Tynan et il se détourna.

Mais soudain il pivota sur lui-même et la serra dans ses bras. Son baiser fut rapide et violent. Si rapide qu'il ne défit que trois boutons de son corsage, mais c'était un baiser plein d'amour. Il la relâcha aussi brutalement qu'il l'avait attirée contre lui.

– Tout ira bien, jeta-t-il par-dessus son épaule. Vous vous précipiterez dès que vous entendrez les coups de feu.

Jamais le temps ne parut si long à Chris qu'en attendant le signal de Tynan. Accroupie devant la fenêtre, elle lançait des coups d'œil furtifs vers la roulotte peinte de couleurs vives et entourée d'hommes armés de fusils. Pilar était sur le toit du véhicule, habillée d'étranges pantalons bouffants en soie bleu pâle et d'une minuscule brassière assortie qui menaçait de se déchirer à tout moment. Ce qui expliquait sans doute la fascination des hommes.

Pendant que Chris observait Pilar, une détonation retentit soudain à l'arrière de la maison, et les hommes se précipitèrent immédiatement dans la direction d'où elle venait.

Chris enjamba alors la fenêtre, traversa la pelouse comme une flèche et grimpa dans la roulotte.

– Elle est montée, entendit-elle Pilar crier de son perchoir à Asher installé sur le siège avant, et la voiture sembla s'envoler de terre.

Chris se retenait aux parois, essayant de retrouver son équilibre. La roulotte était pleine à craquer. Des coupons de tissu voisinaient avec des outils et des batteries de cuisine avec des articles de mercerie. Mais le tout était solidement arrimé afin que rien ne s'éparpille pendant les trajets.

La porte s'ouvrit brutalement au moment où Chris réussissait enfin à se redresser. Comme elle venait d'atteindre l'arrière du véhicule pour la fermer, elle s'aperçut qu'ils s'éloignaient de la maison.

– Non ! suffoqua-t-elle, mais personne ne l'entendit.

Si elle voulait qu'Asher revienne sur ses pas, elle devait agir, et vite. Luttant contre le tangage de la voiture, elle se mit à escalader des ballots empilés à l'avant et attrapa au passage une hache suspendue à la paroi.

Après trois essais infructueux, la hache traversa la cloison, frôlant désagréablement l'oreille droite d'Asher.

Il se tourna vers elle d'un air stupéfait tandis qu'elle élargissait à coups de pied la brèche ouverte par la hache.

– Il faut retourner là-bas, lui cria-t-elle. Nous ne pouvons pas abandonner Tynan.

Pilar se pencha du toit.

– Elle a raison, hurla-t-elle à son tour, tentant de dominer le martèlement des sabots. Nous devons tirer Tynan de là.

– Très bien, je fais demi-tour ! Mais, vous deux, vous restez ici ! lança Asher en arrêtant l'attelage.

– Non ! hurlèrent-elles à l'unisson.

Asher fit claquer son fouet sur la croupe des chevaux sans rien ajouter et les dirigea de nouveau vers la maison de Dysan.

21

Chris se cramponnait de toutes ses forces pendant qu'Asher revenait au triple galop sur ses pas. Pourvu que personne n'ait trouvé Dysan et que les hommes ignorent encore l'identité des occupants de la roulotte ! C'était leur seul espoir de sauver Tynan.

Au-dessus de sa tête, elle entendait Pilar chanter et faire du bruit pour attirer l'attention sur eux.

– Masquez ce trou ! s'égosilla Asher en fouettant les chevaux avec une ardeur accrue.

Vacillant sur ses jambes et tombant à plusieurs reprises, Chris réussit à tendre une pièce de tissu à l'avant du chariot. Juste au moment où elle en accrochait l'extrémité à une planche brisée, Asher s'écria :

– J'aperçois Tynan. Il court vers nous. Ô mon Dieu, baissez-vous ! Baissez-vous toutes les deux, hurla-t-il tandis que les premières détonations éclataient.

Le cœur battant, Chris s'aplatit par terre – du moins aussi près du sol qu'elle le put avec les marchandises éparpillées çà et là. Elle entendit Pilar s'allonger sur le toit avec un bruit mat et brutal comme si elle était tombée. Aussitôt les coups de feu redoublèrent.

En rampant sur le ventre, Chris réussit à pousser une des portes qui s'ouvrit. Tynan dévalait la route, une nuée d'hommes et de chiens à ses trousses. Les balles trouaient maintenant l'arrière du véhicule. Certaines sifflèrent même à quelques centimètres au-dessus de la tête de Chris. Elle se traîna jusqu'à l'ouverture et tendit la main vers Tynan.

– Venez vite ! Montez ! cria-t-elle.

Tynan glapit une réponse dont elle ne saisit pas le sens tant ses oreilles bourdonnaient.

– A ce rythme-là, jamais vous ne sortirez de prison ! vociféra-t-elle.

C'est alors qu'une balle frappa Tynan à la jambe. Il chancela et elle eut peur qu'il ne tombe mais il se ressaisit.

Chris se rua aussitôt vers l'avant à travers les marchandises. Une caisse glissa et la heurta brutalement sur le côté, mais rien n'aurait pu l'arrêter. Elle passa la tête dehors et hurla à Asher de retenir les chevaux, que Tynan avait été touché à la jambe et était incapable de maintenir l'allure.

Puis elle se précipita à l'arrière pour tendre de nouveau la main à Tynan. Asher ralentit autant qu'il le put sans courir le risque de se faire rattraper par les hommes de Dysan.

Tynan atteignit le véhicule au moment où un chien plantait ses crocs dans son talon. Chris l'aida à se hisser à l'intérieur tandis qu'il hurlait à Asher d'accélérer le train. Tynan dut secouer le chien pour qu'il lâche prise. Au même moment la roulotte fit un bond en avant, laissant les hommes de Dysan sur place.

Chris examina immédiatement la blessure de Tynan.

– Savez-vous si Asher a prévu des chevaux ? cria-t-il en essayant de dominer le tumulte.

– Je n'en ai aucune idée. Ty, vous saignez beaucoup !

– Je connais un endroit où nous pourrions nous replier. Comment va Pilar ? Est-elle toujours sur le toit ?

– Oui, et je ne l'ai pas entendue depuis le début de la fusillade.

Ty fronça les sourcils.

– Auriez-vous de quoi me faire un pansement ? Nous avons un bon bout de chemin devant nous. Il nous faudra bien quatre heures pour nous rendre là-bas.

– Bien sûr, j'ai ce qu'il faut. Mais ce dont vous avez besoin, Ty, c'est plutôt d'un bon médecin !

– Et trois des hommes de Dysan, eux, c'est d'un bon croque-mort qu'ils auraient besoin ! se moqua-t-il. Pourquoi êtes-vous revenus ? Pourquoi ne vous êtes-vous pas enfuis pendant que vous le pouviez ?

– Nous avons fait demi-tour pour vous sauver la vie, mais la reconnaissance n'a pas l'air de vous étouffer... déclara-t-elle en déchirant de longues bandes de son jupon qu'elle noua autour de la cuisse de Tynan.

Chris finissait juste d'improviser un bandage quand Asher pila si brutalement qu'il l'envoya presque rouler dehors avec Tynan. Une seconde plus tard, il apparaissait à la porte arrière.

– Il y a des chevaux qui nous attendent ici. D'après Pilar, vous pourriez nous conduire chez un vieil homme qui a un campement pas trop loin d'ici.

– Comment va-t-elle ? demanda Tynan.

Asher monta sur le toit et, après un long moment de suspense, annonça qu'elle avait été touchée.

Ty, gêné par sa jambe blessée, se laissa glisser maladroitement hors de la roulotte.

– C'est grave ? s'enquit-il sur un ton calme une fois à terre.

– Elle est vivante, mais elle a perdu beaucoup de sang.

Chris escalada la petite échelle fixée sur le côté de la roulotte et se précipita vers Pilar. Elle ne put retenir une exclamation stupéfaite en la trouvant étendue dans une mare de sang, le visage livide.

– Ty, appela-t-elle. C'est son épaule. Elle a perdu connaissance. Son pouls est terriblement faible, mais le cœur bat. Pourriez-vous nous aider à la descendre de là ?

– J'arrive, répliqua-t-il d'une voix altérée.

Chris essaya de panser rapidement la blessure,

mais son emplacement empêchait de confectionner un garrot. Les hommes avaient choisi lâchement la cible la plus facile : une malheureuse femme sans défense sur le toit d'une roulotte.

– Il faut la faire descendre doucement vers Ty, dit-elle à Asher après avoir bandé Pilar du mieux possible avec les moyens du bord. Aidez-le autant que vous le pourrez, ajouta-t-elle dans un murmure. Il est blessé lui aussi.

Ty attrapa Pilar et, la tenant dans ses bras, il se mit à marcher lourdement vers les chevaux. Le sang coulait de sa blessure et la sueur inondait son front.

– Passez-la-moi, intervint Asher en s'emparant de Pilar. Vous nous guiderez.

Tynan se contenta d'acquiescer d'une inclination de tête et tendit le corps inerte de Pilar à Asher.

– La balade ne va pas être de tout repos, mais je doute qu'ils puissent nous suivre. Je ne veux pas d'actes héroïques, c'est compris, Chris ? Si je vous demande de poursuivre votre chemin, je veux être obéi !

– Je ne me suis jamais rebellée contre des ordres sensés. Attendez-vous que les hommes de Dysan arrivent avant de donner le signal du départ ?

Asher sauta en selle, et Ty installa Pilar devant lui afin qu'il puisse la maintenir pendant le voyage.

– Vous allez y arriver ? demanda-t-il ensuite avec une note de tristesse dans la voix, et Chris en déduisit tout de suite qu'il était très malheureux à l'idée de ne pas pouvoir prendre soin de sa chère Pilar lui-même.

Quelques secondes plus tard, Chris et Ty avaient imité Asher, et leur petite troupe s'ébranla rapidement.

Ty n'avait pas exagéré en leur annonçant un voyage pénible. Ils grimpèrent d'abord droit devant eux, puis traversèrent une zone marécageuse dans laquelle les sabots des chevaux enfonçaient, ensuite un nombre incalculable de ces petits ruisseaux glacés et tumultueux qui abondent dans l'Etat de Washington. Durant plus d'un kilomètre, ils obligèrent les chevaux à marcher dans l'eau afin d'effacer leur piste.

Chris ne cessait de se retourner pour observer Pilar. Elle était toujours inconsciente et son visage avait pris une teinte cireuse.

– Regardez donc où vous allez, s'écria brutalement Tynan, la mâchoire crispée, et elle comprit qu'il se faisait un souci terrible pour Pilar.

Une fois, ils entendirent des chiens aboyer sur une crête au-dessus d'eux et ils poussèrent immédiatement leurs chevaux sous le couvert des arbres, tout près de rapides. La monture de Chris fit un faux pas, mais Tynan attrapa les rênes et la retint.

Dès que les hommes et les chiens se furent éloignés, ils descendirent le courant loin dans la forêt, à l'opposé de la direction prise par leurs poursuivants.

Il faisait presque nuit quand Tynan s'immobilisa et descendit pesamment de cheval.

– Attendez-moi ici ! ordonna-t-il. Il n'aime pas les visiteurs.

– Qui, il ? s'enquit Chris, mais Tynan avait déjà disparu derrière les arbres.

– Le vieil homme, gémit Pilar à bout de forces. Pourrais-je avoir un peu d'eau ?

Chris sauta à terre et attrapa la gourde accrochée à l'arrière de sa selle. Asher l'approcha des lèvres de Pilar pendant que Chris examinait sa blessure. Elle ne saignait plus, mais Pilar semblait absolument épuisée.

Chris leva brutalement la tête quand un coup de feu retentit non loin.

Pilar se laissa retomber en arrière contre Asher.

– C'est le vieil homme, murmura-t-elle. C'est lui qui a trouvé Tynan à sa naissance.

– Le mineur ? demanda Chris.

– Qui sait le nom qu'il se donne ! En tout cas, il vend tout ce qui lui tombe sous la main.

– Comme des petits garçons de six ans, par exemple ! s'exclama Chris avec dégoût en rebouchant sa gourde.

Pilar ne répondit pas et resta appuyée contre Asher. Il échangea avec Chris un coup d'œil qui en disait long. Plus tôt elle se reposerait, mieux cela vaudrait !

Tynan réapparut. Il se déplaçait tellement silencieusement qu'il donnait l'impression de surgir de nulle part.

– Nous pourrons rester un jour ou deux, pas plus, déclara-t-il en observant Pilar avec inquiétude tandis que Chris se remettait en selle.

Il laissa Asher passer devant, puis ferma la marche derrière Chris.

– Il n'est pas comme les autres, dit-il les yeux fixés sur la piste devant lui. Ne lui tournez pas le dos et ne lui faites aucune confiance. Ne lui donnez pas non plus le nom de votre père. N'imaginez surtout pas qu'il y ait quoi que ce soit de bon chez lui... Et ne lui posez aucune question.

– Vous le détestez vraiment, n'est-ce pas ? chuchota-t-elle.

– Oui, je le déteste vraiment, répondit Ty et il poussa son cheval en avant, escaladant la colline devant eux jusqu'à la cabane.

C'était une méchante bicoque, incroyablement sale, accrochée à flanc de rocher et surplombant un profond ravin. Chris songea que le rocher voulait probablement se débarrasser d'une chose aussi dégoûtante. Des carcasses à moitié pourries étaient éparpillées devant le seuil. Le nuage de mouches qui voletaient tout autour était si compact qu'il formait comme un rideau. Des peaux de bêtes s'empilaient à côté d'un pot de graisse rance. Un chien décharné, que Chris avait d'abord cru mort, était attaché à un anneau planté dans le mur.

– Nous laisserons Pilar dehors pendant que nous ferons un peu de ménage, déclara Tynan comme il arrachait d'une secousse la corde qui retenait le chien.

Le pauvre animal se traîna jusqu'à un récipient d'eau recouvert de mousse et le lapa avidement.

Tynan aida Pilar à mettre pied à terre pendant que Chris, figée sur place, chassait les mouches d'une main tout en plaquant l'autre sur son nez tant l'odeur était nauséabonde.

– Je ne fais pas la charité, jeta une voix derrière elle. Je vous ferai payer tout ce que vous prendrez. Je ne vous ai jamais demandé de vous installer ici, moi ! Pourquoi avez-vous lâché le chien ? Il va tout dévorer.

Chris se retourna vers le petit homme noueux aux dents noires et gâtées. Une expression de désespoir tordit son visage en voyant Tynan jeter les carcasses dans le ravin au-dessous. Il se précipita vers lui.

– Que fais-tu ? pleurnicha-t-il. C'est ma *nourriture*. Tu cherches à me tuer comme tu as tué ta mère ! Tu veux m'affamer !

Tynan ignora les mains du vieil homme qui s'accrochaient à lui et regarda Chris par-dessus son épaule. Elle avait l'air abasourdie.

– Occupez-vous de Pilar, commanda-t-il. Et vous, Prescott, tâchez de nous rapporter un peu de gibier. Chris, prenez ce récipient, voulez-vous, nettoyez-le avec du sable et allez chercher de l'eau à la rivière en amont, sur la colline.

– Prendre, c'est tout ce que tu sais faire. Tu as pris

la vie d'une femme avant même ta première respiration. Et maintenant, tu veux prendre mon bien.

Tynan s'empara d'une pelle et commença à déblayer les détritus devant la cabane. Après avoir examiné une carcasse, il l'envoya en direction du chien qui était tapi par terre et tremblait de tous ses membres.

Le vieux mineur se rua pour arracher la viande au chien affamé qui, l'instinct revenant au galop, la défendit à belles dents. L'homme sortit alors un vieux pistolet de ses vêtements en lambeaux et tira dans les pattes du chien. L'animal se mit à gémir.

Le vieil homme saisit la carcasse avec un air de triomphe et, la mettant sous son bras, il retourna en direction de la hutte.

Tynan marcha sans se presser à sa rencontre, prit la viande et alla retrouver le chien.

– Chris, dit-il en examinant l'animal, voudriez-vous jeter un coup d'œil ? Cela n'a pas l'air bien grave. Il n'a jamais su tirer.

Chris mit un moment à réagir, puis elle quitta Pilar et rejoignit Tynan qui était agenouillé devant le chien.

– Mettez-lui un bandage à la patte et prenez cela, fit-il en lui tendant son arme. Et s'il ennuie de nouveau le chien, n'hésitez pas à tirer. Ce ne sera pas une grande perte pour l'humanité.

Chris l'observa bouche bée donner la viande au chien blessé. Tynan la saisit alors par le menton et lui ferma gentiment la bouche.

– Avec toutes ces mouches, vous ne pouvez pas vous permettre de rester la bouche ouverte. Occupez-vous du chien, ensuite vous irez chercher de l'eau. Nous avons encore la cabane à nettoyer. Vous trouvez cet endroit repoussant, eh bien attendez donc de voir l'intérieur ! Le pire reste à faire, je vous le promets...

– A-t-il un nom ? demanda-t-elle avec un signe de tête vers le vieil homme.

– Il n'en a jamais donné un à qui que ce soit. Mais, bien sûr, je ne lui ai jamais proposé de le payer en échange.

– Vous voulez dire que vous le connaissez depuis votre naissance et que vous ignorez son nom ?

– C'est exact.

– Ty, soyez prudent avec votre jambe, le mit-elle en garde en lui jetant un coup d'œil.

Le bandage était parti et du sang sec maculait le pourtour de la blessure, mais à présent qu'il s'agitait de nouveau, la blessure s'était remise à saigner.

– Je ne peux pas m'arrêter maintenant ! se contenta-t-il de répondre. Allez chercher de l'eau.

Comme Chris prenait le seau et commençait à escalader la colline, le vieil homme se précipita et lui fit face. Le souffle lui manqua devant l'odeur épouvantable qu'il répandait.

– Il n'a pas de mère. Il l'a tuée.

Chris s'écarta de lui avec autant d'empressement que d'une charogne.

Quand elle revint avec le seau récuré et empli d'eau fraîche, Asher venait de rapporter un daim et Tynan finissait de nettoyer une sorte d'appentis contre la maison pour Pilar. Sa jambe saignait toujours.

Asher alluma un feu et fit rôtir la viande tandis que le vieil homme s'accroupissait un peu à l'écart et les observait avec méfiance.

Tynan se laissa tomber par terre près de l'endroit où Pilar se reposait, étendue sur un matelas de foin recouvert d'une couverture. Chris remarqua qu'il grimaçait de douleur. Il faisait presque nuit et le feu découpait des ombres autour d'eux.

– Il faut que nous décidions de ce que nous allons faire, déclara Tynan, et la fatigue assourdissait sa voix. Prescott, nous monterons la garde à tour de rôle.

– Monter la garde ? se récria Chris. Mais les hommes de Dysan n'iront pas nous chercher ici, voyons ! Les chiens ont perdu notre trace depuis longtemps après tous ces torrents que nous avons traversés. Et puis, Tynan, vous avez besoin de vous reposer.

– Merci de votre sollicitude, mais ce n'est pas de Dysan que je me méfie. C'est de lui, fit-il en indiquant le mineur d'un signe. S'il croit que nos têtes sont mises à prix, il se débrouillera pour découvrir qui s'intéresse à nous afin d'empocher la récompense. Nous devons rester éveillés afin de nous assurer qu'il ne nous fausse pas compagnie.

– Sapristi ! s'exclama Chris en se levant pour porter un peu de viande à Pilar. Cela signifie-t-il que tant que nous serons ici, quelqu'un devra le surveiller ?

– Si vous tenez à rester en vie, oui, répondit Tynan.

Asher découpait de grosses tranches de viande rôtie.

– Il faudrait un médecin pour Pilar, déclara-t-il, et elle a besoin de repos. Quant à vous, je ne vous ai jamais vu en aussi mauvais état.

– Ne vous faites pas de souci pour moi, maugréa Tynan. Mais Pilar a besoin d'un médecin, c'est certain. Malheureusement, je ne connais pas d'autre endroit où nous serions aussi en sécurité qu'ici.

Asher jeta un morceau de viande au mineur comme s'il était un chien. Celui-ci l'attrapa avidement et le dévora en surveillant les autres du coin de l'œil.

– Ce qu'il nous faut, c'est de l'aide, affirma Asher en observant Chris. Si nous arrivions à prévenir votre père, il nous enverrait une armée pour nous escorter jusque chez lui. Même Dysan ne se risquerait pas à affronter les hommes de Mathison.

Chris ramena ses genoux sous son menton, un petit sourire au coin des lèvres.

– Mon père n'en ferait qu'une bouchée, acquiesça-t-elle. Mais il est là-bas et nous sommes ici !

– Il faut que vous alliez le chercher, Prescott, intervint Tynan. C'est la seule solution ! Je resterai ici avec les femmes pendant que vous filez le prévenir.

– En vous laissant à la merci de ça ? se récria Asher en désignant le mineur. Avez-vous la moindre idée du nombre de gens qui vous recherchent ?

Tynan leva les yeux vers le ciel noir.

– Une demi-douzaine environ pour Chanry, une bonne centaine pour Dysan et...

– Rory Sayers aimerait sans doute avoir votre peau lui aussi. Un petit bout, au moins... termina Chris pour lui.

– Quel était déjà le nom de cet homme de l'autre côté de la Forêt des Pluies ?

– Oh, oui ! acquiesça Chris avec une moue. Hugh Lanier. Il n'a sûrement pas encore digéré ce que j'ai écrit sur lui, et ses yeux brillèrent au souvenir de la manière dont Tynan l'avait aidée.

Tynan s'appuya contre un poteau.

– Derrière nous, c'est vraiment la foule... On se demande qui n'est pas à nos trousses ! ironisa-t-il, mais nous avons deux blessés sur les bras et un traître – potentiel – sur le dos. Cela n'augure rien de bon pour l'avenir...

– Je vais l'emmener, déclara Asher. Je prendrai ce vieil homme avec moi et vous laisserai tous les trois ici. Ensuite je ramènerai Mathison avec tous les hommes dont il dispose.

– Il vous coupera la gorge dès que vous lui tournerez le dos ou vous endormirez.

– Je ne lui tournerai pas le dos et si je dors, je l'attacherai. Vous ne pourrez pas vous occuper de lui, de toute façon, tandis que moi, il me suffit de le traîner pendant soixante-dix ou quatre-vingts kilomètres, ensuite Mathison prendra le relais. C'est notre seule chance. Un homme peut réussir à sortir d'ici, mais pas deux femmes avec un blessé.

Tynan réfléchissait à la proposition d'Asher, et Chris n'avait aucun doute sur les sentiments qu'il éprouvait face à ce dilemme. Il était certainement plus mal en point qu'il ne le laissait voir pour prendre en considération les propos d'Asher, songea-t-elle avec inquiétude.

– Ty, c'est la seule solution, chuchota-t-elle. Nous ne pouvons pas emmener Pilar ni l'abandonner ici non plus ! Dysan est sûrement dans les parages et quelqu'un doit aller chercher de l'aide.

Elle fronça les sourcils.

– Auriez-vous peur de ne pas obtenir votre liberté si c'était un autre qui ramenait mon père ici ?

Tynan la fixa un long moment avant de prendre la parole.

– Prescott, vous partirez demain matin très tôt. Je monterai la garde cette nuit pendant que vous dormirez. Je veux que vous soyez dispos demain. Maintenant, allez tous les deux au lit.

22

Une fois assis, Tynan parut incapable de se relever. Chris fit son pansement et s'aperçut avec soulagement que la balle n'était pas restée dans la blessure comme elle le craignait. Les yeux mi-clos, Tynan la laissait faire avec une apparente indifférence. Elle s'efforçait de le toucher le moins possible, essayant de cacher combien la vue de sa chair déchiquetée la bouleversait.

– J'ai bien peur que Prescott ne soit incapable de manœuvrer le vieil homme. Il est trop confiant.

– Combien de temps avez-vous passé auprès de cet homme, Ty ? Avez-vous vraiment été obligé de vivre avec lui ?

– Par intervalles, jusqu'à ce que j'aie six ans. Mais les enfants apprennent vite, et j'ai rapidement compris que je devais me débrouiller tout seul.

– Mais vous qui êtes si indépendant, pourquoi ne vous êtes-vous pas enfui quand... quand il a voulu vous vendre ? N'auriez-vous pas pu retourner chez Red ?

Tynan ouvrit les yeux et la regarda.

– J'étais soûl et je le suis resté pendant les deux jours qui ont précédé la – il grimaça – la vente.

– Mais vous n'aviez que six ans !

– Je ne connais aucun enfant qui n'aime pas la bière. Vous devriez dormir maintenant. Une dure journée vous attend demain.

Elle se leva, prit le seau et s'écarta tout en l'observant. Adossé au poteau, il paraissait endormi, mais ses yeux étaient entrouverts et brillaient d'un éclat sauvage. Elle savait qu'il voulait rester éveillé toute la nuit pour surveiller le vieil homme. Tout en retournant chercher de l'eau fraîche au torrent, elle se demanda pourquoi il n'avait pas tenté de l'attacher.

– Chris ! Puis-je vous parler ?

La voix d'Asher la fit sursauter.

– Vous devriez dormir à cette heure. Demain, vous avez une longue route devant vous, et Ty dit...

– Ty dit ! J'entends cette phrase toute la journée. Ty dit ceci, Ty dit cela !

– C'est normal, il est chargé de notre sécurité à tous et si nous sommes encore en vie, c'est bien grâce à lui ! riposta-t-elle en poursuivant son chemin.

Il la retint par le bras.

– Je n'avais pas l'intention d'être désagréable,

excusez-moi. Je suis tout simplement jaloux, j'imagine ! Je voulais justement vous demander...

– Oui ? s'enquit-elle en levant les yeux vers lui. Que vouliez-vous me demander ?

– Je voulais vous demander votre main.

Chris resta un moment interdite. Depuis quelques jours la seule chose qui la préoccupait était de savoir comment échapper à Dysan, et Asher la prenait au dépourvu.

– Cela me paraît un peu soudain, non ?

– Vous savez bien que non, Chris ! Dès que je vous ai vue, je suis tombé amoureux de vous, de votre vitalité... de votre courage. On ne rencontre pas tous les jours une femme capable d'abattre une cloison à la hache pour se faire entendre... et moi, je déteste les poules mouillées.

– Ne seriez-vous pas plutôt amoureux de l'argent de mon père ? Ou de la situation qu'il peut vous offrir dans ses affaires ? Cela n'est pas négligeable à vos yeux, n'est-ce pas ?

Asher ouvrit la bouche mais aucun son n'en sortit. Il attira alors Chris contre lui et l'embrassa gentiment.

– A une époque certainement. J'aurais été prêt à vous épouser même si vous aviez été laide comme les sept péchés capitaux. Puis je vous ai rencontrée et tout a basculé. Vous ne ressemblez à aucune autre femme, Chris ! Je souhaite de tout mon cœur que vous m'épousiez. Et pour vous montrer que l'argent ne m'intéresse pas, je renonce volontiers à celui de votre père. Quand vous serez à mes côtés, je me sens capable de repartir de zéro et cette fois-ci je n'échouerai pas.

Il la serrait toujours contre lui, et un sourire charmeur illumina son visage.

– D'ailleurs, vous ne me permettriez pas d'échouer. Si jamais mes affaires périclitaient, vous n'hésiteriez pas à me donner du bâton pour m'empêcher de renoncer.

– Effectivement, je ne renonce pas facilement... pas quand je tiens suffisamment à quelque chose.

La pensée de Tynan lui traversa soudain l'esprit, et elle ajouta :

– A moins que je n'y sois contrainte, bien entendu !

– Nous formerions une bonne équipe tous les deux, j'en suis sûr, et rien ne nous résisterait. Je vous forcerais à garder les pieds sur terre et vous m'empêcheriez d'abandonner la partie quand les choses se compliquent.

– Vous parlez exactement comme s'il s'agissait de la fusion de deux sociétés ! s'écria-t-elle en riant.

– Certaines fusions sont fructueuses. Chris, promettez-moi d'y réfléchir. Je ferai tout ce que vous voudrez. Je renoncerai à l'argent de votre père si vous le désirez. Tout ce que vous voudrez...

– Vous voilà tout à fait héroïque soudain ! N'oubliez pas que mon père a besoin de quelqu'un pour l'aider.

– Vous acceptez de m'épouser ? interrogea-t-il les yeux brillants.

– Du diable si elle accepte ! lança la voix de Tynan derrière eux. Bas les mains, Prescott ! Et plus vite que cela si vous ne voulez pas que je vous aide avec mon pistolet.

– Je croyais que vous dormiez, s'étonna Chris en s'écartant d'Asher.

– Vous comptiez là-dessus, n'est-ce pas ? Pour pouvoir rencontrer Prescott dans mon dos, hein ?

– Hé, une minute, Tynan ! intervint Asher. Je ne vois pas de quoi vous vous mêlez. Miss Mathison et moi n'avons aucun besoin de votre permission. D'ailleurs, vous avez été engagé pour m'aider à la séduire. Mon Dieu, Chris ! s'écria-t-il, s'apercevant soudain de ce qu'il était en train de dire.

– Ne vous inquiétez pas, j'étais au courant. Tynan, ce sont mes affaires, pas les vôtres ! Maintenant, je voudrais que vous retourniez...

Sans lui laisser le temps de finir sa phrase, Tynan l'attrapa par le bras et la força à lui emboîter le pas. Il avait beau traîner la jambe, cela ne l'empêchait pas de la maintenir fermement contre lui.

– Retournez au camp, Prescott ! Quelqu'un doit veiller sur Pilar et surveiller le vieil homme. Je serai de retour dans une minute.

Asher s'apprêtait à protester, mais un coup d'œil à Tynan l'en dissuada et il prit sans un mot le chemin de la cabane.

– Voulez-vous bien retirer vos sales pattes ! s'emporta Chris en se débattant. Vous n'avez aucun droit de vous interposer. D'autant plus que, si j'ai bonne mémoire, mon père vous a engagé pour *l'aider* à tomber amoureux de moi !

– Je ne veux même pas savoir comment vous avez découvert cela, c'était avant...

– Oui, c'était avant quoi... ? éclata-t-elle en levant sur lui des yeux brillants de colère.

Il l'attira brutalement à lui, enfouissant le visage de Chris contre son épaule, puis il l'embrassa avec fougue.

– Non, Ty. Je vous en prie ! protesta-t-elle d'une voix mourante en essayant de le repousser maladroitement. Je vous en prie, laissez-moi tranquille !

– Je ne peux pas supporter de le voir vous toucher, Chris. Je ne peux tout simplement pas le supporter !

Ses mains allaient et venaient le long du dos de Chris en une caresse pressante. Puis elles remontèrent vers son cou et ses pouces commencèrent à jouer avec le lobe de ses oreilles.

Elle réussit à s'écarter suffisamment pour le regarder.

– Ah ! *Vous* ne pouvez pas le supporter ? De quel

droit m'empêchez-vous de faire ce que je veux ? Je me suis ridiculisée devant vous et vous vous êtes bien moqué de moi. Et voilà que vous essayez de m'empêcher de parler à un homme qui a des intentions tout à fait honorables.

– Mais moi aussi j'ai des intentions tout à fait honorables. J'ai toujours été honnête avec vous. Et je vous préviens tout de suite que si Prescott récidive, je lui tire dessus. Je peux difficilement me montrer plus honnête, il me semble !

– Oh, vous ! suffoqua-t-elle en se débattant si bien qu'il finit par lâcher prise. Ce que vous attendez de moi n'a rien d'honorable. Tout ce que vous voulez... c'est que je...

Elle était heureuse que l'obscurité cache la rougeur qui lui était montée aux joues.

– Et qu'y trouvez-vous à redire ? Vous n'aviez pas l'air si malheureuse la dernière fois. Oh, Chris ! Je ne veux pas me disputer. Nous avons passé un merveilleux moment ensemble. Et d'ailleurs, depuis cette nuit-là, je n'ai couché avec personne.

Chris sentait la colère monter en elle.

– Vous n'avez couché avec personne ! Personne, grand Dieu ! Pas une *seule* femme depuis cette nuit-là ! Vous voudriez m'arracher des larmes... Vous espérez que je vais vous manifester de la sympathie, peut-être ? Me plier à vos caprices parce que vous avez été un peu bousculé ces derniers temps et n'avez pas eu l'occasion de...

– J'ai eu mille occasions, rectifia-t-il. Mais je ne les ai pas saisies.

– Alors maintenant vous... se mit-elle à bredouiller. Et je suis censée... de toutes les choses abjectes que j'aie jamais entendues... Asher a demandé ma main, lui ! Et pas un simple rendez-vous... Il veut m'épouser, lui, partager ma vie !

– Il veut partager l'argent de votre père, surtout !

– Vous êtes bien tous les deux pareils ! L'un veut mon argent et l'autre mon corps. Aucun de vous ne me veut, *moi* ! Laissez-moi vous dire, monsieur Tynan, déclara-t-elle en marchant sur lui avec l'énergie du désespoir, que je ne veux pas de ce que vous m'offrez !

– Mais si, vous le voulez, Chris ! Je le sais. Cela se voit dans vos yeux. Vous me désirez et moi aussi je vous désire. Alors, où est le mal ?

Elle posa sur lui un regard tout à fait sérieux et murmura :

– Votre offre inclut-elle une demande en mariage ?

Il se recula comme si on l'avait brûlé.

– Le mariage ? Vous n'avez que ce mot à la bouche ! Mais vous savez bien que c'est impossible, Chris ! Votre père me renverrait en prison à perpétuité et vous n'auriez plus de mari du tout. Je ne peux pas vous faire cela.

– Allez au diable ! maugréa-t-elle. J'admire comme votre mémoire est sélective ! Mon père vous a menacé de prison si vous me *touchiez* et vous êtes prêt à prendre ce risque quand cela vous arrange. En revanche, vous me brandissez cette interdiction sous le nez dès qu'on parle de mariage. Ecoutez-moi bien, Tynan ! Jamais, jamais je ne coucherai une autre fois avec vous. Ça, je vous le promets !

Là-dessus, elle tourna les talons et se dirigea vers le ruisseau après avoir attrapé rageusement le seau.

– C'est ce que nous verrons ! cria-t-il dans son dos. En tout cas, je vous conseille de ne pas laisser Prescott poser les mains sur vous.

– Espèce de pauvre... cow-boy abruti et têtu ! Moi aussi, je vous conseille de ne pas poser vos sales pattes sur moi !

Elle enfonça le seau dans le courant et, impulsivement, y plongea aussi son visage. Etait-ce à cause des baisers de Tynan ou simplement sous le choc de la colère ? Une chose était certaine, en tout cas : elle se sentait en ébullition !

Elle resta un moment au bord de l'eau avant de retourner s'installer auprès de Pilar pour la nuit. Elle se réveilla en sursaut à plusieurs reprises. A chaque fois, Tynan était à son poste, surveillant le vieil homme.

Quand le soleil se leva, elle avait l'impression de n'avoir pas dormi de la nuit. Elle s'assit et, après avoir frictionné son dos douloureux, elle jeta un coup d'œil autour d'elle. Tynan avait disparu et Asher sellait son cheval devant la cabane. Elle le rejoignit.

– Le vieil homme donne du fil à retordre à Tynan, annonça-t-il en guise de bonjour. Nous risquons d'être obligés de l'attacher sur son cheval pour arriver à le faire sortir d'ici.

Chris réprima un bâillement.

– Pourvu qu'il l'attache la tête en bas !

Asher lui prit le bras et l'attira contre lui.

– Je ne vous reverrai pas avant un bon bout de temps. J'espère bien que je vais vous manquer et que cela vous poussera à réfléchir à ma proposition. J'espère que...

Il s'interrompit pour l'embrasser dans le cou.

– J'espère que vous direz oui.

L'instant d'après, il mordait la poussière.

– Debout, Prescott ! cria Tynan et il se mit en position de combat, les jambes écartées et les poings serrés. Ou seriez-vous trop veule pour vous mesurer avec quelqu'un de votre taille ? Ne vous attaqueriez-vous qu'aux femmes ?

– Pour l'amour du ciel ! s'indigna Chris en se dirigeant vers Asher pour l'aider à se relever.

Tynan avança vers lui.

– Si vous le touchez, le menaça-t-elle, je vous promets que je m'en vais avec lui. Mais enfin, qu'est-ce qui vous prend ?

Tynan baissa les poings d'un air décontenancé.

– Je ne sais pas, répondit-il, surpris lui-même. Prescott, vous feriez mieux de partir tout de suite afin de profiter au maximum du jour. Le vieil homme va vous accompagner, mais surtout ne le lâchez pas des yeux ! A mon avis, il a compris que nous nous cachions et il va tout faire pour monnayer cette information.

Comme Asher se relevait, une expression penaude passa sur le visage de Tynan, puis il se tourna vers Chris.

– Vous ne l'accompagnez pas, n'est-ce pas ? C'est-à-dire, je dois vous ramener et il faut que quelqu'un veille sur Pilar.

Chris regarda Tynan un long moment.

– Non, finit-elle par murmurer, je ne partirai pas. Mais cessez ce petit jeu avec Asher. Et maintenant, voulez-vous nous laisser seuls ? J'aimerais lui dire au revoir.

Tynan ne bougea pas d'un millimètre.

– Dites-lui au revoir tout de suite. Il faut qu'il parte.

– Si vous croyez que... commença Chris, prête à lui jeter ses quatre vérités à la figure, mais un appel de Pilar l'en empêcha. J'arrive, cria-t-elle.

Puis elle passa délibérément ses bras autour du cou d'Asher, déterminée à lui donner un baiser d'adieu et à montrer à Tynan qu'il n'avait aucun droit de s'interposer. Mais ses lèvres ne rencontrèrent que le vide, car Tynan venait de la tirer brutalement en arrière et la tenait plaquée contre son torse.

– Il est temps de monter à cheval, Prescott, ordonna-t-il d'une voix sévère.

Asher hésita, puis il passa son pied dans l'étrier avec un soupir.

– Nous réglerons cela plus tard, déclara-t-il en lançant un coup d'œil au vieil homme juché sur le cheval de Tynan et apparemment prêt pour le voyage.

Tynan recula sans lâcher Chris.

– Surveillez-le jour et nuit, sinon il vous prendra tout ce que vous avez et peut-être même votre vie.

– D'accord, marmonna Asher en poussant son cheval en avant avec un dernier regard à Chris. En route ! lança-t-il par-dessus son épaule au vieil homme avant de disparaître à leur vue.

– Relâchez-moi, espèce d'ours mal léché ! s'emporta Chris, et elle se libéra d'une poussée avant de se tourner vers Tynan les yeux brillants de fureur. De quel droit me dictez-vous ma conduite ? Pour qui vous prenez-vous à la fin ?

Tynan parut complètement désorienté. Il voulut dire quelque chose puis, changeant d'avis, pivota brusquement sur lui-même et grimpa la colline vers le torrent.

Chris resta un moment à le fusiller du regard avant de rejoindre Pilar.

– J'ai bien cru qu'ils allaient se battre, déclara Pilar comme Chris lui tendait un gobelet d'eau.

– J'aurais bien voulu l'assommer avec un gourdin, éclata Chris. Il ne veut pas de moi, mais cela ne l'empêche pas de frapper le malheureux qui me fait des yeux doux.

Pilar se rallongea sur son matelas improvisé et Chris commença à lui enlever son pansement.

– Il ne veut pas de vous ? Vous vous moquez, j'imagine ! Au contraire, il vous désire comme un fou...

– Oh, je sais bien ce qui l'intéresse !

Pilar sourit.

– Je ne l'ai jamais vu dans cet état. Même l'autre fois avec cette fille de rancher... il n'était pas ainsi. Nous espérions tous qu'il allait enfin s'établir, mais cela s'est très mal terminé.

– En prison, c'est cela ?

– Red vous a raconté ?

– En partie seulement. Pilar, comment connaissez-vous Tynan ? Pourquoi viviez-vous avec lui chez Owen Hamilton ?

– Il a sauvé la vie de mon mari.

Chris interrompit un instant ses soins.

– Votre mari ?

– Je travaillais pour Red quand j'étais plus jeune. Tynan était un amour de petit garçon à cette époque et nous l'adorions toutes. Et puis, le vieil homme l'a emmené et je ne l'ai revu que bien plus tard. La vie ne l'avait pas épargné et il avait vu tant de choses qu'il était devenu dur et cynique. Mais entre-temps, je m'étais mariée avec un rancher, j'avais deux enfants et je voulais surtout oublier où j'avais connu Ty.

– Des enfants ? bafouilla Chris.

Pilar sourit.

– Oui, deux petits garçons. Ils ont neuf et sept ans maintenant, annonça-t-elle et elle marqua une pause avant d'ajouter : Je suis tombée sur Tynan un jour dans la rue. Il m'a souri et s'est dirigé vers moi, et moi j'étais affolée à l'idée que toute la ville risquait de découvrir que je n'étais pas l'épouse respectable qu'on croyait. Vraiment, j'ai honte de le dire, mais j'ai filé dans un magasin et fait comme si je ne le connaissais pas. Ty s'est conduit en parfait gentleman et la fois suivante il a feint de ne pas me voir.

– Alors, comment a-t-il sauvé la vie de votre mari ?

– Eh bien, une semaine plus tard, quand un gros rancher a essayé de s'approprier nos biens, je n'ai pas hésité, j'ai demandé l'aide de Tynan – et lui non plus n'a pas hésité, il est venu immédiatement.

– Et lorsqu'il vous a demandé de l'accompagner chez les Hamilton, vous avez tout de suite accepté ?

– Je ne l'ai même pas interrogé. J'ai embrassé ma famille et je suis partie avec lui. Jimmy non plus ne lui a rien demandé : il savait qu'il pouvait faire confiance à Ty.

Chris continua de bander l'épaule de Pilar en silence.

– Pourquoi avait-il besoin que vous jouiez le rôle de sa femme ? s'enquit-elle au bout d'un moment.

– Il ne m'a rien dit et ne m'a pas répondu non plus, quand je lui ai posé la question. Mais un jour, il a marmonné quelque chose au sujet d'une jolie petite blonde qui cherchait à le séduire et y réussissait beaucoup trop bien.

– Ha, ha ! Et quelle séductrice ! J'ai commis l'erreur fatale de l'aimer, de l'aimer tout simplement. J'aimais la façon dont il prenait des responsabilités quand il nous guidait dans la forêt. Et il m'aidait chaque fois que j'en avais besoin.

– Et comme il se trouve justement qu'il est l'homme le plus séduisant au monde... se moqua Pilar.

– Cela n'a rien à voir. Il était si réservé. Les hommes silencieux n'ont en général rien à dire, tandis que Tynan, lui, semblait plutôt se retenir de parler. Je ne sais pas exactement pourquoi, mais il m'attirait.

– Il vous attirait ? demanda Pilar. Parce que ce n'est plus le cas ?

– Il est exactement comme tous les hommes... Il n'y a qu'une chose qui l'intéresse ! Je pensais qu'il éprouvait les mêmes sentiments que moi, mais il a eu vite fait de me dessiller les yeux et m'a priée de le laisser tranquille – sauf bien entendu si je voulais seulement...

– Coucher avec lui ?

Chris acquiesça, évitant de regarder Pilar.

– Pour lui, je ne suis pas différente des autres.

– Pourtant je ne l'ai jamais vu se comporter comme il vient de le faire avec vous. Jamais il n'avait manifesté la moindre jalousie auparavant. Vous êtes sûre de ne pas être différente à ses yeux ?

Chris se leva et s'empara de la bassine d'eau.

– J'en suis absolument certaine. Il a été tout à fait clair là-dessus et il ne supporte tout simplement pas qu'on accorde à un autre ce qu'on lui a refusé. Tynan ne m'aime pas davantage que... ce vieux chien, par exemple. Maintenant, il faut que vous vous reposiez et je vais préparer de quoi déjeuner... enfin, si je trouve quelque chose de comestible dans les parages.

– Ne vous tracassez pas, je ne suis pas difficile, déclara Pilar d'un air songeur. Ty vous aidera. Il est capable de se débrouiller dans n'importe quel domaine.

– Sauf dans celui de l'amour, répliqua Chris. Comme il n'arrive pas à l'apprivoiser à coups de pistolet ou de poing, il le fuit comme la peste. Faites donc un petit somme, maintenant !

23

Chris passa une heure à essayer de concocter un ragoût avec les quelques ingrédients qu'elle trouva sur place et dans les sacoches. Le manque de vivres commençait à se faire cruellement sentir et elle décida de jeter un coup d'œil à l'intérieur de la cabane dont elle s'était jusqu'à présent prudemment tenue à l'écart à cause de l'odeur abominable qui en émanait.

Se bouchant le nez, elle alla à la porte et inspecta l'intérieur. Le vieil homme y avait empilé tous ses trésors au fil des années. Apparemment, il conservait scrupuleusement le moindre objet, qu'il soit infesté par les punaises, usé jusqu'à la corde ou complètement détériorié.

Chris regarda Pilar par-dessus son épaule et ressentit un surcroît de courage. Elle pouvait bien affronter la vermine et la puanteur pour apporter un peu de bien-être à son amie !

Elle prit la pelle que Tynan avait posée contre le mur et tenta de se frayer un chemin à l'intérieur.

Deux heures plus tard, un gigantesque tas, composé à première vue de peaux mal tannées et de denrées immangeables, s'amoncelait au bord de la falaise. Mais avant de le faire basculer dans le vide, elle préférait en vérifier le contenu à la lumière du jour.

Au fond de l'unique pièce, elle trouva une caissette en bois du genre de celles utilisées pour envoyer des articles fragiles par bateau. Elle l'emporta dehors.

Elle était fermée par un cadenas, mais, comme tous les objets de la cabane, il était rouillé et céda après plusieurs minutes d'effort. A l'intérieur, il y avait quelques dollars moisis, un morceau de roc qui ressemblait à une pépite et, tout au fond, la photographie d'une femme belle et jeune. Chris la leva à la lumière, frotta une tache de moisi dans un angle et étudia les traits de la femme. Elle semblait heureuse et prête à croquer la vie à belles dents. Chris mit la photo dans sa poche en souriant et referma la boîte.

– Vous avez trouvé quelque chose ? jeta la voix de Tynan derrière elle.

– Vous devriez dormir ! protesta-t-elle. Vous êtes resté éveillé toute la nuit.

– J'en avais assez. Que faites-vous ? Je n'ai jamais vu quelqu'un fureter partout comme vous.

– Je ne furète pas partout, je nettoie.

Tynan s'assit derrière elle, un exaspérant petit sourire au coin des lèvres.

– Vous nettoyez à l'intérieur des boîtes fermées à clé ? s'enquit-il en inclinant la tête vers le gros cadenas rouillé sur le sol à côté d'elle. Y avait-il quelque chose d'intéressant dedans ?

– Deux kilos d'or, répondit-elle d'un air suffisant en lui tendant la grosse pierre. C'est sans doute la raison pour laquelle il refuse de quitter l'endroit.

Tynan s'empara du morceau de roc et s'étendit à moitié, prenant appui sur son coude pour l'examiner.

– C'est de la pyrite de fer, annonça-t-il. Le vieil homme serait incapable de reconnaître de l'or s'il en voyait. Il a creusé pendant des années sur la colline un peu plus haut. Il creusait déjà quand j'étais gamin.

Chris lui reprit la pierre des mains.

– Mais alors pourquoi reste-t-il ici ? Pourquoi vit-il ainsi ?

– Il est persuadé qu'il y a de l'or et les faits ne changent rien à ses convictions. Et s'il vit ainsi, c'est surtout pour ne rien laisser échapper. Ce qu'il ne peut pas vendre tout de suite, il le garde dans l'espoir que cela prendra de la valeur.

– Comme les bébés. Ils ne valent rien à la naissance, mais plus tard, petits garçons, ils peuvent travailler.

Tynan ne répondit rien. Il fixait un oiseau au-dessus de sa tête, l'air heureux.

– Comment a-t-il survécu jusqu'à maintenant ? reprit-elle. Il lui faut bien de l'argent pour acheter le strict nécessaire. A-t-il toujours volé des objets pour les revendre ?

Tynan mit un moment avant de répondre.

– Il avait l'habitude de voler, mais maintenant je lui envoie un peu d'argent quand je le peux.

– Vous ? Mais pourquoi ? Après la façon dont il vous a traité... Je croyais que vous le détestiez et que jamais vous ne lèveriez le petit doigt pour l'aider ?

– Ce vieil homme est ce que j'ai eu de plus proche

d'un père. Je préfère en outre qu'il ne vende pas d'autres enfants.

– Je me demande bien comment il est devenu ce qu'il est. Quels malheurs l'ont donc frappé pour qu'il en arrive là ? Je parie qu'il a été amoureux autrefois. Il a dû perdre sa fiancée et ne s'en est jamais remis.

Tynan la regardait comme si elle avait perdu l'esprit.

– Qu'est-ce qui vous fait croire que ce vieil homme a jamais aimé quelqu'un ?

– J'ai trouvé la photo de la femme qu'il aimait.

– Montrez-la-moi !

Chris la lui tendit et il la regarda un long moment avant de la lui rendre.

– Il a prétendu qu'il l'avait jetée et je l'ai cru.

– Vous l'aviez déjà vue ?

– Cela a été longtemps mon plus précieux trésor.

– Qui est cette femme ? s'enquit-elle après un moment d'hésitation.

– Ma mère, paraît-il.

– Votre mère ? Mais, Ty, vous rendez-vous compte que cette photo peut vous permettre de découvrir son identité ? De savoir enfin qui vous êtes ?

– Je sais qui je suis, répliqua-t-il d'un air buté.

Chris examina la photo pendant un moment.

– Quel est son nom ?

– Je n'en ai aucune idée.

– Avez-vous demandé autour de vous ?

Il ficha son regard dans le sien.

– Et à qui donc ? D'après le vieil homme, elle n'a prononcé qu'un seul mot avant de mourir : « Tynan. »

– Avez-vous montré cette photo aux femmes qui... à Red et aux autres ?

– Bien sûr qu'elles l'ont vue ! Mais personne ne la connaissait. Elles ont même trouvé cela si romantique qu'elles ont acheté un cadre pour la mettre. Le vieil homme a fait alors sa réapparition. Il a emporté le cadre et l'a vendu. Il a vécu sur cette somme pendant des années.

Chris retourna la photo.

– Regardez ! Il y a quelque chose d'écrit au dos, mais je n'arrive pas à le déchiffrer.

– S.A. C'est tout ce qu'on lit, le reste a été effacé. Du coup, je me suis imaginé que ma mère s'appelait Sarah.

– Vous avez passé beaucoup de temps devant cette photo, n'est-ce pas ?

Tynan ne répondit rien. Il s'allongea et fixa le ciel.

– Comme le ciel m'a manqué en prison ! Tout ce que vous voyez là-bas est défiguré par les barreaux.

Chris désirait plus d'informations sur la photo.

– Où le vieil homme l'a-t-il trouvée ? Si elle l'avait sur elle, elle devait aussi avoir d'autres choses ?

– Il a tout vendu, même ses vêtements et sa lingerie. J'imagine qu'il a jeté son cadavre nu dans le ravin. Ou alors il est encore quelque part par ici.

– Tynan ! Comment pouvez-vous vous montrer aussi insensible ? Cette femme était votre mère et elle est morte en vous mettant au monde.

Il s'assit.

– Elle a été tuée de trois balles dans le dos.

– Qui pouvait bien vouloir la tuer ? Et pourquoi ?

– Y a-t-il quelque chose à se mettre sous la dent ? Sinon je pourrais aller tirer du gibier.

– Allez-vous me répondre ? Qui pouvait avoir un motif de tuer une femme enceinte ? En avez-vous la moindre idée ?

Il baissa les yeux vers elle.

– Pourquoi les hommes trichent-ils aux cartes ? Pourquoi s'enivrent-ils et s'entre-tuent-ils ? Je n'en sais fichtre rien. Elle errait par là avec trois trous dans le dos. Elle s'est allongée, a accouché en murmurant : « Tynan », puis elle est morte. Voilà, c'est tout ! Le mineur était prêt à nous abandonner tous les deux quand l'idée de tirer un profit du bébé et des vêtements lui a traversé l'esprit. Il l'a donc déshabillée et m'a emporté. Il a tout vendu, mais la photo n'intéressait sans doute personne. Je l'ai prise un été où il me faisait travailler pour lui. Maintenant, est-ce que je peux déjeuner ?

Chris examina une nouvelle fois la photo.

– C'est une très belle femme.

– C'était. Elle *était* belle. Elle est morte depuis longtemps maintenant. Chris, pourquoi vous intéressez-vous autant à ma mère ?

– Je m'intéresse à...

Elle se mordit les lèvres pour ne pas laisser échapper qu'elle s'intéressait seulement à lui.

– Je suis journaliste, se reprit-elle en se levant, et comme toutes les journalistes je suis curieuse.

– Eh bien, moi, je suis curieux de voir ce qui cuit dans cette marmite. Et si nous allions ensemble à la chasse ? suggéra-t-il en se rapprochant d'elle.

– Je ne peux pas laisser Pilar toute seule.

– Pilar ne demande qu'à nous accompagner. Cela lui fera le plus grand bien de se promener.

– Cela m'étonnerait. Je dois nettoyer par ici et...

Ty s'approcha encore et effleura sa joue de la main.

– Chris, soyez gentille, venez avec moi ! Je vous promets de me tenir bien. Je ne ferai rien qui vous déplaise.

Elle recula. C'était impossible de résister à sa voix !

– Je ne devrais pas. Je devrais...

– Vous devriez ? répéta-t-il en la suivant comme elle reculait toujours.

– Chris ! appela Pilar. J'adorerais prendre un peu d'exercice. Accepteriez-vous d'accompagner Ty pour mon bien ?

– Je... j'imagine que oui, bafouilla Chris, plongeant ses yeux dans le regard rieur de Tynan. Mais ne vous avisez pas de prendre des libertés... Je ne me laisserai pas faire !

– Mais, mon cœur, je ne vous ai encore rien *demandé,* ironisa-t-il en baissant à demi les paupières.

Quand Tynan eut dévoré plus de la moitié du ragoût à lui tout seul, il prit son fusil, aida Pilar à se lever et se mit à grimper la sente derrière la cabane. Chris les suivit.

– Tu te souviens quand tu avais volé cette banque au Texas avec les frères Chanry... commença Pilar.

– Volé une banque ? s'étouffa Chris. Volé une banque !

– Elle me croit blanc comme neige, remarqua Tynan avec un clin d'œil à Pilar.

– Pas du tout ! Il sort son revolver à tout bout de champ ! Même quand je l'emmène à un pique-nique dominical...

– Rory Sayers a fait des siennes, dit Tynan à Pilar comme si cela expliquait tout.

– Personne ne cherche autant que lui à provoquer les bagarres ! acquiesça Pilar. Tu n'avais pas un jardin dans le coin autrefois ?

Chris se traînait derrière eux avec le sentiment d'être exclue. Ils bavardaient à bâtons rompus, échangeant des noms de lieux et de personnes sans signification pour elle.

En haut de la colline, Tynan inspecta le sous-bois jusqu'à ce qu'il découvre un bout de terrain qui avait dû être un jour défriché.

– Voilà l'endroit ! J'avais planté des carottes, des pommes de terre et des fraises. Les fraises n'ont rien donné et les lapins mangeaient les carottes au fur et à mesure qu'elles poussaient. Oh, regardez ! s'exclama-t-il en exhibant un bidon rouillé complètement aplati. C'était ma première cible ! Je m'y suis exercé pendant des heures.

– Il faut dire que tu n'avais pas beaucoup de distractions, remarqua Pilar. La mine du vieil homme est par là, non ?

– Un peu plus loin, le long du sentier.

Pilar fit demi-tour et reprit le chemin, mais Chris restait en arrière. Tynan vint la retrouver et glissa son bras autour de ses épaules.

– Vous vous sentez un peu perdue ?

– Pas le moins du monde ! assura-t-elle en le repoussant.

– Pilar peut très bien continuer sans nous. Je connais un merveilleux endroit qui convient parfaitement aux ébats amoureux. C'est tranquille, retiré, au bord d'un petit ruisseau et les fleurs embaument tout l'été. Que diriez-vous de faire l'amour sur un lit de fleurs ?

– Je dirais non ! protesta-t-elle, mais son intonation manquait de conviction. Je ne veux rien avoir à faire avec un homme immoral.

– Immoral ? Qu'est-ce que la morale vient faire là-dedans ! Chris, mon cœur, je pourrais vous rendre si heureuse...

Elle se contorsionna pour lui échapper.

– Laissez-moi tranquille, Tynan ! Je refuse de figurer parmi vos nombreuses conquêtes. Mieux vaut vous faire tout de suite à cette idée ! Une fois rentrée chez mon père, je risque fort d'épouser quelque riche rancher et de lui donner une bonne douzaine d'enfants !

– Qu'est-ce que c'est que cette histoire ! s'enquit-il d'un ton sec. Il y a du Prescott là-dedans !

– Asher ferait un mari parfait. Il vient de demander ma main et j'envisage sérieusement de l'épouser. En quoi cela peut-il bien vous concerner de toute façon ? Vous refusez de vous encombrer d'une femme et d'enfants. Nous avons fait chacun notre choix. Alors de quoi vous plaignez-vous ?

– Vous me faites bien rire avec votre morale ! Quelle différence y a-t-il entre se vendre contre quelques dollars ou contre un anneau en or et un bout de papier ?

– En tout cas c'est à *moi* de fixer le prix – et pas à vous ! riposta-t-elle, et elle le fusilla du regard, la tête haute, en allant rejoindre Pilar.

Arrêtée devant un grand trou noir qui devait mener dans la mine, elle tenait à la main une pierre semblable à celle que Chris avait dénichée dans la petite caisse.

– C'en est plein à l'intérieur. Il croit que c'est de l'or, j'imagine, et que les gens sont trop stupides pour s'en apercevoir. Ah ! Voilà que vous avez recommencé ! remarqua-t-elle en levant les yeux.

– Pas du tout ! C'est l'homme le plus têtu que je connaisse. *Aucune* femme ne lui aurait-elle jamais dit non auparavant ?

– J'en doute, dit Pilar le plus sérieusement du monde. Mais jamais je ne l'ai vu non plus poursuivre une femme de ses assiduités. D'habitude, il se contente de s'asseoir et son charme fait le reste. Au pire, il lui suffit d'ouvrir la bouche. Elles ne résistent pas à sa voix !

– J'attends davantage d'un homme que du charme et une jolie voix...

Un coup de feu retentit dans le lointain.

– Ah, il a dû attraper du gibier ! Venez, allons le retrouver ! Vous serez bientôt définitivement débarrassée de lui, ajouta-t-elle devant la réticence de Chris. Ce sont les premiers bons moments que nous passons ensemble depuis bien longtemps, alors ne les gâchez pas !

Chris se laissa entraîner par Pilar à contrecœur, se jurant bien que personne ne saurait jamais combien la perspective de ne plus revoir Tynan la bouleversait !

Tynan avait déjà dépouillé le jeune daim et allumé un feu quand elles le rejoignirent. Bientôt une bonne odeur de viande grillée emplit l'air.

– C'est joli, vous ne trouvez pas, par ici ? s'enquit Tynan en tendant un morceau de viande à Chris.

Bien sûr ! C'était l'endroit idyllique qui se prêtait si bien aux ébats amoureux ! devina-t-elle en regardant autour d'elle.

– Mais oui, c'est un joli coin ! répondit-elle froidement. Pilar, si vous nous parliez des joies du mariage et aussi de vos enfants ? Quel âge ont-ils déjà ?

Elle ignora le soupir déçu de Tynan et écouta une Pilar nostalgique évoquer sa famille. Chris fut émue jusqu'aux larmes par la chaude atmosphère d'amour que l'on devinait derrière les mots. Puis Pilar l'interrogea sur ses articles et se récria sur la vie passionnante que Chris avait dû mener.

– C'est vrai que c'était passionnant ! acquiesça-t-elle, mais maintenant je suis prête à m'établir.

– Seulement depuis qu'un certain individu a jailli de sa garde-robe, rectifia Tynan sur un ton narquois derrière elle. Elle est persuadée que si un homme la touche, il doit l'épouser...

– Ce n'est pas vrai ! protesta Chris en se tournant vers lui. Je me demande comment j'ai pu être amoureuse de vous. Vous n'êtes qu'un insupportable prétentieux, bien trop habitué à n'en faire qu'à sa tête. Vous auriez beau me supplier maintenant, jamais je n'accepterais de vous épouser.

– Ne vous en faites pas, d'ici une semaine je serai enfin libre ! J'en aurai fini avec les gamines archigâtées qui pensent pouvoir obtenir n'importe quoi – ou n'importe qui – sur simple demande. Je vais être *libre*, vous entendez ? Et ni vous ni personne ne me prendra ma liberté !

– Arrêtez, tous les deux ! intervint Pilar. On dirait mes fils. Nous avons encore quelques jours à passer ensemble, alors essayez donc de vous entendre ! Ty, tu ne dors pas assez, c'est pour cela que tu es de si mauvaise humeur. Pourquoi ne poses-tu pas ta tête sur les genoux de Chris pendant qu'elle nous raconte une histoire ? Je t'aurais bien offert les miens mais je compte faire un petit somme moi aussi.

Il y eut un long moment de silence tandis que Chris évitait de regarder Tynan. Elle finit par murmurer :

– C'est bon ! Nous avons sans doute besoin d'un peu de repos, aussi je vous permets d'utiliser mes genoux !

– Seulement si vous me jurez de ne pas y voir une proposition de mariage.

– Si tu étais un de mes fils, s'écria Pilar, tu aurais déjà reçu une gifle ! Allonge-toi et tiens-toi bien !

Chris s'appuya contre un arbre et Tynan posa sa tête sur ses genoux, mais ni l'un ni l'autre ne semblait à l'aise.

– J'ai lu un livre français l'année dernière, *le Comte de Monte-Cristo*, annonça Chris. Je peux vous le raconter.

– Uniquement si les héros ne se marient pas à la fin, déclara Tynan les yeux clos.

– Ce livre parle de trahison, d'infidélité, de meurtre et de vengeance. Cela pourrait être votre autobiographie...

– C'est sûrement intéressant alors, fit-il en calant sa tête contre ses genoux.

Sans répondre, elle se mit à narrer d'une voix douce comment deux hommes amoureux de la même femme se vouèrent une haine éternelle.

Après quelques minutes, elle entendit la respiration régulière de Pilar. Tynan paraissait endormi lui aussi et elle s'enhardit à repousser une mèche de cheveux de son front. Il avait l'air si jeune, les traits détendus par le sommeil.

Et elle continua à raconter pour son seul plaisir

les mille péripéties de l'aventure. Quand elle eut fini, elle effleura la joue de Tynan et enfouit ses doigts dans les boucles brunes en écoutant le chant des oiseaux.

– L'histoire m'a plu, chuchota-t-il.

– Je vous croyais endormi ! protesta-t-elle, tentant de retirer sa main qu'il retenait prisonnière dans la sienne.

– Non ! J'avais envie de vous écouter. On m'a rapporté que le vieil homme a vendu un livre à l'époque de ma naissance. Sans doute apppartenait-il à ma mère...

Il s'interrompit et se mit à embrasser chacun des doigts de Chris, l'un après l'autre, comme si c'était la chose la plus naturelle du monde.

– Arrêtez, voulez-vous !

– Chris, si j'étais fait pour me marier, je vous jure que je n'aurais aucune hésitation. L'idée de vivre auprès de vous est terriblement tentante. Vous êtes jolie, passionnée au lit...

Elle jeta un regard à Pilar, heureusement elle dormait.

– Jamais je ne me suis confié à une femme autant qu'à vous. Mais la vérité, c'est que je ne suis pas fait pour le mariage. Je suis incapable de me fixer quelque part. Euh... cela ne marcherait pas entre nous, c'est sûr !

Chris cacha son exaspération et dit simplement :

– Je comprends tout à fait. Vous ne voulez pas m'épouser et moi je refuse de coucher avec un homme dans ces conditions. La situation est claire et le mieux est d'en rester là !

– Ne faut-il pas saisir le bonheur quand il se présente ? Bientôt, nous serons séparés pour toujours... dit-il, inclinant la tête vers elle.

– Non, ce n'est pas ainsi que je vois les choses !

Elle crut qu'il allait se mettre à protester, mais

l'ombre d'un sourire passa sur ses lèvres et il marmonna :

– On ne peut pas blâmer un homme pour avoir essayé !

Puis il se détourna et se remit à embrasser le bout de ses doigts.

– Si mes calculs sont exacts, Prescott ne sera pas de retour avec votre père avant quatre jours. Qui sait ce qui peut arriver d'ici là ?

– Je sais qu'il n'arrivera rien ! dit-elle d'un air suffisant.

Tynan ne parut pas découragé et se mit à caresser sa paume du bout de la langue avec application.

– Ça y est, vieil homme ! dit Prescott et il relâcha les liens du mineur pour la troisième fois.

Il ne pouvait s'empêcher d'avoir mauvaise conscience et, au fond de lui-même, désapprouvait sa conduite, car cet homme n'avait rien fait pour mériter un tel traitement.

– Et maintenant, je vais prendre un peu de sommeil, annonça-t-il.

Cela faisait presque deux jours qu'il était en selle et s'il ne se reposait pas, il ne tiendrait jamais jusque chez Mathison. Avec un dernier regard de compassion au mineur qui, appuyé contre un arbre, le fixait de ses yeux perçants, Asher s'installa pour la nuit en utilisant sa selle comme oreiller.

Le vieil homme avait l'air de dormir. Mais dès qu'il entendit le léger ronflement d'Asher, il joua des poignets et ses liens se défirent.

– Imbécile ! marmonna-t-il avec mépris, les yeux rivés sur la forme endormie d'Asher pendant qu'il libérait ses pieds. Espèce d'imbécile !

Il se leva alors sans bruit, attrapa une grosse pierre et se glissa jusqu'à Asher qu'il assomma dans son sommeil. Puis il resta un moment à le contempler avant de fouiller ses poches et ne mit qu'un petit quart d'heure à le dévaliser entièrement. Il l'abandonna en sous-vêtements, emportant selle, fusil, argent et bottes. Et seul le bruit d'une cavalcade dans le lointain le dissuada de couper les boutons de son caleçon.

– Ah ! vous vous preniez pour un malin, M. Tynan-qui-a-tué-sa-mère, grommela-t-il comme il sautait en selle, la bride du cheval d'Asher à la main. Moi, je connais quelqu'un qui sera bien content d'apprendre où vous vous cachez. Oui, je connais quelqu'un... Je vais vous montrer...

Et il continua à jurer et à bougonner en se dirigeant vers le nord, du côté des terres de Dysan.

24

Chris fit de son mieux pour rester loin de Tynan les jours suivants, mais le résultat fut décevant. Où qu'elle aille, il était perpétuellement dans ses jambes. Le second jour au matin, des coups de feu éclatèrent dans le lointain et Chris sentit son cœur se serrer en voyant Tynan se faufiler dans les broussailles, son fusil à la main, pour voir de quoi il retournait. Elle pleura presque de soulagement en apprenant qu'il s'agissait seulement de chasseurs.

– Vous vous inquiétez pour moi ? demanda-t-il, et un immense désir enflamma ses yeux.

Chris releva ses jupes et s'enfuit.

– Y a-t-il un problème ? s'enquit innocemment Pilar.

Elle s'occupait de la cuisine depuis que Chris avait gâché de la farine en essayant de confectionner des biscuits.

– C'est l'homme le pire que je connaisse ! éclata Chris dont le cœur battait à tout rompre.

– Vous lui plaisez pourtant terriblement.

– Peut-être, mais à moi, il ne me plaît pas !

– Votre mère ne vous a-t-elle jamais dit que le mensonge était un vilain défaut ? se moqua Pilar.

– Il y a beaucoup de lacunes dans mon éducation. J'ignore comment repousser les voyous un peu trop persuasifs, par exemple. Pilar, je sens que je faiblis. Encore deux jours de ce traitement et je serai incapable de lui dire non.

– Tynan m'a tout l'air de s'en douter.

– Je vais me montrer forte. Je suis bien décidée à ne pas céder. Il aura beau me glisser des mots doux ou me couler des regards brûlants, je ne céderai pas, affirma-t-elle, puis elle fixa Pilar de ses yeux tristes et inquiets. Mais s'il m'embrasse encore une fois dans le cou, je suis perdue !

Pilar se retourna vers ses biscuits avec un sourire.

Chris réussit à éviter Tynan jusqu'au soir. C'est alors qu'il suggéra une promenade au clair de lune.

– Je ne vous ai pas proposé de vous enfuir avec moi, Chris, mais seulement une promenade, protesta-t-il quand il vit ses lèvres esquisser un non. Je jure de ne pas vous toucher ! Maintenant que je sais que vous ne pouvez pas me résister...

– Je ne peux pas vous résister ! Mais enfin, d'où sortez-vous cela ? Bien au contraire, je pourrais passer le reste de ma vie avec vous sur une île déserte sans vous céder.

– Formidable ! s'écria-t-il avec un sourire. Alors vous ne refuserez pas une promenade au clair de lune.

Chris se retrouvait au pied du mur, aussi appela-t-elle Pilar à l'aide, mais celle-ci déclina la proposition sous prétexte qu'elle souffrait trop – ce qui ne l'avait pas empêchée de pétrir vigoureusement la pâte tout à l'heure...

Chris se mit à remonter la pente vers le ruisseau à contrecœur et Tynan lui emboîta le pas.

– Vous faites la course ou vous avez peur de marcher à côté de moi ? demanda-t-il.

Elle s'immobilisa et lui fit face.

– Bien sûr que non, voyons ! Pourquoi aurais-je peur de marcher à côté de vous ? Seulement, vous ne vous rendez pas compte à quel point vous marchez lentement avec votre jambe.

– Ah, vraiment ? persifla-t-il avec un sourire entendu en lui prenant le bras. Alors vous devez aider le malheureux invalide que je suis.

Ils marchèrent un moment ensemble. Chris luttait pour rester loin de lui mais il emprisonnait fermement son bras.

– Il y a quelques semaines, vous étiez sans cesse pendue à mes basques, vous alliez jusqu'à me suggérer d'enlever ma chemise ou mes chaussures. Vous paradiez même sans aucune vergogne en tenue d'Eve. Et maintenant, vous me fuyez comme la peste !

– C'était avant, dit-elle, regardant droit devant elle.

– Avant la nuit dans la cabane ? Avant la nuit où nous avons fait l'amour et passé un merveilleux moment ensemble ?

– Merveilleux ? Pas pour vous, apparemment. Vous m'avez tout de suite prévenue que vous ne vouliez pas de moi et que je n'étais qu'une conquête parmi tant d'autres !

– J'ai peut-être été un peu brutal, je le reconnais, mais vous m'avez paniqué avec vos histoires de mariage et d'enfants. Si nous tirions un trait et repartions de zéro ? Nous nous entendions si bien jusqu'à ce que vous décidiez de me passer la corde au cou.

– Je ne veux pas vous passer la corde au cou, dit-elle en dégageant son bras. Le mariage est fait pour les gens qui s'aiment et j'ai bêtement cru que c'était notre cas cette nuit-là, sinon je ne vous aurais pas permis de me toucher. Vous avez eu ce que vous vouliez, alors laissez-moi !

Elle se détourna, mais il la ramena de force vers lui et enfouit son visage baigné de larmes au creux de son épaule.

– Chris, jamais aucune femme n'a encore été amoureuse de moi et j'ignore même ce que ce mot veut dire vraiment. Je suis désolé, je ne voulais pas vous faire de peine. Je vous impressionne parce que je sais me servir d'un pistolet et...

– Ecoutez, des voyous et des hors-la-loi, j'en ai rencontré des centaines ! Quant à l'idée que je puisse me tromper sur mes sentiments, elle est tout simplement...

Les baisers de Tynan étouffèrent la fin de sa phrase. Il la pressait sauvagement contre lui. Ses lèvres étaient chaudes et sensuelles, ses mains partout à la fois.

– Je vous en prie, murmura-t-elle avec une voix mourante. Je vous en prie, ne me touchez plus. Je ne peux pas le supporter. Je suis incapable de vous résister.

– Mais je n'y tiens pas, chuchota-t-il en saisissant le lobe de son oreille entre les dents.

Sa bouche remonta sur sa joue jusqu'au coin de l'œil et aspira une larme salée, puis, sans transition, il repoussa soudain Chris brutalement.

– Allez-vous-en ! martela-t-il d'une voix assourdie par la colère. Retournez dans votre lit glacé et restez-y toute seule.

Chris dévala le sentier jusqu'à la cabane sans chercher à retenir ses larmes et Pilar ne fit aucun commentaire quand elle s'effondra en hoquetant sur la paillasse voisine.

Elle pleura un long moment avant que la vérité ne lui apparaisse dans toute sa crudité. Peu importait qu'il ne l'épousât pas et même qu'il ne l'aimât pas... Car, pour l'instant, elle éprouvait un si violent désir pour lui que cela seul comptait. Elle voulait sentir ses mains sur son corps et ses lèvres sur son visage...

Reniflant, mais avec un bien meilleur moral maintenant, elle se leva et quitta l'abri. Tynan avait établi son campement un peu plus loin à l'orée du bois afin de pouvoir surveiller la cabane sans être vu. Mais il n'était pas là. Elle retira lentement ses vêtements et s'étendit sur les couvertures pour l'attendre. Comme il n'arrivait toujours pas, elle s'endormit en souriant à la perspective de son retour.

– Chris, murmura Tynan en l'attirant dans ses bras. Oh, ma ravissante et charmante Chris !

Elle ouvrit paresseusement les yeux. Il faisait jour et les oiseaux chantaient. Les mains de Tynan écartèrent la couverture et remontèrent fiévreusement le long de ses hanches.

– Vous êtes venue ici, chuchota-t-il. Oh, vous êtes venue ! J'ai erré toute la nuit. Chris, vous me rendez fou !

Il attira son visage vers le sien et se mit à l'embrasser comme s'il ne devait jamais cesser. Il passa ses bras autour de son cou et l'étreignit avec fougue.

Il enleva alors sa propre chemise et s'étendit auprès d'elle sur la couverture tout en lui prodiguant de merveilleuses caresses. Puis, soudain, il roula sur le côté et redressa la tête, sur le qui-vive.

– Il y a quelqu'un. Il faut que j'aille vérifier.

– Mais non, c'est certainement Pilar, protesta Chris en essayant de le ramener contre elle. Elle ne viendra pas ici.

Mais Tynan remit sa chemise en s'éloignant.

– Non, quelqu'un remonte la piste. Avec ma chance, c'est sans doute votre père, annonça-t-il d'un air résigné. Vous devriez vous habiller. Il vaut mieux qu'il ne trouve pas sa chère petite fille dans les bras d'un employé. Oh non, pas de discours, s'il vous plaît ! s'écria-t-il comme elle ouvrait la bouche. Ne rendez pas les choses plus difficiles !

Sa bouche formait un pli amer tandis qu'il la regardait s'habiller sans un mot. Quand elle fut prête, il l'attira dans ses bras.

– J'ai vieilli de vingt ans depuis notre rencontre. J'espère de tout mon cœur que ce n'est pas votre père !

Après un rapide baiser, il lui prit la main et l'entraîna vers la cabane. Elle aperçut Pilar étendue sous l'appentis.

– Vous trouverez une paire de jumelles dans mes sacoches. Apportez-les-moi, s'il vous plaît.

Elle courut jusqu'à l'appentis. Pilar se dressa sur un coude pour l'observer.

– Heureuse ce matin ? s'enquit-elle.

– Cela irait certainement mieux si Tynan s'était donné la peine de rentrer avant le matin, répliqua Chris en fouillant dans les sacoches.

– Et quel est le programme ? demanda Pilar.

– Ty a entendu quelqu'un sur la piste et il veut aller se rendre compte sur place. Ah, voilà les jumelles !

– Je vous accompagne, annonça Pilar en sautant hors des couvertures et elle dévala la colline à la suite de Chris.

Tynan était étendu de tout son long sur un rocher, aussi invisible qu'un lézard, et il dut agiter son bras pour se faire remarquer.

– Ce sont eux, annonça-t-il et une note de tristesse vibrait dans sa voix. Je le savais, ajouta-t-il en tendant les jumelles à Chris.

– C'est mon père, vous êtes sûr ? s'écria Chris tout excitée en le rejoignant sur le rocher avec Pilar.

– Leur identité m'importe peu du moment qu'ils m'apportent des vivres ! intervint Pilar.

– A en juger par la taille du convoi, Mathison a emmené la totalité de son ranch avec lui, remarqua Tynan.

Chris ajusta les jumelles. Son père était facilement reconnaissable à sa silhouette massive qui faisait paraître son cheval minuscule. Il se tenait toujours aussi droit – et malgré la distance, elle crut discerner une expression belliqueuse sur ses traits. Elle baissa les jumelles. Tynan l'observait, un sourire moqueur aux coins des lèvres.

– Je peux vous passer mon fusil pour vous défendre, ironisa-t-il.

– Qui est l'homme qui l'accompagne ? interrogea Pilar en regardant à travers les jumelles.

– C'est la première fois que je le vois, dit Tynan.

– Mieux vaut en finir tout de suite, déclara Chris en se redressant. Je vous conseille de faire demi-tour si vous avez l'âme sensible. Les colères de mon père sont...

Elle eut beau réfléchir, aucun terme ne lui venait à l'esprit pour les décrire. Aussi prit-elle une profonde inspiration pour se donner du courage avant de descendre la colline à sa rencontre.

Dès qu'il l'aperçut, Del éperonna son cheval, laissant les autres sur place. Chris souleva ses jupes et se mit à courir vers lui. Une fois à sa hauteur, au lieu de ralentir l'allure, il lui tendit un bras et la hissa sur la selle derrière lui. C'était un tour qu'il lui avait appris autrefois et qui avait permis à Chris de sauter derrière Tynan l'autre jour, devant le bureau du fret.

Tout en se tenant à son père, Chris s'aperçut que Tynan avait dégringolé la colline à sa suite, son fusil à la main, sans doute pour la protéger en cas de besoin. Elle se retourna au moment où l'inconnu qui accompagnait son père s'arrêtait et le prenait en croupe.

A peine s'étaient-ils immobilisés devant la cabane que Del faisait déjà les pires remontrances à sa fille, avant même de sauter à terre :

– De toutes les stupidités que tu as pu commettre, celle-là est bien la pire. Je ne te laisserai jamais plus partir, tu entends ? Ni toi ni ta mère n'avez jamais eu le moindre bon sens.

Chris se haussa sur la pointe des pieds et passa ses bras autour du cou de son père, heureuse de constater qu'il n'avait pas changé : il avait toujours le même port de tête orgueilleux et sa crinière argentée de vieux lion. Il la serra un instant contre lui avant de repartir à l'attaque :

– Te rends-tu compte de l'enfer que j'ai traversé ? Tu n'imagines pas ce que j'ai pu entendre. A les croire tous, tu étais toujours sur le point d'être tuée !

– Que veux-tu dire exactement par « tous » ?

– Ne joue pas au plus fin avec moi, sinon je te promets de faire ce que ces hommes *auraient dû* faire depuis longtemps. Où est le jeune chien que j'ai envoyé à ta poursuite ? Il était censé *te protéger*.

– C'est moi que vous cherchez ? demanda Tynan en s'avançant.

Del le dévisagea de haut en bas. Il remarqua au passage le pansement sale qu'il portait à la cuisse.

– Je vois qu'elle vous a donné du fil à retordre à vous aussi !

– Je prends la responsabilité de tout ce qui est arrivé, rétorqua Tynan en se redressant. J'ai quand même eu l'occasion de la sortir du pétrin à plusieurs reprises.

– Ha, ha ! ricana Del. En particulier quand vous étiez en prison ! Et cette histoire de fiançailles ? De quoi s'agit-il ?

Chris observa son père puis Tynan. Elle comprit que ce dernier n'avait pas l'intention de répondre et saisit toute l'importance du moment. Si elle confirmait les fiançailles, son père risquait de renvoyer Tynan en prison. Oh, bien sûr, elle avait de bonnes chances de le faire changer d'avis ! Mais si elle n'y arrivait pas ? Qu'adviendrait-il de Tynan... ?

– Ce n'était pas sérieux, murmura-t-elle enfin. C'était seulement pour donner le change et éviter une rixe. Tynan s'est toujours conduit en parfait gentleman. Il a fait tout son possible pour me protéger et m'a même arrachée aux griffes de Dysan.

Chris ne quittait pas son père des yeux. Il étudia Tynan un long moment, puis il se racla la gorge d'un air peu amène. Il ne fit cependant aucun commentaire.

– J'espère que Chris acceptera ma proposition, s'écria une voix derrière, profitant du silence qui s'était installé.

Chris se retourna et découvrit Asher, un bandage autour du front. Il prit un air protecteur et passa son bras autour des épaules de Chris. Mathison regarda sa fille comme autrefois quand il n'était pas sûr qu'elle lui disait la vérité, et Chris baissa les yeux.

Pilar rompit le silence.

– Permettez-moi de me présenter, intervint-elle en s'approchant de Del, la main tendue. Pilar Ellery. J'ai beaucoup entendu parler de vous. N'y aurait-il pas par hasard des provisions dans vos sacoches ? Nous mourons tous de faim !

Del lui serra la main, mais aucun sourire n'éclaira son visage. Face à une jolie femme, ce n'était pas son habitude. Quelque chose le tourmentait, mais quoi ? songea Chris en s'écartant d'Asher et en glissant son bras sous celui de son père. Il posa sur elle un regard empli de tristesse.

– Je suis désolée de t'avoir causé tous ces soucis, murmura-t-elle alors dans un élan de compassion.

– Puis-je me présenter, miss Mathison ?

Elle reconnut l'homme qui chevauchait tout à l'heure aux côtés de son père. Du même âge que lui, il était grand et mince et ses cheveux bruns grisonnaient aux tempes. D'allure virile, on le sentait habitué à l'exercice physique, mais il émanait de lui la distinction parfaite qui est l'apanage des élites.

– Samuel Dysan, annonça-t-il de sa voix mélodieuse.

– Samuel Dysan ? répéta-t-elle en décochant un coup d'œil à Tynan, derrière lui. Vous êtes celui que Beynard...

– Il me cherche ? s'enquit-il, surpris.

– Je l'ai entendu affirmer qu'il cherchait Samuel Dysan depuis des années.

Sam et Del échangèrent des regards.

– Hum, je vois. Et quand vous a-t-il dit cela ?

– Je, euh... il ne me l'a pas dit, enfin... il...

– Elle était cachée dans les buissons en train d'épier la conversation, intervint Tynan en s'avançant.

– C'était pour la bonne cause ! se défendit-elle. Lionel était...

– Lionel ? répéta Del. Le sale gamin que vous m'avez envoyé ? Je lui ai administré trois fessées le même jour.

– Tu as *battu* Lionel ? Ce n'est encore qu'un petit garçon !

– J'aurais dû te donner des fessées plus souvent ! Mais j'avais le cœur tendre, et les petites filles me paraissent si fragiles. Je ne recommencerai pas la même erreur, je te le jure ! Je vais m'atteler à l'éducation de ce garçon et lui enfoncer un peu de plomb dans la cervelle. Et je veillerai à ce qu'il n'écrive pas de ces dangereux articles qui ont failli te coûter la vie ! Ah, tu n'imagines pas le nombre de fois où on m'a répondu : « Mais oui, elle était ici. Elle a laissé trois cadavres derrière elle. » A vous deux, dit-il en se tournant vers Tynan, vous êtes responsables d'une véritable hécatombe !

– Ce n'est pas juste ! protesta Chris. Tynan n'a fait que son devoir. Il n'est pour rien...

– Sauf quand j'ai tiré sur Sayers, remarqua l'intéressé avec le plus grand sérieux.

– Que pouviez-vous faire d'autre ? Rester sur place et vous laisser tuer ? Non, vous n'aviez pas le choix !

Elle se tut brusquement, réalisant la portée de ses propos. Elle venait de se reconnaître coupable de l'avoir abandonné en prison... et avec quelle flamme ! Tynan la regarda un long moment avant de se tourner vers Del.

– Chris s'attire des ennuis uniquement parce qu'elle veut rendre le monde meilleur. Vous avez fait un sacré bon travail en l'élevant, monsieur ! Maintenant, qui veut déjeuner ? Miss Mathison, fit-il, et il lui proposa son bras, puis-je vous accompagner ?

Chris sentit ses jambes se dérober sous elle et elle s'appuya lourdement sur Tynan. Pour la première fois, un homme ne tremblait pas devant son père !

Ils rejoignirent les autres – une cinquantaine d'hommes environ escortaient Del – et prirent leur premier vrai repas depuis des jours et des jours. Chris tentait de répondre sans mentir aux questions de son père, assez évasivement toutefois pour ne pas l'affoler davantage sur les dangers qu'elle avait courus.

– Tu t'es rendue chez Hamilton alors que tu savais qu'il avait fait tuer son cousin ?

– Je n'en étais pas sûre. Enfin, c'est-à-dire qu'il s'agissait d'un terrible accident, et le seul choc aurait pu tuer n'importe qui. Je voulais juste aider ce petit garçon. Et puis les deux hommes que tu m'avais envoyés pour me protéger étaient là. Alors que pouvait-il bien m'arriver ? déclara-t-elle sans oser croiser le regard de Tynan, d'Asher ou de Pilar.

– Que pouvait-il t'arriver... ! Et Dysan, alors ? As-tu seulement une petite idée de ce que peut être cet individu ?

– Pour ça, oui ! Ne vaudrait-il pas mieux aborder ce sujet tout à l'heure ? suggéra-t-elle avec un coup d'œil en direction de Samuel Dysan.

– Ne vous inquiétez pas pour moi, intervint celui-ci en reposant son assiette. Personne ne connaît mieux que moi l'homme qu'est devenu mon petit-neveu. J'ai eu le malheur de le voir grandir.

La curiosité de Chris prit le dessus.

– Mais alors, pourquoi prétendait-il vous chercher depuis des années ? Ne savait-il pas où vous trouver ?

Del reprit vertement sa fille pour son indiscrétion, mais Chris continua à observer attentivement Samuel. Ce dernier regardait Tynan avec un tel intérêt qu'elle finit par laisser son regard errer de l'un à l'autre. Samuel se reprit brusquement.

– Je n'ai jamais compris sa façon de penser, dit-il. Sa mère a épousé mon neveu, persuadée qu'il hériterait de ma fortune. Quand elle a su que j'avais d'autres dispositions, elle a tout fait pour braquer son fils contre moi.

– Qui est votre héritier alors ?

– Christiana ! glapit Del. Voyons, qu'est-ce qui te prend ?

– Excusez-moi, monsieur Dysan, je me laisse emporter par mon tempérament de journaliste. Mais si cette femme a pu penser que son mari serait votre héritier, cette question ne devait pas être claire.

Samuel posa sa main sur le bras de Del.

– Ce n'est pas grave, les questions ne me dérangent pas. J'ai un fils qui a disparu en mer il y a des années. Je garde toujours l'espoir de le retrouver un jour. Mais, même si ce ne devait jamais être le cas, je ne laisserais pas un centime à mon petit-neveu.

– Il paraît avoir bien assez d'argent comme cela.

Le visage de Samuel se durcit.

– Quel que soit le montant de sa fortune, c'est au prix du vol, de la trahison, du mensonge et du meurtre qu'il l'a acquise.

– Mon Dieu ! s'exclama Chris, et elle baissa les yeux sur son assiette.

– Monsieur Tynan, dit Samuel, j'ai une certaine expérience des blessures. Pourrais-je jeter un coup d'œil sur la vôtre ?

Tynan parut surpris.

– Peut-être pourriez-vous d'abord examiner celle de Pilar ?

– Bien entendu, acquiesça Samuel avec un sourire.

– Vous savez... commença Chris tandis que son regard passait de l'un à l'autre.

– Qu'as-tu encore écrit sur Hugh Lanier ? Tu as accusé le malheureux d'un des plus horribles crimes du siècle, tempêta Del.

Chris reporta toute son attention sur l'élaboration d'un plan de défense face à son père.

25

Chris ne put échapper à son père une seule minute de toute la soirée. Elle aurait voulu parler à Tynan, mais ce dernier faisait mine d'être terriblement occupé alors qu'Asher ne la quittait pas d'une semelle. Il était aux petits soins pour elle et se comportait comme s'ils étaient vraiment intimes.

Tynan, au contraire, l'appelait miss Mathison en

soulevant son chapeau d'une manière tout à fait formelle.

– S'est-il bien conduit avec toi ? s'enquit Del, la voyant grimacer dans le dos de Tynan, car elle était furieuse du ton protocolaire qu'il utilisait désormais avec elle.

– Comment l'as-tu fait sortir de prison ?

– Je n'ai pas l'intention de te dévoiler tous mes secrets, fit Del avec un petit rire. Contente-toi de savoir que je l'en ai fait sortir. Il t'a dit qu'il était en prison ?

– Non, je l'ai deviné et il a répondu à mes questions. A qui révéleras-tu tes secrets ? A l'homme que tu m'as choisi ?

– Assez de questions ! Tu t'entends bien avec Prescott ?

– Pas mal. Il m'a proposé de l'épouser. C'est ce que tu veux, n'est-ce pas ?

Del l'observa un instant.

– Il est temps que tu t'établisses et me donnes des petits-enfants.

– Réjouis-toi, c'est exactement mon intention !

Ils se préparèrent en silence pour la nuit, puis Del alla donner des ordres au chef de sa petite troupe. Enroulée dans une couverture, Chris le regarda parler ensuite quelques instants à Tynan.

– Il semble intelligent et sensé, remarqua Samuel non loin d'elle. Et pourtant, d'après Del, il purgeait une peine de prison pour meurtre.

– En effet, mais il n'en était pas coupable. De plus, c'est un homme merveilleusement compétent !

– Vous n'aviez pas... peur de lui, pas peur de vous trouver seule en face de lui ?

Chris lui jeta un regard incrédule.

– Mais je fais une confiance absolue à Ty. C'est un homme bon, fin et intelligent qui, malheureusement, n'a jamais eu de chance dans la vie. Malgré tout ce qui lui est arrivé, il est resté digne de confiance et a conservé des idéaux élevés.

Elle se tut, légèrement embarrassée, avant de conclure :

– Non ! Vraiment, je n'ai jamais eu peur de lui.

– Je vois ! Eh bien, miss Mathison, je vous souhaite une bonne nuit, dit Samuel Dysan et il s'éloigna en sifflotant.

Le lendemain, Del réveilla tout son monde aux aurores. Chris écarta paresseusement sa couverture et aperçut Tynan en train de charger les chevaux. Elle se leva aussitôt et le rejoignit.

– Bonjour ! fit-elle avec un sourire.

Il se recula le plus loin possible sans un regard.

– Allez préparer le café, fit-il à voix basse. Nous en aurons bien besoin.

– Ty... commença-t-elle.

– Ecoutez, Chris, c'est fini ! Nous allons chacun retrouver notre monde. Vous voici redevenue la petite fille riche et moi l'ex-détenu. Allez donc préparer du café, voulez-vous ?

Des larmes inondèrent les yeux de Chris.

– Non, ce n'est pas fini, Ty. Vous savez ce que je ressens pour vous.

Les chevaux les protégeaient des regards indiscrets, et il posa ses mains sur ses épaules.

– Chris, je vous répète depuis le début que cela ne marcherait pas entre nous. Vous vous croyez... amoureuse de moi, mais c'est faux. L'aventure et la provocation vous amusent un temps, mais le luxe vous est aussi nécessaire que l'air que vous respirez. Attendez et vous verrez ! Je ne vous donne pas deux semaines et quelques réceptions avant de m'avoir oublié. Et si je m'avisais alors de débarquer dans votre salon, vous auriez peur que je ne salisse vos meubles avec mes vêtements et vous seriez stupéfaite à l'idée d'avoir pu être amoureuse d'un type dans mon genre.

Elle l'observa un long moment.

– J'espère que vous arriverez à vous convaincre vous-même avec de pareilles âneries ! s'emporta-t-elle, puis elle se tut un instant et ajouta d'une voix radoucie : J'espère surtout qu'un jour vous comprendrez que vous m'aimez autant que je vous aime.

Elle se dégagea d'une secousse.

– Il faut que je fasse le café. Quand vous aurez assez de courage pour regarder la vérité en face, prévenez-moi !

Et elle s'enfuit, tête baissée, vers les cuisines improvisées, bousculant Samuel Dysan au passage.

Quand ils levèrent le camp, elle remarqua que les hommes gardaient leurs armes à la main. Son père, Sam et Tynan se placèrent autour d'elle ainsi que trois autres hommes.

– Vous croyez que Dysan est dans le coin ? demanda-t-elle à Samuel auprès d'elle.

– Certainement, répondit-il. Nous détenons quelque chose qu'il considère comme son bien.

Del Mathison donna l'ordre de monter à cheval avant qu'elle puisse s'informer davantage. Ils chevauchèrent pendant plus de deux heures avant de rencontrer les hommes de Beynard Dysan. Ce dernier s'avança vers eux avec assurance.

Del leva la main pour arrêter ses troupes, et Tynan vint se placer juste devant Chris. Il se trouvait maintenant en première ligne avec Del et Sam.

– C'est moi que vous cherchez ? s'enquit Samuel d'un ton si glacial que Chris en frissonna.

– Non, pas vous, répondit Dysan. Vous savez ce que je veux. Je veux ce qui m'appartient de droit.

– Non, se contenta de répondre Samuel.

– Alors je le prendrai, dit Beynard. Et vous tous avec !

Samuel poussa son cheval en avant, arrachant les rênes de la main de Del quand il essaya de l'arrêter.

Derrière eux, Chris entendait les hommes armer leurs fusils.

Pendant que Sam et Beynard parlaient, Tynan fit reculer son cheval à la hauteur de Chris.

– Je veux que vous galopiez jusqu'à ces arbres si je vous en donne l'ordre, murmura-t-il. Vous m'avez compris ?

Chris leva les yeux et croisa le regard de son père qui venait de pivoter sur sa selle. Il lui fit signe d'obéir.

– Pilar, tiens-toi prête ! lança Ty par-dessus son épaule.

Chris, la gorge nouée par l'angoisse, regarda Tynan regagner sa place à côté de son père. Les deux hommes qu'elle aimait le plus au monde seraient les premières victimes si les mercenaires de Dysan faisaient feu. Une éternité sembla s'écouler avant que Samuel ne regagne sa place.

– Ce combat ne regarde que nous, déclara-t-il. La totalité reviendra au gagnant.

Del acquiesça d'un signe de tête, et Chris s'avança à sa hauteur.

– Mais enfin, que se passe-t-il donc ? s'enquit-elle.

– Rien qui te concerne, répondit Del sans quitter Samuel des yeux.

– Ils vont régler la question en tête à tête, déclara Tynan, et le gagnant aura le butin.

– Mais Samuel est âgé ! protesta Chris. Ses réflexes sont émoussés. Et d'ailleurs, ce qu'il fait de ses biens ne regarde que lui !

Del lui lança un coup d'œil sévère pour lui signifier de se taire.

– Je suis son exécuteur testamentaire. Et si jamais Sam perdait, je sais qui doit hériter.

– Mais alors Dysan ne te laissera pas de repos et...

– Chris ! intervint Tynan. Venez par ici et taisez-vous.

Elle obtempéra tout en continuant à fixer Samuel et Dysan comme ils disparaissaient au milieu des arbres.

Le temps sembla s'éterniser avant que le coup de feu ne retentisse. Chris sursauta, puis elle attendit en retenant sa respiration.

Un deuxième coup éclata et le silence retomba.

Elle se tourna vers Tynan. Un pli barrait son front. Soudain, il éperonna son cheval et fila vers les arbres en frôlant les hommes de Dysan au passage. Chris fixa un instant le sillon de poussière derrière lui, puis elle le suivit au triple galop malgré les protestations de son père.

Elle atteignit la clairière au moment où Tynan sautait à terre. Samuel et Beynard gisaient par terre dans une mare de sang. Elle se laissa glisser de la selle avant que sa monture ne soit arrêtée et rejoignit Tynan au moment où il soulevait Samuel.

– C'est juste une égratignure. Je peux me lever, annonça Samuel avec un sourire.

Tynan se tourna vers Chris avec un visage fermé.

– Mais que diable faites-vous là ?

– Je suis venue voir si vous n'aviez pas besoin d'aide.

– Pas d'une demi-portion comme vous. Allez, rentrez...

Sam réussit à s'asseoir avec le secours de Tynan.

– J'adorerais entendre vos querelles d'amoureux si je n'avais peur de perdre tout mon sang, dit-il, l'air moqueur.

Chris fixa Tynan avec un sourire entendu tandis qu'il ouvrait et fermait la bouche sans pouvoir émettre un son. Del arriva à cet instant en hurlant de colère à l'adresse de sa fille.

– Que s'est-il passé ici ? s'écria Tynan d'une voix forte pour détourner son attention alors que Chris se précipitait pour chercher des bandages dans ses sacoches.

– Nous avons échangé des coups de feu et j'ai gagné, intervint Sam. Comme je le croyais mort, je me suis approché. C'est le descendant de mon frère, tout de même, je le connais depuis qu'il est tout petit. Sans sa mère, les choses auraient pu tourner autrement. Mais elle m'a toujours détesté.

– Et elle lui a appris à vous détester, n'est-ce pas ? dit Chris tout en tendant les bandes à Tynan.

Il coupa la chemise de Sam et dénuda l'avant-bras. La blessure était superficielle, mais douloureuse. Chris s'approcha pour qu'il puisse s'appuyer contre elle pendant que Tynan le soignait.

– Oui, il me haïssait, mais maintenant c'est fini !

– Comment vous a-t-il blessé ? s'enquit Tynan.

– Je me suis approché de lui. Il avait un revolver dans sa manche. Il a utilisé ses dernières forces pour tenter de me tuer.

Chris se pencha et l'embrassa sur le front.

– Oui, c'est fini maintenant. Nous pouvons rentrer.

Samuel lui prit la main et, la gardant dans la sienne, il regarda Del.

– C'est ce que je désirais, déclara-t-il simplement.

Chris voulut lui demander ce qu'il entendait par là, mais Del l'interrompit en donnant des ordres. Ils enterrèrent Beynard sur place et plantèrent une croix pour marquer l'endroit. Puis les hommes que Dysan avait engagés se dispersèrent en silence et Samuel resta quelques instants seul devant la tombe avant de reprendre la route.

Chris aurait dû se sentir soulagée, mais bien au contraire une horrible angoisse l'assaillait à la perspective de la séparation imminente.

Tynan précipita l'échéance et dès le second jour il annonça à Del que Pilar habitait dans les parages et qu'il devait la ramener chez elle.

– Je vous laisse, maintenant que vous avez récupéré votre fille, annonça-t-il en tournant le dos à Chris.

– Très bien, nous vous attendrons ici, dit Del.

– Non, monsieur. Maintenant que j'ai rempli mon engagement, je vous quitte définitivement.

Del resta silencieux.

– Del, remarqua Samuel, ne dois-tu pas lui donner une lettre d'amnistie ?

– Si, en effet. La voici, annonça-t-il en la tirant de sa poche.

– Merci, monsieur. J'espère que vous êtes satisfait de moi.

– L'argent, Del, intervint de nouveau Samuel.

Chris espérait à chaque instant entendre Tynan dire qu'il l'aimait et qu'elle valait plus que tout l'or du monde.

– Voici dix mille dollars. C'est ce que nous étions convenus, n'est-ce pas ?

– Oui, monsieur, acquiesça Tynan, serrant la main de Del. Si vous avez besoin de moi, je reste dans le coin. Monsieur Dysan, ajouta-t-il en mettant un doigt à son chapeau pour prendre congé du vieil homme.

Chris retint sa respiration quand il se tourna vers elle, mais il se contenta d'incliner la tête sans la regarder.

– Au revoir, miss Mathison, marmonna-t-il avant de se détourner.

Immobile sur sa selle, Chris ne remarqua même pas les signes d'adieu de Pilar. Puis elle se pencha brusquement en avant, arracha l'arme de son père de son étui et visa Tynan à la nuque.

– Qu'est-ce qui te prend ? hurla Del en déviant le coup.

La détonation retentit et la balle siffla au-dessus de la tête de Tynan qui ne prit pas la peine de se retourner.

Del arracha le pistolet des mains de sa fille.

– Voilà bien la chose la plus stupide...

Il se tut en la voyant enfouir son visage dans ses mains et se mettre à pleurer. Comme toujours, il se sentait perdu devant une femme en larmes, mais Sam s'approcha et l'attira dans ses bras.

Chris se reprit rapidement et, s'écartant de Samuel, elle leva les yeux vers son père.

– Excuse-moi, je suis prête maintenant.

– Ecoute, si tu veux rester ici... commença Del, ne sachant trop comment la réconforter.

– Elle va très bien maintenant, intervint Sam. Nous pouvons partir.

Chris lui jeta un regard de gratitude et, quelques minutes plus tard, ils reprenaient le chemin du retour.

26

Chris posa son livre et s'appuya contre l'arbre qui poussait derrière le petit banc de pierre. Cela faisait trois semaines maintenant qu'elle était rentrée et elle n'avait plus l'intention de repartir pour New York, ni d'écrire d'autres histoires sur ce qui allait mal dans le monde. Non ! Elle allait épouser Asher et vivre chez son père pour toujours.

Elle ferma son livre avec un soupir. Elle avait déjà annoncé sa décision à Asher, maintenant il fallait qu'elle prévienne son père. Elle n'en avait aucune envie, bien qu'elle fût persuadée qu'il serait ravi.

– Autant en finir tout de suite, murmura-t-elle pour elle-même en se levant.

Elle redressa les épaules et se dirigea vers la maison, croisant Samuel Dysan au passage. Il était resté auprès d'eux depuis leur épopée mouvementée et faisait maintenant pratiquement partie de la famille. Deux fois de suite, elle avait failli se confier à lui, mais à chaque fois quelque chose l'en avait retenue.

Elle frappa à la porte du bureau.

– Entrez, cria son père sur un ton sec.

Depuis leur retour, il était sans cesse de mauvaise humeur. Parfois, il l'ignorait même, évitant de lui parler comme s'il lui en voulait.

– Qu'y a-t-il ? demanda-t-il en levant les yeux.

– J'ai une nouvelle à t'annoncer. Je suis sûre qu'elle te fera plaisir.

Il fronça les sourcils sans rien dire.

– J'ai accepté d'épouser Asher. Nous allons nous marier d'ici deux semaines.

Elle s'attendait à une explosion de joie et reçut une douche froide. Ne remplissait-elle pourtant pas le vœu le plus cher de son père ?

– Tu ne feras donc jamais rien qui me fasse plaisir ! commença-t-il en se levant. Je voulais que tu restes à la maison, mais tu as refusé. Je voulais que tu te maries et aies des enfants, mais tu en as décidé autrement. Je voulais que tu épouses un *homme*, mais apparemment cela ne te convient pas non plus !

La stupéfaction lui coupa le souffle, puis elle bégaya :

– Mais c'est *toi* qui as choisi cet homme !

– Du diable si je l'ai choisi ! Je t'ai envoyé Tynan. Je voulais que tu l'épouses, lui !

– Tynan ? répéta Chris abasourdie. Mais tu l'as menacé de le renvoyer en prison s'il me touchait.

Del poussa un soupir, se dirigea vers la bibliothèque, l'ouvrit, attrapa un verre et une bouteille de whisky et se versa une bonne rasade qu'il but d'une traite. Quand il se retourna vers sa fille, il s'était ressaisi.

– Comme tu n'as jamais fait ce que je désirais, j'ai

cru qu'il serait plus facile de te pousser à faire ce que je ne désirais pas. Je t'ai donc envoyé deux hommes : un pauvre type prétentieux et un... homme dans le vrai sens du terme. Je t'imaginais assez sensée pour choisir le bon. J'ai juste placé quelques obstacles sur ton chemin pour corser l'affaire.

Chris était la digne fille de Del, et une violente colère la saisit.

– De tous tes coups fourrés, c'est vraiment le pire, glapit-elle. Aurais-tu monté toute cette histoire seulement pour que je m'intéresse à lui ?

– Cela n'a plus d'importance puisque visiblement j'ai échoué. Tu as choisi ce... ce... Ne comprends-tu pas qu'il s'intéresse uniquement à ton argent ?

Chris attendit d'avoir retrouvé son calme avant de répondre :

– Rassure-toi, je ne me fais aucune illusion. Mais sache pour ta gouverne que c'est *ton* Tynan qui m'a repoussée et pas l'inverse !

– Et qu'as-tu donc fait pour en arriver là ?

Chris ferma les yeux dans une tentative désespérée pour ne pas se mettre à hurler.

– Mais rien du tout, je t'assure, répondit-elle sur un ton mesuré. En fait, si j'épouse Prescott, c'est même parce que j'attends l'enfant de Tynan.

La nouvelle cloua son père sur place.

– Je vais aller à sa recherche et le ramener. Je...

– Certainement pas. Je n'épouserai jamais un homme qui ne veut pas de moi.

Del se laissa tomber lourdement sur son siège.

– Mais Prescott...

Chris s'assit en face de lui de l'autre côté du bureau.

– Asher veut mon argent et moi je veux que mon enfant ait un nom. Ainsi nous trouverons chacun notre compte.

Del parut prendre dix ans en quelques secondes.

– Sam et moi avions tout étudié si minutieusement ! Et pourtant, quel fiasco !

– Que vient faire M. Dysan là-dedans ?

– Sam est le grand-père de Tynan. En fait, le vrai nom de Tynan est Samuel James Dysan le troisième.

Chris fut incapable de parler pendant un instant.

– Que diable dis-tu ? Mais Tynan ignore qui il est.

– Sam ne le sait lui-même que depuis très peu de temps.

– Cela ne te ferait rien de me donner quelques explications ? Depuis combien de temps connais-tu l'identité de Tynan ? Le savais-tu quand tu l'as fait sortir de prison ?

– Bien sûr ! Tu n'imagines tout de même pas que j'aurais confié ma fille unique à un bandit, voyons ?

Il se carra dans son fauteuil.

– Je peux tout te dire, j'imagine, maintenant que nos plans ont échoué. Sam était persuadé que Tynan reviendrait, mais je ne me faisais pas trop d'illusions.

– Et tu as tout de suite conclu que s'il ne revenait pas, c'était ma faute ! fit-elle écœurée. Comment as-tu appris au sujet de Tynan ?

– Tu es trop jeune pour t'en souvenir, mais Sam et moi sommes de vieux amis. Il a même fait la cour à ta mère. Voilà enfin une femme qui avait du bon sens... Elle a su faire le bon choix ! remarqua Del avec un sourire. Sam s'est marié peu de temps après nous et a eu un fils prénommé Sam lui aussi. Tout aurait été pour le mieux s'il n'avait pas eu également un frère qui échouait dans tout ce qu'il entreprenait. Ce frère se maria et engendra un fils qui était tout son portrait et sa malheureuse épouse ne cessait de tempêter après l'un, puis après l'autre. L'un et l'autre moururent jeunes et ce n'est qu'à la naissance de son petit-fils qu'elle reprit l'espoir d'arriver un jour à ses fins.

– Il s'agissait de Beynard, n'est-ce pas ? intervint Chris.

– En effet. Et comme Sam le second n'avait jamais pu avoir d'enfant, elle était persuadée que Beynard serait son héritier. C'est alors que Sam le second décida avec son épouse de se rendre dans l'Etat de Washington pour acquérir des bois. On ne les revit jamais.

– Ils ont été tués, dit Chris. La mère de Ty a reçu trois balles dans le dos.

– On a raconté à Sam qu'ils avaient coulé sur un voilier et n'avaient jamais réussi à atteindre la côte de Washington. Sam était désespéré à l'idée que son seul héritier était bien Beynard. Mais il y a six ans, un ami de sa belle-fille est venu le voir et lui a demandé ce qui était arrivé à l'enfant de Lilian. Jusqu'alors Sam ignorait qu'elle avait jamais attendu d'enfant. Les parents sont souvent les derniers informés, ajouta Del avec un coup d'œil sévère à sa fille en joignant ses mains sur son bureau. Pendant six ans, Sam remua ciel et terre pour savoir si cet enfant était né et vivait toujours. Et il l'a retrouvé il y a trois ans. C'est ton Tynan. Il imagine que sa mère a dû dire : Dysan et le mineur a entendu : Tynan.

– Qui a tué les parents de Tynan ?

– Pour Sam, cela ne fait aucun doute que sa belle-sœur a engagé quelqu'un pour ce meurtre. Peut-être avait-elle eu vent de la venue du bébé.

– Mais alors c'est de Tynan que Beynard parlait dans les bois avec Hamilton, n'est-ce pas ? Et il l'appelait Sam ?

– Sans doute. Sa grand-mère l'a monté contre sa famille. Elle l'a rendu aussi fou furieux qu'elle. Et Sam a eu le tort de prévenir Beynard qu'il avait sans doute retrouvé son petit-fils. Beynard a forcé le bureau de son grand-oncle et volé les papiers qui concernaient Tynan afin d'essayer de le retrouver.

– C'est dans ce but qu'il m'a enlevée avec Pilar ?

– Il avait sans doute découvert que Tynan s'intéressait à l'une de vous, sans savoir laquelle.

Chris digéra silencieusement toutes ces informations.

– Mais pourquoi avez-vous élaboré un scénario aussi compliqué ? N'aurait-il pas été plus simple que Samuel fasse sortir son petit-fils de prison et l'installe chez lui ? Que venais-je faire là-dedans ?

– Sam ne connaissait son petit-fils que de réputation – et elle était franchement mauvaise. Aussi voulait-il le tester. Il avait peur qu'il ne ressemble à Beynard. Et puis nous aurions bien aimé tous les deux une alliance entre nos deux familles.

– Alors vous m'avez utilisée, s'indigna-t-elle. Vous m'avez utilisée pour vos expériences matrimoniales !

– Cela ne pouvait que te faire du bien de rencontrer un homme – un vrai –, pas un de ces gommeux de New York.

– Nous n'allons pas recommencer, intervint Chris. Si tu voulais que je le rencontre, pourquoi ne l'as-tu pas invité ici ? Non, il a fallu que tu imagines toute cette comédie, le menaçant de le renvoyer en prison s'il s'approchait de moi, et que tu le flanques de ce malheureux Prescott qui ne me lâchait pas d'une semelle.

– Et que tu veux épouser maintenant, je te le rappelle !

– Il le *faut* bien ! *L'homme* que tu m'as choisi refuse d'entendre parler de mariage. L'idée même l'effraie. Et il est prêt à n'importe quoi pour ne pas retourner en prison.

– C'est lui qui te l'a dit ?

– C'est lui, oui ! Je l'ai supplié de m'épouser, mais il a refusé. Tu peux être fier de toi, ton petit scénario a parfaitement fonctionné de mon côté. Je suis tombée amoureuse de Tynan au premier regard. Mais tout ce qui l'intéressait, c'était... ce qu'il a pris, et maintenant j'en supporte les conséquences !

– Il a abandonné la femme qui portait son enfant ?

– Il n'est pas au courant, bien sûr !

– Eh bien, annonça Del en se levant, nous allons le retrouver et le forcer à t'épouser ! Il ne peut pas agir ainsi avec ma fille.

– Si tu oses faire cela, je m'en irai et jamais tu ne nous reverras, ni moi ni ton petit-fils. Asher est au courant et il est d'accord pour élever l'enfant comme si c'était le sien. Tout se passera très bien.

– Tout se passera très bien ! singea Del. Je n'aurais jamais cru une chose pareille du petit-fils de Sam. Je l'imaginais d'une tout autre trempe.

– Il prétend qu'il agit ainsi pour mon bien, et je suis sûre qu'il le croit dur comme fer. Il est persuadé qu'il n'est pas de l'étoffe dont on fait les bons maris !

– Cela s'apprend. J'ai bien appris, *moi* !

Chris baissa les yeux.

– Ecoute, n'en parlons plus, veux-tu ? Tynan ne m'aime pas, et ce mariage que tu désirais tant ne se fera pas ! Je vais épouser Asher la semaine prochaine et m'installer ici pour élever mon enfant et je ne reverrai probablement jamais Tynan. D'autant plus qu'avec sa propension à s'attirer des ennuis, il risque de retourner en prison avant même la date du mariage. Si tu le permets, je vais m'étendre un peu, maintenant.

Et sur ces mots, elle quitta la pièce.

27

– Croyez-vous vraiment que vous ayez le droit de porter du blanc ? demanda Asher à Chris qui se reposait dans le jardin. Ne risque-t-on pas de s'attirer des commérages ?

Chris ne répondit pas. Depuis qu'elle lui avait demandé de l'épouser, il n'avait plus cherché à cacher sa vraie nature. Furieux qu'elle ait pu passer une nuit avec « ce voyou », il avait été tout de suite d'accord pour assumer la paternité de l'enfant, préférant de beaucoup passer pour un séducteur que pour un cocu, et il craignait par-dessus tout que l'on ne découvre la vérité.

– Votre état ne risque-t-il pas de se remarquer très vite ? poursuivit-il.

Chris ferma un moment les yeux.

– Comment le saurais-je ? Je n'ai jamais eu d'enfant. Mon père n'a-t-il pas de travail pour vous ? Je croyais que vous deviez commencer à l'aider dès maintenant.

– Je n'ai pas le temps ce matin. On met en vente une superbe jument à Frederikson et je voudrais lui jeter encore un coup d'œil avant de l'acheter.

– Mais vous avez déjà acheté deux chevaux cette semaine.

Il se recula pour la regarder. Et Chris n'eut aucun mal à deviner le cours de ses pensées. Il avait accepté d'épouser la fille de Mathison, enceinte d'un voyou, et en récompense de cet acte généreux il espérait bien recevoir les clés du royaume.

– Je crois que je vais acheter cette jument pour vous, déclara Asher. Vous aurez besoin d'un cheval quand *son* enfant sera né.

Elle pinça les lèvres. Si pour la galerie c'était

« leur » enfant, en privé c'était seulement celui de Tynan.

– Certainement, marmonna-t-elle, j'aurai certainement besoin d'un cheval.

Elle aurait dit n'importe quoi pour se débarrasser de lui et, tout en le regardant s'éloigner, elle songeait qu'une fois l'enfant né, elle retournerait sans doute dans l'Est. Le bébé ayant un nom, elle n'aurait plus besoin de supporter constamment Asher.

Elle essaya de se plonger dans son livre, mais incapable d'endiguer ses larmes, elle courut s'enfermer dans sa chambre.

Le jour du mariage, le temps était couvert. Les larmes aux yeux, Mme Sunberry aidait Chris à s'habiller en laissant échapper des bribes de phrases ponctuées de soupirs : « Il n'est pas l'homme que votre mère aurait voulu pour vous », ou : « Il a déjà dépensé deux fois ce que dépense votre père en un an », et aussi : « Il est encore temps de changer d'avis. »

Chris grinçait des dents à chaque nouvelle affirmation.

Elle lissa néanmoins sa robe blanche du plat de la main, redressa le menton et quitta la pièce, suivie d'une Mme Sunberry qui reniflait bruyamment.

Son père l'attendait au pied de l'escalier et il lui offrit son bras sans un regard. Une expression d'intense contrariété marquait son visage. Quant à Samuel, il avait beau sourire, il ne réussissait pas à donner le change.

Chris avait envie de leur crier que tout était leur faute ! S'ils n'avaient pas menacé Tynan de retourner en prison où il avait connu les pires sévices, il aurait peut-être bien voulu envisager l'idée de se marier.

Puis les larmes brouillèrent sa vue, car elle savait bien que ce n'était pas par crainte de la prison que

Tynan ne l'épousait pas, mais simplement parce qu'il ne l'aimait pas.

L'église était comble, et tous les regards convergèrent vers elle tandis qu'elle remontait l'allée centrale au bras de son père. Asher l'attendait devant l'autel en affichant un sourire triomphant.

– Sans doute songe-t-il au troupeau de pur-sang qu'il va acheter demain, lui susurra Del à l'oreille. Sais-tu pourquoi son entreprise a fait faillite ?

– Je ne veux pas le savoir ! répliqua-t-elle sèchement. Et je te rappelle que c'est toi qui l'as choisi !

– Uniquement comme faire-valoir ! Je te croyais assez intelligente pour le comprendre.

– Je l'étais, mais pas Tynan !

– Tu aurais pu...

– Lui donner des jumeaux ? s'enquit-elle en le fusillant du regard comme ils atteignaient l'autel.

C'est seulement quand la cérémonie commença que Chris comprit dans un éclair de lucidité toute la portée de ses actes. Elle promettait d'aimer et de chérir cet homme pour le reste de ses jours. Une boule se forma dans sa gorge et l'empêcha de répondre au pasteur qui dut renouveler sa question à trois reprises. Asher paraissait prêt à la frapper et l'assistance s'agitait derrière elle.

C'est alors que les événements s'enchaînèrent à un rythme accéléré. Un coup de feu éclata, puis des hommes armés envahirent l'église.

– A votre place, je n'essaierais pas ! lança l'un d'eux en pointant son revolver sur un des oncles Montgomery de Chris qui approchait sa main de sa veste.

Quand le calme fut revenu, les portes de l'église s'ouvrirent toutes grandes pour livrer passage à Tynan monté sur un magnifique étalon bai-brun. Il remonta la moitié de l'allée centrale devant les invités ahuris, une vingtaine de fusils pointés sur eux, puis il se mit à rouler lentement une cigarette.

– Je ne peux pas vous laisser faire cela, Chris, dit-il d'une voix nonchalante en léchant le papier.

Chris s'avança, mais son père fut plus rapide.

– Vous n'emmènerez pas ma fille avant de l'avoir épousée, déclara Del d'un ton péremptoire. Vous n'en ferez pas une prostituée.

– Cela n'a jamais été dans mes intentions. C'est pour l'épouser justement que je suis venu à l'église.

Toujours occupé avec sa cigarette, il n'avait pas encore levé les yeux sur Chris.

– Très bien, ne perdons pas de temps alors ! déclara Del en se reculant. Ce garçon épouse ma fille.

– Mais... commença Asher.

Del l'attrapa par l'oreille et le poussa vers un banc comme un gamin récalcitrant.

– Asseyez-vous tous ! clama-t-il à la cantonade comme si un marié à cheval au milieu de l'église était la chose la plus naturelle du monde. Et ôtez vos chapeaux, vous autres, jeta-t-il à l'intention des hommes armés tout autour de l'autel.

Ils obtempérèrent.

Quelques rires fusèrent, puis tout le monde s'assit. Chris se retourna vers le pasteur, légèrement désemparée.

– Peut-être devriez-vous vous dépêcher avant que le cheval n'abîme l'église, finit-elle par lui murmurer. Il s'appelle Samuel James Dysan III, aussi connu sous le nom de Tynan.

– Très bien, dit le pasteur en s'éclaircissant la voix.

Cette fois, elle n'eut aucun mal à prononcer un « oui » sonore. Quand ce fut le tour de Tynan, elle se tourna vers lui afin d'observer sa réaction en entendant son propre nom.

Tynan cligna des yeux à plusieurs reprises, puis il lança un coup d'œil à Samuel qui acquiesça d'un signe de tête. Alors il se retourna vers Chris pour prononcer le « oui » sacramentel qui fut salué par un tonnerre d'applaudissements.

Chris arracha aussitôt son voile et courut vers Tynan. Il l'attrapa dans ses bras et la hissa en croupe avant de faire reculer son cheval au milieu des hourras.

Elle s'accrocha à lui de toutes ses forces pendant qu'il galopait à travers la campagne. Il s'arrêta quelques minutes plus tard et la fit glisser devant lui pour la dévorer de baisers. Il avait déjà ouvert sa robe jusqu'à la taille quand il se reprit et déclara :

– Croyez-vous que votre père a l'intention d'envoyer une patrouille à nos trousses ?

– Pour vous transmettre ses remerciements peut-être, déclara-t-elle en se serrant contre lui.

– Qu'est-ce que c'était que cette histoire ? Pourquoi cet homme m'a-t-il appelé Dysan ?

– Parce que c'est votre nom. Oh, Tynan, j'ai tant de nouvelles à vous annoncer ! Je sais tout sur votre mère et votre père. Sam est votre grand-père et j'attends votre enfant. Dites-moi donc pourquoi vous êtes revenu ?

Il continuait à la regarder avec des yeux ronds, incapable de saisir le sens de ses paroles.

– Votre père va-t-il me renvoyer en prison ?

– Seulement si vous me quittez.

– Ça, par exemple ! s'esclaffa-t-il comme elle laissait courir ses doigts sur son torse. Voyons, arrêtez !

– Vous êtes blessé ? Que vous est-il arrivé ?

– Lester Chanry m'a encore retrouvé, annonça-t-il.

– Comment vous en êtes-vous sorti cette fois-ci ?

– Je lui ai donné un morceau d'or appartenant au vieux mineur et lui ai indiqué le chemin de la mine.

– Le pauvre Lester va se faire accueillir vertement.

– Ils ne l'auront pas volé tous les deux ! fit-il en embrassant goulûment son cou. Puisque nous venons de nous marier, peut-être pouvons-nous embrayer directement sur la nuit de noces ?

– Si tôt ? demanda-t-elle l'air moqueur. Ne faut-il pas attendre la nuit ?

– Elle sera venue quand j'aurai terminé d'embrasser votre charmant petit corps.

– Dans ce cas, c'est d'accord.

– Demain, vous pourrez me parler de... mon grand-père, mais pour le moment j'ai d'autres choses en vue.

Il la serra contre lui et éperonna son cheval.

Quelques minutes plus tard la campagne résonnait du cri de Tynan : « UN BÉBÉ ? » auquel répondit instantanément le rire de Chris.

Aventures et Passions

BITTNER Rosanne
Pionnière au Montana
3970/6 Inédit
Tendre trahison
4127/7 Inédit
Lors d'un séjour dans le Connecticut, Audra rencontre Lee Jeffreys, dont elle tombe éperdument amoureuse. Mais la guerre de Sécession éclate, rendant leur bonheur impossible. Un livre bouleversant dans un contexte tragique, proche d'*Autant en emporte le vent*.

BLAKE Jennifer
Sérénade en Louisiane
3169/5
Les chaînes de l'amour
3240/5
Un éden sauvage
3347/6
Le vengeur créole
3415/5
Le temps d'une valse
3758/5

BRADSHAW Emily
La puritaine et le voyou
4089/5 Inédit

BRANDEWYNE Rebecca
La passion du conquistador
3285/5
Pour échapper aux intrigues perverses de Don Rodolfo, Aurora est prête à s'enfuir au bout du monde !
Les amants hors la loi
3397/6
Un mari en héritage
3543/5
La prisonnière du drakkar
3907/5 Inédit
A l'ombre des jacarandas mauves
4149/4 Inédit

BUSBEE Shirley
Le quiproquo de minuit
2930/5
Au-delà du pardon
2957/5
L'appel de la passion
3056/8
Sous le sceau de l'amour
3287/7

CAMDEN Patricia
Sous la coupe du Sultan
3704/6 Inédit
Le fils du diable
3868/5 Inédit

COPELAND Lori
Hannah l'indomptable
3260/2
Les traîtrises de l'amour
3414/5
La piste de la vengeance
4061/4 Inédit

COULTER Catherine
Esclave du Viking
4023/5 Inédit

CRISWELL Millie
Un fiancé sur commande
4195/4 Inédit
A trop jouer avec le feu, on risque de se brûler. C'est ce qui arrive à l'impétueuse Cassandra, lorsque pour échapper au fiancé choisi par son père, elle passe une petite annonce...

DEVERAUX Jude
La saga des Montgomery
- Les yeux de velours
2927/5
- Un teint de velours
3003/5
- Une mélodie de velours
3049/4
- Un ange de velours
3127/4
- Princesse sans trône
4105/5 Inédit

Les dames de Virginie
- Kidnappée par erreur
3180/5
- La fiancée délaissée
3181/4
- Mariage forcé
3182/5
- Le pays enchanté
3372/5
Duel de femmes
3447/4
L'homme au masque
3523/4
Les entraves de l'amour
3643/5
La duchesse infidèle
3683/6 Inédit
Un mari par procuration
3794/4
Directrice d'une agence matrimoniale, Carrie tombe amoureuse d'un de ses clients en voyant sa photo...
La tentatrice
3889/5 Inédit
L'éveil d'Amanda
4045/4
La brute apprivoisée
4274/4

FEATHER Jane
La favorite du sérail
3448/6
La nuit de Saint-Pétersbourg
3560/6 Inédit
La favorite afghane
3664/7 Inédit
Un cœur à vendre
4172/6 Inédit

FINCH Carol
Aveuglée par l'amour
3777/6
Séduction au clair de lune
3946/6 Inédit
Amante d'une nuit
4273/6 Inédit

GARLOCK Dorothy
Le métis apache
3594/5

Aventures et Passions

GARWOOD Julie
Sur ordre du roi
3019/5
Un ange diabolique
3092/5 Inédit
Un cadeau empoisonné
3219/5
Désir rebelle
3286/5
La fiancée offerte
3346/5
Le secret de Judith
3467/5
Un mari féroce
3662/6 Inédit
Le voile et la vertu
3796/5
Prince charmant
4087/5 Inédit

HAEGER Diane
La femme cachée
4126/5 Inédit
Un conte de fées ! C'est ce que croit vivre Tessa lorsqu'elle rencontre Chandler Tate, un séduisant milliardaire qui l'épouse sur-le-champ. Mais son mari dissimule un terrible secret.
Interdits d'amour
4297/6
En 1857, Charlotte épouse Edward, un séduisant officier anglais de l'Empire des Indes, tué peu de temps après, au cours d'une révolte. Désespérée, Charlotte retourne en Angleterre. Quelques années plus tard, elle découvre qu'Edward est toujours vivant et qu'il s'est marié avec une autre...

HAGAN Patricia
Violences et passions
3201/6
Folies et passions
3272/5
Gloires et passions
3326/6
Fureurs et passions
3398/5
Splendeurs et passions
3541/5
Rêves et passions
3682/6 Inédit
Honneur et passions
3756/5
Triomphe et passions
3847/5
L'esclave blanche
4171/6 Inédit
Vendue comme esclave par son propre mari, la belle Erin ne parvient pas à se résoudre à cette trahison. Mais est-ce vraiment Ryan, si tendre et si passionné, qui a fomenté cet horrible piège ? Ou n'est-ce pas sa mère, la tyrannique Mme Youngblood, qui déteste Erin ?

HANNAH Kristin
Pépites d'or
4004/7 Inédit

HAZARD Barbara
L'aventurier des Bermudes
3703/7 Inédit
Coup monté
3811/6

HENLEY Virginia
La colombe et le faucon
3259/5
La fleur et le faucon
3416/6
La rose et le corbeau
3522/5
Les amants secrets
3641/7 Inédit
Mariage à l'essai
3866/7 Inédit
La travestie de Venise
3969/7 Inédit
Le chevalier bâtard
4104/6
Cœurs farouches
4255/4
La gitane irlandaise
4337/6

JOHANSEN Iris
Prince de cœur
3757/7
Le guerrier de minuit
4217/4
Les Normands viennent de débarquer en Angleterre, semant la mort et la destruction sur leur passage. Parmi eux, le chevalier Thibault Dumont, un colosse d'une force et d'une habileté redoutable. Lorsque le meilleur ami de Thibault est blessé au combat, ce dernier fait appel aux talents de guérisseuse de Brynn. Une entente fragile se noue entre le guerrier et la jeune femme, mais Brynn est déjà mariée à une brute odieuse.

JOHNSON Susan
Proposition malhonnête
3542/5
Le séducteur sauvage
3642/6 Inédit
Les enchères de la passion
3705/7 Inédit

JOYCE Brenda
Le fier conquérant
3222/5
Des feux sombres
3371/5
Candice la rebelle
3684/7 Inédit

KLEYPAS Lisa
Par pure provocation
3945/5 Inédit
L'ange de minuit
4062/4 Inédit
Condamnée à mort pour le meurtre de son fiancé, un pervers qu'on a retrouvé égorgé, Tasia parvient à s'enfuir de Russie et gagne l'Angleterre. Sous un nom d'emprunt, elle entre comme gouvernante au service de Lord Stokehurst. Celui-ci succombe peu à peu au charme exotique de la mystérieuse jeune femme.

Aventures et Passions

LANDIS Jill Marie
L'héritage de Jade
3449/6
La sudiste criminelle
4088/4 Inédit
La danseuse de saloon
4215/3 Inédit

LINDSEY Johanna
Samantha
2533/3
La révoltée du harem
2956/6
Capturée par des corsaires sur la côte barbaresque, Chantelle se retrouve prisonnière du dey de Barikah...
Les feux du désir
3091/5
La Viking insoumise
3115/5
Un si doux orage
3200/4
Un cœur si sauvage
3258/4
Epouse ou maîtresse ?
3304/3
Captifs du désir
3430/4
Une fiancée pour enjeu
3593/5
Paria de l'amour
3725/4
Fuyant sa famille, Jocelyne va s'installer aux Etats-Unis. Elle y rencontre Colt Thunder, dont le sang cheyenne a fait un paria.
Les frères Malory
- Passagère clandestine
3778/5
- Le séducteur impénitent
3888/4 Inédit
- Tendre rebelle
4003/4 Inédit
Magicienne de l'amour
4173/4 Inédit
Si tu oses me quitter
4318/4 Inédit

LONGSHORE Martha
Les indices de la passion
4299/4 Inédit

LOWELL Elizabeth
Poker menteuse
3726/5
Aventure dans les Rocheuses
3988/4 Inédit
Mise à l'épreuve
4128/4 Inédit
L'insoumise
4196/5 Inédit

McKINNEY Meagan
L'enchanteresse perverse
3239/5
L'ange de la vengeance
3373/5
Le corsaire des Caraïbes
3490/5
Le secret de la passion
3795/6
Le secret de la veuve
3923/6 Inédit

McNAUGHT Judith
Les machinations du destin
3399/7
Compromise
3521/6
La scandaleuse
3741/5
Fiancée contre son gré au désinvolte duc de Claymore, Whitney la rebelle est bien décidée à se battre pour préserver sa liberté.
L'amant de l'ombre
3810/7
Que faire lorsque votre fiancé vous a abandonnée et qu'un beau ténébreux demande à être consolé d'une expérience conjugale malheureuse ?

MASON Connie
Larmes de pluie
4272 Inédit

MATTHEWS Patricia
L'écume des passions
2116/4
La promesse sauvage
2987/5
Les trois amours de Rachel
3160/6
Le déchaînement des passions
3348/5

MICHAELS Fern
Passions captives
3492/7
Dans la tourmente du désir
3575/8

MILLER Linda Lael
Pendue ou mariée
3614/4
L'épouse yankee
3867/5 Inédit

MORSI Pamela
La liaison scandaleuse
4021/5 Inédit
Pour la jarretière d'Esmeralda
4150/4 Inédit

NERI Penelope
Séductrice en guenilles
3562/8
La captive du Sahara
3644/7 Inédit
A la poursuite des diamants perdus
4151/6 Inédit

O'BANYON Constance
L'amante masquée
3428/6 Inédit

ORWIG Sara
La belle d'Albuquerque
3890/4 Inédit
La belle de La Nouvelle-Orléans
3968/6 Inédit

OSBORNE Maggie
Une épouse de trop
4106/5 Inédit
Chasseuse de primes
4319/4

Aventures et Passions

POTTER Patricia
Le flambeur du Mississippi
3468/6
Sans foi ni loi
3561/5
Par amour ou par défi
4338/5

QUICK Amanda
La séductrice inattendue
3491/5
La dame voilée
3612/5
Etrange passion
3921/4

REDD Joanne
La fiancée du désert
2926/4
Le rêve chimère
2980/5
Danse avec le feu
3429/4
La fiancée apache
3663/6 Inédit

ROBARDS Karen
Désirs fous
2928/5
La lune voilée
2979/5
Mississippi belle
3070/4
Esclave de personne
3327/5
Les sortilèges de Ceylan
3466/5

ROGERS Rosemary
Amour tendre,
amour sauvage
952/4
Le grand amour de
Virginia
1457/4
Le métis
2392/5
Esclave du désir
2463/5
Le désir et la haine
2577/7
Insolente passion
4114/6

RYAN Nan
Esclave de soie
2929/5
Le prince aztèque
3071/5
La légende de l'amour
3247/5
Le ravisseur indien
3574/6
L'amour pour mission
3846/5 Inédit

SMALL Béatrice
La captive d'Istanbul
3613/6
Chassé croisé
3776/7

SMITH Bobbie
Capture mon cœur
3922/6 Inédit
L'espion des Caraïbes
4216/5 Inédit

SPENCER LaVyrle
N'aimer qu'une fois
3906/6 Inédit
Cache-cache amoureux
4046/6 Inédit
Les embruns du cœur
4298/5

STUART Anne
Désirs masqués
3845/5 Inédit
Séducteur sans scrupule
4002/5 Inédit

SUTCLIFFE Katherine
Un défi amoureux
3592/4
La belle du pénitencier
4320/3

TRENT Lynda
Coup de patte
3509/6

WEYRICH Becky Lee
Le vent brûlant de
Bombay
3036/5
Le chardon et la rose
3110/6
La proie du pirate
3158/5
Lune gitane
3202/5
L'esclave de l'empereur
3905/5 Inédit

WIGGS Susan
Le renégat
3944/6 Inédit
Le lys et le léopard
4022/6 Inédit
Le mercenaire amoureux
4194/6 Inédit

WOODIWISS Kathleen
Quand l'ouragan s'apaise
772/4
Le loup et la colombe
820/4
Cendres dans le vent
2421/7
Qui es-tu, belle captive ?
2998/6
L'inconnue du Mississippi
2509/3
A la cour du tsar
4047/6

3889

Photocomposition Assistance 44-Bouguenais
Achevé d'imprimer en Europe (France)
par Brodard et Taupin à La Flèche (Sarthe)
le 29 novembre 1996. 1237R-5
Dépôt légal nov. 1996. ISBN 2-290-03889-X
1er dépôt légal dans la collection : fév. 1995
Éditions J'ai lu
84, rue de Grenelle, 75007 Paris
Diffusion France et étranger : Flammarion